DIE LETZTEN TAGE

Die Arbeit an diesem Buch wurde unterstützt durch ein Aufenthaltsstipendium im Atelier des Landes Niederösterreich im Bundesländerhaus Paliano.

Gefördert von der Stadt Wien Kultur.

Bibliografische Information der Deutschen Nationalbibliothek

Die Deutsche Nationalbibliothek verzeichnet diese Publikation in der Deutschen Nationalbibliografie; detaillierte bibliografische Daten sind im Internet über http://dnb.dnb.de abrufbar.

Hubert-Sattler-Gasse 1, A-5020 Salzburg
office@jungundjung.at
www.jungundjung.at
GPSR-Kontakt: Elisabeth Freiinger
freiinger@jungundjung.at

Umschlaggestaltung: BoutiqueBrutal.com
Druck und Bindung: Print Best, Viljandi (Estland)
ISBN 978-3-99027-415-6 / 4. Auflage 2025

MIX
Papier | Fördert gute Waldnutzung
FSC® C129413
www.fsc.org

MARTIN PRINZ

Die letzten Tage

Roman

JUNG
UND
JUNG

Für Christiane

Was wir einsetzen können, ist Nüchternheit.
Ilse Aichinger, 1951

Null

Schwarz auf weiß steht dein Urteil auf dem Papier. Du bist weggelaufen. Du hast dein Urteil nicht losgelassen, hast es in deine Tasche gesteckt, als wärst du nur dann davor sicher. So nah wie möglich hast du es bei dir getragen.

*

Antrag auf Zustellung einer Urteilsausfertigung: Er sei vom Volksgerichtshof Wien am 24.5.1947 zum Tode durch den Strang verurteilt worden. Da er beim Obersten Gerichtshof einen Antrag zur Überprüfung des Urteils zu stellen beabsichtige, beantrage er die Zustellung einer Urteilsausfertigung.

Antrag auf Aussetzung des Vollzuges der Strafe: Er beabsichtige, sowohl beim Obersten Gerichtshof einen Antrag auf Überprüfung zu beantragen als auch ein Gnadengesuch an den Herrn Bundespräsidenten einzubringen. Er stelle daher den Antrag, den Vollzug der Strafe auszusetzen.

*

Wie eine Gletscherzunge scheint der Nadelwald die Wiese herunterzurollen. Tiefgrün und eng die Bäume. Auf den ersten Blick stehen sie derart dicht, als ragten sie aus dem Dach des Hauses hervor, das sich darunter duckt. Eine schmale Straße führt den Hang hinauf, rechts zwei kurze Quergassen, links eine.

Auf dem Foto von damals ist die Wiese über dem gesamten Geländerücken frei. Die Baracken des RAD-Lagers (*Reichsarbeitsdienst*), von weitem unverkennbar. Wie zur schönen Aussicht liegen Terrassen zwischen den immer steiler werdenden Hangstufen.

Ein Hund bellt. Männer vor einer der Hauseinfahrten in Forstarbeitermonturen. Ein Haus weiter die unvermeidliche Warntafel: *Achtung vor dem freilaufenden Hund!* Eine Motorsäge wird gestartet. Die schmale Straße, so heißt es, werde heute noch RAD-Gasse genannt. Oder Radgasse.

Auf der alten Aufnahme ist das Landhaus hinter den Bäumen die Essensbaracke. Das gelbe und das giftgrüne Haus links und rechts der Radgasse dienten als Baracke von Schreib- und Wachstube, Mannschafts- und Arrestraum.

*

Er sei von Beruf Bäckergehilfe gewesen, bevor ihn ein besonders unglückliches Schicksal mit der Politik der nationalsozialistischen Partei bekannt gemacht habe. Seine Schulbildung und seine Intelligenz seien nicht so groß gewesen, um die Frage zu lösen, ob der Gauleiter das Recht hatte, ein solches Standgericht einzusetzen beziehungsweise ihm als Kreisleiter die Befugnisse zur Bildung eines Standgerichts zu übertragen.

Er selbst hätte niemals irgendein Standgericht errichtet. Seine ganze Person sei niemals auf Gewalttätigkeit aufgebaut gewesen. Er verweise diesbezüglich auf die zutreffenden Ausführungen des Urteils, in welchen dargelegt werde, dass er im Allgemeinen ein sehr trauriges Los sein ganzes Leben hindurch gehabt hätte.

So stelle er das Gesuch, es möge der hochverehrte Herr Bundespräsident (*Dr. Karl Renner*) seine Bitte um Begnadigung und Umwandlung der Todesstrafe in eine Freiheitsstrafe gnädigst bewilligen.

Wien, am 26. Jänner 1948, Johann Braun
(NS-Kreisleiter Neunkirchen)

*

Du bist ein halbes Kind. Sie haben dich nicht durchsucht. Sie haben dich aufgegriffen und in der Arrestbaracke eingesperrt. Sie haben deine Angst gesehen, sie mussten dich nicht durchsuchen. Dich und deine Angst. Sie war das Einzige, das dir geblieben ist. Die Angst, nicht dein Name. Den konntest du den Männern des Standgerichts nicht sagen, die dich einen Soldaten nannten. Nur, aus welchem Ort du stammst. Erst dann haben sie dich durchsucht. Dich und die Angst, die dir ins Gesicht geschrieben stand. Seit Tagen hast du sie mit dir herumgetragen. Aufbewahrt wie einen Ausweis, so lag sie als Urteil in deiner Jackentasche, als wäre es ein Pass, der dich über alle Grenzen bringt.

Gericht der 12. Flakdivision, Ortsunterkunft, mit einem gut eine Woche zurückliegenden Datum stand dein Name darauf: *Roman Kneissl wurde wegen mehrmaliger Fahnenflucht zum Tode verurteilt*.

Du hättest das Papier verstecken können, auf dem alles stand. Du konntest es nicht. Du hast die ganze

Nacht geweint, du hast vor den Männern des Standgerichts geweint. Und sie haben dich verurteilt, dich und deine Angst.

*

Als siebzigjährige Mutter des am 24. Mai 1947 durch das Volksgericht Wien zum Tode verurteilten Josef Weninger (*SA-Standartenführer und Kreisstabsführer des Volkssturms*) erlaube sie sich, an ihn als Bundespräsidenten mit der Bitte heranzutreten, ihrem Sohn im Gnadenwege die Todesstrafe zu erlassen.

Abgesehen davon, dass ihr Sohn schon im durchgeführten Volksgerichtsverfahren immer bestritten habe, dass er als Komplottant des Kreisleiters Braun tätig gewesen sei, sondern nur als SA-Standartenführer von Braun für das Standgericht als Beisitzer befohlen wurde, sei die Einstellung ihres Sohnes als Bürgermeister von Neunkirchen während der Zeit von 1938 bis 1945 und als Standartenführer der SA-Standarte derart gewesen, dass von einer fanatischen nationalsozialistischen Gesinnung kaum gesprochen werden könne.

Ihr Sohn habe im Jahre 1938 keinen Erfassungsantrag bei der Partei gestellt, so dass er in der Reichskartei der NSDAP als Parteigenosse nicht aufscheine. Dies allein beweise schon, dass er nur bei der SA gewesen sei, weil er immer schon großes Interesse für Sport gehabt habe und sich als Sportler und Soldat fühle, nicht jedoch als fanatischer Nationalsozialist.

Ihr Sohn beabsichtige beim Obersten Gerichtshof gesondert die Überprüfung des Urteiles zu beantragen, weil das Beweisverfahren in keiner Richtung Anhaltspunkte dafür liefere, dass er im bewussten Zusammenhang mit dem Kreisleiter Braun und dem HJ-Führer Wallner die Fällung und Vollstreckung von Todesurteilen in sogenannten Standgerichten vorgenommen habe.

Ihr Sohn habe während des gesamten Beweisverfahrens vor dem Volksgericht behauptet, dass nur vom Kreisleiter Braun *selbständig* und mit Umgehung der Beisitzer Wallner und ihres Sohnes die Todesurteile gefällt wurden. Dies habe auch der Angeklagte Wallner bestätigt.

Hochverehrter Herr Bundespräsident! Machen Sie von Ihrem schönsten und zugleich schwersten Rechte Gebrauch, das die Verfassung Ihnen als Bundespräsident einräumt, begnadigen Sie meinen Sohn, schenken Sie einer gramgebeugten Mutter das Leben ihres Sohnes und schenken Sie mir selbst durch diesen Gnadenakt mein weiteres Leben.

In Ergebenheit, Therese Weninger

*

Du seist noch ein halbes Kind gewesen und habest ihm ungefähr bis zur Achsel gereicht, sagte Braun. Und dass du geweint habest, um dein Leben gebettelt. Und dass du vielleicht freigegangen wärst, wenn der HJ-Gebietsführer für Niederdonau an dem Tag nicht anwesend gewesen wäre. Der Gebietsführer habe dich selbst anhören wollen und daraufhin gemeint, du gehörest zusätzlich noch gehängt. Der HJ-Gebietsführer Kracker-Semmler sei verantwortlich, nicht er als Kreisleiter, und auch sonst niemand vom Standgericht, das dich zum Tod durch Erschießen verurteilt hat. Eine andere Möglichkeit, sagte Braun vor dem Vorsitzenden des Volksgerichtssenats, habe es nicht gegeben. Du seist ein Opfer des Krieges geworden, sagte er auf die Frage, ob es ihn in stillen Stunden nicht bedrücke, ein Kind zum Tod verurteilt zu haben. Ein Opfer des Krieges. So wie er sich selbst auch sehe.

Man habe sich lediglich gewundert, warum du das Papier deiner vorausgegangenen Verurteilung immer noch bei dir hattest, sagte HJ-Oberbannführer Wallner. Es sei ihm klar gewesen, dass du nichts weiter anstellen würdest und nur am Weg nach Hause wärst. Man habe ja noch nachgeschaut, ob nicht irgendein Vermerk auf dem Papier stehe, dass man dich nicht doch auf freien Fuß gesetzt hätte. So wenig wahrscheinlich sei es ihnen als Standgericht erschienen, dass einer mit seinem eigenen Urteil herumgehe, ohne es auch nur im geringsten zu verstecken. Man habe es sich nur damit erklären können, dass du dir vielleicht einen Vorteil beim Überschreiten der feindlichen Linien verschaffen wolltest. Was dem Vorsitzenden des über Braun, Weninger und Wallner tagenden Volksgerichtssenats jedoch keineswegs einleuchtete, da einer, der als fahnenflüchtiger Flakhelfer die eigenen, rundum massierten Truppen passieren müsse, ein Todesurteil wohl kaum zu seinem eigenen Vorteil mit sich herumtrage.

*

An den sichtbarsten Plätzen wurden die Leichen der nach ihrer Verurteilung Erschossenen aufgehängt. Einer an der Linde vor dem Gasthof, ein anderer vor dem Sägewerk und Kneissl direkt auf dem Wegweiserschild an der Hauptstraße. Eine Tafel um den Hals gebunden, die von den HJ-Burschen des Exekutionskommandos mit der Aufschrift *Ich war ein fahnenflüchtiges Schwein* versehen wurde.

Der letzte zum Tod Verurteilte wurde der Spionage für die Russen bezichtigt, er wurde durch Erhängen ums Leben gebracht. Dazu montierten die Hitlerjungen auf dem A-Masten vor der Post einen Querbalken, führten den Verurteilten denen, die sich in der Zwischenzeit auf dem Platz versammelt hatten, vor, ließen ihn auf einen Hocker steigen und legten ihm die Schlinge um den Hals. Er durfte einen Gruß an Frau und Kinder sagen, dann wurde der Hocker unter seinen Füßen weggezogen. Nach Minuten des Krampfens und Zuckens musste der Mann erschossen werden, da der Hocker zu niedrig oder sein Körper zu leicht gewesen war. Als er endlich tot war, hängten sie ihn wieder auf und befestigten mit einer Nadel an seinen Lippen eine Tafel mit den Worten *Ich war ein Schwein und habe den Russen Spionagedienste geleistet.*

Tagelang blieben die Leichen hängen. Dort, wo sie hingen, so heißt es, schnürt es den Alten heute noch den Hals zu. Vielleicht muss die RAD-Gasse deshalb Radgasse heißen. Vielleicht musste das Holz der Lagerbaracken deshalb wenige Jahre nach Kriegsende als Bauholz für Garten- und Wochenendhütten dienen.

*

Mit dem Urteil des Volksgerichtshofes vom 24. Mai 1947 sei Johann Wallner wegen des vollbrachten gemeinen Mordes in sechs Fällen und § 1 und 3 Kriegsverbrechergesetz zum Tode durch den Strang verurteilt worden. Man könne die Handlungsweise des Verurteilten Wallner aber nicht verstehen, wenn man nicht seine Lebensgeschichte in Betracht ziehe.

Wallner sei 1919 in St. Pölten geboren und demnach zur Zeit des Einbruches der nationalsozialistischen Terrorherrschaft kaum neunzehn Jahre alt gewesen. Schon als junger Mensch, der für Eindrücke besonders empfänglich sei, ist er mit den Lehren des Nationalsozialismus vertraut gemacht worden, und da er der Sohn eines ehemals aktiven österreichischen Offiziers war, sei es klar, dass das unbedingte Autoritätsprinzip, das auch die tragende Staatsauffassung des Nationalsozialismus bedeutete, bei ihm besonders leicht Wurzel habe schlagen können.

Es sei nicht schwer, in einen jungen Menschen den Fanatismus für eine Bewegung einzupflanzen, die es für sich in Anspruch genommen habe, etwas Einmaliges in der Geschichte und das Tausendjährige Reich der Deutschen geschaffen zu haben. Solches aber sei beim Verurteilten Wallner geschehen.

Aufgrund des Vorlebens des Wallner, der sich bis zu den unheilvollen Tagen des April 1945 keines Verbrechens schuldig gemacht habe, könne und müsse ohne Weiteres angenommen werden, dass er, wenn der Nationalsozialismus nicht über Österreich hereingebrochen wäre, oder er, als die braune Flut Österreich überschwemmte, schon reiferen Alters gewesen wäre, sich keinerlei strafbarer Handlung schuldig gemacht hätte.

Er wäre heute sicherlich irgendein kleiner Drogist, der sich seinen Lebensverdienst durch seine tägliche Arbeit ehrlich erwerben würde.

Berücksichtige man diese Umstände, so werde man der Überzeugung Raum geben müssen, dass Tatsachen jenseits des Willensbereiches des Verurteilten mitbestimmend, ja sogar hauptsächlich bestimmend für das Verhalten des Verurteilten Wallner gewesen seien, die ihn schließlich auf die Anklagebank brachten und ihn zum Mörder stempelten.

Es müssten ferner die außergewöhnlichen Verhältnisse in Betracht gezogen werden, die damals herrschten und in denen gleichfalls die Wurzel der dem Verurteilten zur Last gelegten Handlungen zu suchen seien. Es sei damals in Schwarzau im Gebirge kein normales Leben gewesen, es sei nicht bloß Kriegszeit gewesen, sondern die Front schon in der Nähe. Es seien aufgeregte Zeiten gewesen, in denen auch ein lebenserfahrener Mensch kaum zu einer ruhigen Überlegung gekommen wäre. Die hektische Nervosität, die damals über allen Verfechtern der nazistischen Lehre bereits lagerte, habe ihren Niederschlag gewiss auch beim Verurteilten Wallner gefunden.

All diese Umstände und insbesondere die Jugend des Verurteilten, seine Sorgepflicht für Frau und Kinder, für die es nicht gleichgültig sei, ob ihr Vater am Galgen sterbe oder ob er nur eine gerechte Freiheitsstrafe für seine Taten erleide, lassen die BITTE rechtfertigen, der Herr Bundespräsident möge auf Antrag des Herrn Bundesministers für Justiz (*Dr. Josef Gerö*) dem Gnadenantrag der Verteidigung, der hiemit gestellt wird, Folge geben und die über den Verurteilten

Wallner verhängte Todesstrafe in eine Freiheitsstrafe im Gnadenwege verwandeln.

Dr. Felix Freund
(Anwalt von HJ-Oberbannführer Wallner)

*

Er habe dir dein Urteil verlesen, berichtete Wallner, und dich nach deinem letzten Wunsch gefragt. Da hättest du gleich wieder zu weinen begonnen, seist ihm um den Hals gefallen und hättest dich an ihn geklammert. Du hättest wahrscheinlich gewusst, dass nicht geschossen werden könne, solange du bei ihm stündest.

Dein Leben zu retten, sei jedoch nicht in seiner Macht gestanden. Das sei allein an den Vorgesetzten Braun oder dem zu Besuch weilenden Gebietsführer Kracker-Semmler gelegen. Wobei er, Wallner, die Nachfrage, ob die Todesstrafe für ein halbes Kind wie dich wirklich die einzige Möglichkeit gewesen wäre, ohne Einschränkung bejahte. Es habe Krieg geherrscht und du seist Soldat gewesen. Es hätten tausende andere junge Menschen ebenfalls auf ihren Plätzen bleiben müssen.

Du hättest laut um Hilfe gerufen. Er habe dich daraufhin wieder an deinen Exekutionsplatz zurückgestellt, obwohl er selbst bereits sehr aufgeregt gewesen sei, doch du wärst sofort wieder hergesprungen. Das habe sich drei, vier Mal wiederholt, und auch die Männer des Exekutionskommandos, wie er die kaum älteren HJ-Burschen bezeichnete, hätten keine Nerven aus Stahl gehabt. Als du dich schließlich ein viertes Mal auf deinem Exekutionsplatz sofort wieder nach ihm umgedreht hättest, um auf ihn zuzulaufen, sei er mit seinen Nerven am Ende gewesen. Als du an ihm vorbeigelaufen seist, habe er seine Waffe gezogen und geschossen. Nicht um dich zu treffen, wie er eigens hinzufügen sollte. Wörtlich sagte er: *Ich habe geschossen, ohne zu treffen, und habe nur geschossen, damit er nicht davonlaufen kann.*

Nachdem Wallners Schuss gefallen sei, habe man dich noch mehrmals etwas rufen gehört, wie ein anderes SA-Mitglied als Zeuge vor dem Volksgericht aussagte. Dann seist du gefallen, hättest nach deinem Bauch gegriffen und einen Wehlaut ausgestoßen – gleichzeitig mit dem hastigen Feuerbefehl Wallners an das Exekutionspeloton.

*

<u>*15. April 1945 – Heinrich Spielbichler, Gedächtnisniederschrift:*</u>

Als ich mit noch einigen Leuten, deren Namen ich nicht weiß, zum Waffenmagazin geführt wurde und ein Gewehr erhielt, wusste ich, was man mir antat. Dort hatten sich zwei Gendarmen und zwei Jungen vom Sonderkommando eingefunden, die ebenfalls Gewehre erhielten. Der Waffenmeister lud die Gewehre. Die nächste Umgebung war voll von Angehörigen des Sonderkommandos. Sie zeigten eine sichtliche Schadenfreude. Ein Junge von circa siebzehn Jahren wurde vor uns aufgestellt, Wallner verlas wieder das Todesurteil wegen Fahnenflucht. Der Junge rief um seine Mutter, bat, weinte, kniete nieder, stand auf, lief weg, schrie Mutter, Mutter, lasst mich le-

ben, ich habe nichts getan. Wallner forderte ihn auf stehen zu bleiben.

*

Mit der Verfügung Jv 2850/18/48 des Präsidenten des Landesgerichtes für Strafsachen Wien vom 10. Mai 1948, zugestellt am 11. Mai 1948, sei die Vollstreckung des gegen Johann Wallner vom 24. Mai 1947 verhängten Urteiles zum Tode angeordnet worden. Am 12. Mai sei die Vollstreckung aufgrund eines Wiederaufnahmeantrages aufgeschoben worden.

Da die Exekution gegen den Verurteilten Hans Wallner aber erst um 6.20 Uhr morgens am 12. Mai 1948 aufgeschoben worden sei und der Verurteilte Wallner alle Seelenqualen, die mit der Erwartung der Hinrichtung und mit der Verabschiedung seiner nächsten Verwandten verbunden seien, bereits erduldet habe, während die Exekution selbst ja nur einen kurzen Augenblick dauere und nach Ansicht von Sachverständigen keine Schmerzen verursache, müsse gesagt werden, dass der Verurteilte schon einen guten Teil jener Sühne, die durch die Vollstreckung der Todesstrafe gegeben wird, abgeleistet habe.

Dr. Felix Freund
(Anwalt von HJ-Oberbannführer Wallner)

*

Heinrich Spielbichler, der als einer der wenigen Zeugen kein NS-Kader war, schilderte vor dem Volksgericht den weiteren Verlauf der Exekution: *Der Junge weinte und lief auf Wallner zu. Dieser hieß, wie ich später erfuhr, Kneissl. Ich hatte den Eindruck, daß er in Wallners Nähe weilen wollte. Wallner verlas das kurze Urteil, daß der Junge wegen Fahnenflucht zum Tode verurteilt worden sei. Dann gab Wallner einen Feuerbefehl. Der Junge schrie wieder nach seiner Mutter und versuchte in der Richtung zum Berghang zu flüchten. Darauf zog Wallner seine Pistole und feuerte ihm nach. Darauf brach Kneissl zusammen. Ich hatte den Eindruck, daß Wallner ihn in die Brust getroffen hatte, und zwar tödlich. Er stürzte nach vorne und gab noch ein Lebenszeichen von sich. Darauf kommandierte Wallner zum zweiten Mal: »Hochan! Feuer!« Als das Kommando bereits geschossen hatte und Kneissl schon am Boden lag, glaube ich mich genau zu erinnern, dass Wallner noch nach dem Kopf des Kneissl einen Schuss abgab.*

Eins

Wo das Viadukt der Semmeringbahn über das Tal der Schwarza führte, war die Rote Armee am 1. April 1945 stehen geblieben. Die Panzer und Geschützwägen, die Mannschaftstransporter, die Motorräder und Kommandowägen, Feldküche, Lazarett und Truppen hatten einfach zugewartet, bis der Krieg fünfeinhalb Wochen später nicht nur hier, sondern in ganz Europa zu Ende ging. Es wäre verrückt gewesen, dem Fluss weiter in die Berge hinein zu folgen. Schon im kaum drei Kilometer entfernten Reichenau war man den Gefechts- und Geschützposten an den unwegsamen Steilabhängen von Rax und Schneeberg ungeschützt ausgesetzt. Vom Höllental ganz zu schweigen, dieser über Kilometer hinweg nur wenige Meter breiten Felsschlucht in Richtung Schwarzau.

*

In der Woche davor sei auch in Reichenau die Hölle los gewesen, wobei Alois Kermer *Hölle* unter Anführungszeichen setzte, als er knapp sechzig Jahre später die Ereignisse des April 1945 dokumentierte. In der Karwoche seien zu der großen Zahl jener, die auf der Fluchtroute durch das Höllental zumeist in Reichenau Halt machten, noch ungarische Flüchtlingskolonnen gekommen, schrieb der damals 31-jährige Jurist. Darunter auch Wagenladungen mit Banknoten der ungarischen Nationalbank, die nicht wenigen Reichenauern nach Kriegsende billige Einkaufstouren in das unter derselben Besatzungsmacht stehende Nachbarland ermöglicht hätten. Aufgrund seines Krankenstandes habe er die Karwoche nicht in der Kreishauptstadt Neunkirchen, sondern an seinem Wohnort verbracht. Als damit ranghöchster Beamter des für derartige Geschehnisse zuständigen Landrates sei er vor die Aufgabe gestellt gewesen, die Flüchtlinge, die in der Zwischenzeit den gesamten Kurpark belagert hätten, aus dem Gemeindegebiet wegzubringen, da die Russen bereits im Anmarsch auf Gloggnitz und bald darauf auf Payerbach gewesen seien. Dann sei gemäß den Rückzugsplänen der Wehrmacht noch eine aus Ungarn in die Steiermark beorderte deutsche Einheit durchgezogen. Deren Kommandant habe aus Sicherheitsgründen den Umweg über das Höllental vorgezogen und mit ihm als Zivilbehörde Kontakt aufgenommen, um Informationen über die Situation entlang der geplanten Route zu bekommen. Gleichzeitig habe er selbst anhand der Generalstabskarte des Majors erstmals genauen Einblick in die tatsächliche militärische Lage dieser Tage erhalten und somit erfahren, dass wider alle offiziellen Parolen in Wirklichkeit keinerlei Anstalten gemacht würden, Neunkirchen zu halten. Vielmehr habe ihm der Kommandant angeboten, seine Familie in einem eigens dafür bereitgestellten Automobil in Richtung Westen in Sicherheit zu bringen, was er trotz der bedrohlichen Lage abgelehnt habe.

Nach dem Weitermarsch der Einheit sei in Reichenau eine unheimliche Stille eingekehrt. Am Tag danach seien in Payerbach auch die Landesschützen abgezogen und wiederum zwei Tage später, am 1. April, die russischen Truppen in Gloggnitz einmarschiert. Teile der Truppen stießen am selben Tag, dem Ostersonntag, noch bis Payerbach vor, wo sie vor dem Südbahnviadukt stehen blieben. Sie hielten diese Position bis Kriegsende.

*

Ob er zu dem Zeitpunkt, da der Krieg sich langsam seinem Ende zugeneigt habe, persönlich an den Sieg der deutschen Armee und der NSDAP geglaubt habe, wurde Braun gleich zu Beginn der Beschuldigtenvernehmung vom Vorsitzenden des Richtersenats gefragt. Braun bejahte, worauf der Richter nachsetzte, ob das auch für jene Zeit gelte, als der deutsche Raum schon so eng gewesen sei, dass man von einer Front zur anderen habe schauen können? Auch dann habe er noch daran geglaubt, bekräftigte Braun.

Wie er sich einen solchen Sieg vorgestellt habe? Braun erklärte, dass sein Gauleiter zum Zeitpunkt des Großangriffs auf Berlin vor Ort gewesen sei und vom Einsatz der Geheimwaffe berichtet habe, mit der 80.000 Russen umgebracht und eine Vielzahl an Flugzeugen abgeschossen worden seien. Auch in Reichenau seien um diese Zeit Truppenverstärkungen für den Angriff der Russen in Payerbach vor sich gegangen.

Der Vorsitzende fragte, wie er sich die Entfaltung einer neuen Waffe auf solch engem Raum vorgestellt habe, zudem deren Erzeugung, Transport und ähnliche Fragen der Praxis? Braun führte dazu aus, es sei ihnen mitgeteilt worden, die Amerikaner und Engländer würden auf einer Linie stehen bleiben, um den Deutschen die Möglichkeit zu geben, gegen die Russen vorzugehen und danach ein Bündnis mit den Westmächten zustande zu bringen.

Daraufhin wollte der Richter von ihm wissen, ob er von dem Augenblick an, da er der NSDAP beigetreten sei, überhaupt jemals einen eigenen Gedanken gehabt oder blindlings alles geglaubt habe, was ihm die NSDAP vorgekaut habe. Nein, erwiderte Braun, alles habe er nicht geglaubt, aber daran, dass ein Sieg immer noch möglich sei, schon.

Ob er darum auch gedacht habe, er müsse in seinem Kreis mit eiserner Strenge vorgehen, um Moral und Disziplin aufrechtzuerhalten? Braun bejahte. Die Nachfragen des Richters, ob allein deshalb schon jeder als Staatsfeind gegolten habe, der am Endsieg gezweifelt habe, und darum im Kampfgebiet keinen Platz haben durfte, bestätigte er, schränkte den Begriff Staatsfeind aber auf Feind ein. Es habe aber viele Menschen gegeben, denen er Mut zugesprochen habe. Und wenn jemand zumindest nicht offen gegen den Krieg aufgetreten sei, hätte er ihn auch nicht als Feind angesehen.

*

Er sei seit 1941 Mitglied der geheimen revolutionären Sozialistengruppe Gloggnitz gewesen, so begann wenige Monate nach Kriegsende der Gendarm und spätere Gemeindesekretär von Gloggnitz, Heinrich Spielbichler, seine Gedächtnisniederschrift. In dem Zusammenhang sei er auch mit dem jetzigen Bundespräsidenten

Dr. Renner bekannt gewesen, der ihn zu diesem Protokoll ermutigt habe. Einen Durchschlag lege er nun bei seiner Vernehmung vor.

Für den Fall, dass Russen oder andere alliierte Truppen nach Gloggnitz kämen, habe es für ihn im Vorhinein einen besonderen Auftrag gegeben: Er sollte als Gendarm aus dem verbliebenen NS-Gebiet berichten und gegebenenfalls warnen, sofern Personen, die für das Nachkriegsösterreich Bedeutung haben würden, von den Nazis ermordet werden könnten. Ende März hatte er seine Familie nach Schwarzau in Sicherheit gebracht, um sich in Gegenrichtung aller Flüchtenden durch das Höllental noch einmal nach Gloggnitz zurückzuschlagen, sich für letzte Absprachen mit seiner Gruppe zu treffen und den Rucksack mit Proviant und sicherheitshalber auch mit Zivilkleidung zu packen:

Es fallen bereits vereinzelte Schüsse. Ich fahre weiter, ich muss nach Gloggnitz, wo ich meinen Rucksack mit Zivilkleidern und Zivildokumente habe. Auf halbem Weg begegnet mir ein Militär-Kraftfahrer. Er winkt mir zu, hält an, fragt mich, wohin ich fahre. Ich sagte, nach Gloggnitz. Er sagte mir, dort sind bereits Kämpfe mit den Russen. Es krachen Panzerfäuste. Ich antwortete ihm, ich müsse unbedingt hin. Er rät mir ab und sagt: Sie sind wohl verrückt, in diesem Aufzuge weiterzugehen, setzen Sie sich auf meine Maschine und fahren Sie mit. Ich lehne ab, er sagt, Du bist ein Esel, und fährt weiter.

Er habe daraufhin verzichtet, in Uniform nach Gloggnitz zurückzukehren, und sich bei den außerhalb wohnenden Eltern zumindest teilweise mit passender Zivilkleidung ausgerüstet. Kontakt zu seiner Gruppe habe er keinen mehr herstellen können. Um nach außen hin so zu tun, als kehre er zum Gendarmerieposten Schwarzau zurück, habe er sich wieder in Richtung der Berge und des Höllentals aufgemacht. Er sei gerade noch durch Payerbach gekommen: *Dort baut Militär Panzersperren auf, es wirkt beinahe lächerlich*. So habe am 1. April sein tagelanges Versteckspiel begonnen.

*

Nichts wird gut, und du hast es gewusst. Immer dann, wenn deine Mutter sagte, alles werde gut, hat es in dir gesagt: Nichts. Die Russen stehen schon in Payerbach, Leopoldine, sagte sie, sie stehen schon beim Viadukt. Jeden Tag sagte sie das, und in einem Moment sagte sie dabei sogar Leopoldine Landskorn zu dir, zu ihrer Tochter. Doch an keinem Tag wurde es gut. Und du gehst zum Bach, siehst dem Wasser zu, das zu den Russen fließt, gehst in den Park, der Sperrgebiet ist, da er im Feuer der Russen liegen würde, wie alle anderen Teile des Ortes, die zu Ostern hastig geräumt wurden. Doch es gab kaum Feuer der Russen, es gab keinen Kampf, keine Schlacht, es rührte sich nichts. Es gab nicht einmal mehr deutsche Truppen, sondern lediglich die Schulkameraden im HJ-Lager, vor denen sich nur die alten Männer im Ort fürchteten.

Nach ein paar Tagen haben sie euch nicht einmal mehr aus dem Kurpark vertrieben. *Hauptkampflinie,* hieß es höchstens noch in den eigenen Spielen oder als Geheimwort, wenn wieder einmal einer der wichtigtuerischen HJ-Trupps auftauchte, über deren Drohungen ihr im Park gelacht habt. Nur zu Hause habt ihr sie manchmal doch gefürchtet, auch wenn kaum zu glauben war, dass es diese Buben sein sollten, die die Leute holten. Vielleicht hast du es irgendwann geglaubt, aber dir erst recht nicht vorstellen können, als die halbe Nachbarschaft gesehen haben wollte, wie sie den Gestütsbesitzer oben am Hang und seine Frau mitgenommen haben. Genauso wie die Schlossbesitzerin und deren Schwester, die ihr kleines Mädchen zurücklassen musste. Oder die alten Reifböcks vom E-Werk.

Hauptkampflinie, habt ihr im Kurpark zueinander gesagt. *Sperrgebiet* oder das auf den Plakaten seinem eigenen Klang gegenüber so fremd aussehende Wort *Defaitist*.

*

Am 2. April habe er es auf den nördlichen Anhöhen des Schwarzatales noch einmal versucht, berichtete Spielbichler. In Reichenau habe er von einer zuverlässigen Bekannten einen Zivilrock bekommen, zusammen mit den Kleidungsstücken seines Vaters fehlten jetzt nur mehr Zivilhose, entsprechende Schuhe und Zivildokumente. Trotzdem habe er, um die Kameraden in Gloggnitz irgendwie zu erreichen, seine Gendarmenuniform noch am Vorabend vernichtet.

Es ist ein schöner Tag, in der Ebene steigen Rauchsäulen auf, im Tal krachen Schüsse, ich lege mich in die Sonne, Fliegerstaffeln überfliegen das Gebiet.

Am Vormittag sei er auf zwei Soldaten getroffen und habe ihnen geraten, den Widerstand aufzugeben, es sei sinnlos. Auf einem der Wiesenabhänge Richtung Gloggnitz sei er Frauen begegnet, die aufgeregt von Vorkommnissen in der Stadt und der Umgebung berichteten. Unter anderem seien Leute erschossen worden, alles werde streng kontrolliert. Kurz darauf habe er die erste russische Militärpatrouille gesichtet und in Prigglitz, einem der Dörfer unterhalb der Hänge, schweres Gerät der Roten Armee. Ohne Zivildokumente, mit der Polizeihose und den Stiefeln sei ihm Gloggnitz zu riskant erschienen. Realistischer hingegen, dass er parallel zum Vorrücken der Roten Armee Schwarzau erreiche.

*

Dass halb Reichenau evakuiert und damit auch die eigene Wohnung aufgegeben werden musste, nachdem die Rote Armee bis Payerbach vorgerückt sei, habe Alois Kermer weniger Sorge bereitet, hatte er doch für diesen Fall seit geraumer Zeit Angebote von größeren Quartiergebern, mit denen er schon im Rahmen seiner Arbeit beim Landrat zu tun gehabt hätte. Sogar der Umzugstransport aus der Villa Hubertus, die sich in der Hauptkampflinie befunden habe, sei mithilfe des Reichenauer Rettungsfahrers bereits organisiert gewesen. So sei der Umzug mit Frau und Kindern in den Knappenhof am Beginn der Woche nach Ostern binnen weniger Stunden vollzogen worden. Weit größere Sorge habe ihm gemacht, dass sein Krankenstand auf die Osterfeiertage begrenzt gewesen sei. Mithilfe des Hausarztes und einer Krankenstandsverlängerung habe sich jedoch auch das lösen lassen.

Nachdem wenige Tage später die Nachricht gekommen sei, alle noch im Gemeindegebiet befindlichen Männer hätten sich beim Volkssturmkommandanten in Hirschwang zu melden, sei aber guter Rat gefragt gewesen. Weil er immer noch im Krankenstand war, wäre dieser womöglich sofort in Zweifel gezogen worden, hätte er sich selbst auf den Weg gemacht. Also habe er seine Frau Maria geschickt, ausgerüstet mit seinem ärztlichen Zeugnis. Glücklicherweise sei ihm auch der Volkssturmkommandant Forstrat Baier kein Unbekannter gewesen, habe er doch dienstlich oft mit ihm zu tun gehabt. Dieser habe das Attest sogleich gelesen, sich nach der Situation der Familie erkundigt, seine Frau beruhigt und ihm Genesungswünsche übermittelt.

Dass er als Jurist vom Kreisleiter Braun bereits als rechtskundiger Beisitzer für das Standgericht angefordert worden sei, habe Baier nur nebenbei erwähnt und versichert, Braun zu berichten, dass er krank sei und eine Überstellung nach Schwarzau im Gebirge deshalb nicht erfolgen könne. Damit sollte ihn der Forstrat vor der Zuteilung zu den Standgerichten bewahren und auch vor der Verantwortung vor dem Volksgericht. Nicht aber vor jenem bohrenden Gefühl, das ihn Jahrzehnte danach all die Geschehnisse nachforschen ließ, bis er als alter Mann schließlich in London vor Leopoldine Landskorn gesessen sei.

*

Die Ereignisse schoben die Menschen vor sich her. In Hoffnung, Panik und Ergebenheit, in Unglauben und Angst. Die meisten hatten dieselbe Richtung. Doch nicht alle, und viele nur auf den ersten Blick. Zuvorderst immer wieder jene, die mit Wörtern wie *Kampf,*

Entschlossenheit und *Siegessicherheit* um sich warfen, bis sie ihre Hektik nicht mehr verstecken konnten. Kaum hatte noch strikt gegolten, eine Kreisstadt wie Neunkirchen sei unbedingt zu halten, hatte sich die NSDAP-Führungsspitze in den Mittagsstunden des 1. April zu einem Aufbruch aus ihrem Hauptgebäude im dortigen Landratsamt bereitgemacht, das wie von selbst mitsamt allen Zeugnissen ihres Regimes in Flammen aufging.

Unangefochten von der in Gloggnitz und auf der Höllentalroute in Richtung der Berge sogar bis Payerbach stehenden Roten Armee, wichen Kreisleiter Braun und seine Gefährten noch in aller Ruhe über den Norden aus. Am Fuß des Schneebergs, der nach manchen Wintern oft noch zwei, drei Monate über den nördlichen und östlichen Ebenen so weiß leuchtend aufragte, dass man ihn an solchen Tagen direkt an der Stadtgrenze Wiens zu sehen glaubte, machte Braun in Puchberg für ein paar Tage Zwischenstation, während seine Untergebenen in den Tälern dahinter die Vorarbeit für eine Schreckensherrschaft leisteten, die sich selbst zum einzigen Gesetz machen sollte.

*

Du hast es gewusst, du hast nichts gewusst, und du hast dich gefürchtet vor beidem, weil es am Ende ein und dasselbe war. Oder schon davor. An dem Tag, an dem du die Mutter angeschrien hast. An dem Tag, an dem du aus dem Kurpark gelaufen gekommen bist, ohne Luft zu kriegen, doch so schnell, so hart, als würdest du fliegen wie eine Kugel. Direkt in den Schoß deiner Mutter, in die Arme deiner Mutter, ins Gesicht deiner Mutter, eine eiserne Kugel, die nirgendwo anders aufplatzen könnte, nirgendwo anders noch Luft bekommen, bis die Mutter wieder nichts anderes als sonst immer sagte.

Ihr hattet gerade das Hauptspiel dieser Tage gespielt. Als den Kurpark niemand mehr betrat, als es auch die vergesslichsten Leute begriffen hatten, dass es dort verboten war, hattet ihr die Alten einfach nachgespielt. So als könnte es einen Kurpark ohne die Alten nicht geben. So als könnte es euch ohne dieses Sitzen, ohne dieses Schauen nicht geben. Wie die Alten, jeder und jede auf seiner Parkbank. Mit abgerissenen Ästen, auf die ihr euch wie auf Gehstöcke gestützt habt. Die Augen um jene Spur zu weit offen wie jene der Alten, die im Grunde nichts mehr sahen und doch nichts anderes taten, als zu schauen.

Die Bäume, der Bach, jeden Tag wieder, und endlich alles so still, wie es die Alten immer wollten. Selbst ihr, still, reglos, fast starr: Wie lange mochte dieser Körper bereits im Einlaufrechen des E-Werks gehangen haben. Ohne jede Regung, ohne Laut, nur die Arme, die Beine und der Kopf waren noch die von einem Menschen gewesen, doch seine Bewegungen schon nur mehr das Schwappen des aufgestauten Baches.

Ihr hattet allesamt die längste Zeit schon darauf gestarrt. Und nichts mehr gespielt, so wie ihr die ganze Zeit nichts nur gespielt hattet. So ist das dein Leben lang geblieben. So bist du dein Leben lang geblieben. Seit damals, als der Nachbar Hofmann vom Haaberg wie für immer im Einlaufrechen des E-Werkes hing.

*

Die Nacht auf den 3. April habe er in einer Hütte auf halbem Weg des Höhenwegs Richtung Höllental verbracht. Am nächsten Morgen sei er dann hinunter und in Kaiserbrunn, der einzigen Ansiedlung im Höllental, erwartungsgemäß auf Militär und Volkssturm getroffen. Aber auch auf den Gloggnitzer Ortsgruppenleiter Ganser, der ihm vor vier Jahren das entscheidende Ultimatum zum Beitritt zur NSDAP gestellt hatte, auf das er erst mit Zustimmung der Genossen von den Revolutionären Sozialisten eingegangen sei. Nun habe sich Ganser sogar gefreut und zu einem der SS-Offiziere gemeint, jetzt habe man auch einen ortskundigen Mann für Spähtrupps. Spielbichler habe die Gefahr sofort erkannt und sich auf einen Befehl ausgeredet, wonach er sich unverzüglich beim nächsten Gendarmerieposten, also in Schwarzau, melden müsse. Mit einem LKW sei er daraufhin nach Schwarzau zurückgekehrt.

*

Kaum habe der Volkssturmkommandant Baier seinen Krankenstand bestätigt, habe es für ihn geheißen, für die Familie zu sorgen. So sei er in diesen Tagen vom Knappenhof aus in die angrenzenden Waldflächen auf Holzsuche gegangen. Da er seit der frühen Kindheit mit landwirtschaftlichen Arbeiten vertraut gewesen sei, habe er sich auch dem zum Knappenhof gehörenden bäuerlichen Betrieb angeboten, was gerne angenommen worden sei. Die Entlohnung habe aus Lebensmitteln bestanden, Milch, Brot, Kartoffeln und vereinzelt

Fleisch oder Speck. Lebensmittel seien bereits überall Mangelware gewesen, nur Bauern hätten sich noch leichter helfen können.

Da er ja im Krankenstand gewesen sei, habe er Gebrechlichkeit vortäuschen müssen, wenn er Leuten außerhalb des vertrauten Kreises begegnete. Das sei ihm unschwer gelungen, wie Kermer sich erinnerte.

*

In Puchberg, auf der anderen Seite des Schneebergmassivs, habe Braun, wie er vor dem Volksgericht angab, am 3. oder 4. April das erste der beiden Schreiben von Gauleiter Jury bekommen, in dem ihm sämtliche Befugnisse eines Reichsverteidigungskommissärs übertragen worden seien. Er sei damit die höchste Verwaltungsstelle im Kreise Neunkirchen geworden. In dem zweiten geheimen Schreiben Tage später habe es schließlich geheißen, er sei für die Errichtung eines Standgerichtes verantwortlich und dass dafür ein politischer Leiter oder Gliederungsführer und ein Offizier der Wehrmacht, Waffen-SS oder Polizei beizuziehen wären.

Ob er nicht spätestens seit der ausführlichen Verordnung über die Errichtung von Standgerichten vom Februar hätte wissen müssen, dass bei Standgerichten ein Richter als Vorsitzender zu fungieren habe, dass ein Staatsanwalt mit der Funktion des Anklägers hätte betraut werden müssen und dass weiters nur einer der Beisitzer politischer Leiter oder Gliederungsführer hätten sein müssen, andere aber aus der Wehrmacht, der Waffen-SS oder der Polizei hätte genommen werden können? Braun erwiderte, in dieser Form habe er von den Standgerichten nichts gewusst. Ob ihn das aber nicht allein deshalb zu interessieren gehabt hätte, da es doch ausdrücklich geheißen habe, diese Standgerichte hätten in allen feindbedrohten Gebieten zu tagen? Braun verneinte auch das, mit der Begründung, er habe im Februar nicht damit gerechnet, dass der Russe näher kommen würde.

Als Braun später im Verfahren erklärte, er wolle nun die Wahrheit sagen, führte er aus, dass er, als er den Geheimbefehl des Gauleiters erhalten habe, sich in Unkenntnis der Gesetzeslage eingebildet habe, dass er ein solches Standgericht unter allen Umständen einrichten müsse, und dazu habe er die engsten Mitarbeiter im Kreis herangezogen. Er habe sich aber auch selbst berufen gefühlt, das Standgericht durchzuführen, denn er habe bis zum Schluss an den Endsieg geglaubt und sei deshalb der Auffassung gewesen, dass er alle Widerstände, die einen unglücklichen Verlauf des Krieges herbeiführen könnten, beseitigen müsse. Zwar habe er gewusst, dass der Vorsitzende ein Richter sein müsse, doch habe es im Kreis Neunkirchen keinen Richter, ja nicht einmal mehr einen Juristen gegeben. Trotz allem habe er es als seine Pflicht angesehen, bei Leuten, die sich gegen den Staat vergangen hätten, bei Defaitisten, Saboteuren oder Fahnenflüchtigen, das Todesurteil zu verhängen.

*

In Schwarzau sei alles noch desorganisiert gewesen, beschrieb Spielbichler die Lage in seinem Protokoll. Er habe sich sicherheitshalber beim Gendarmerieposten gemeldet und sei dann zu seiner Familie. Frau und Kinder hätten sich gefreut, er weniger. Zu viel Gefahr drohte hier: *Am nächsten Tag ging ich auf den Posten. Verschiedene Gendarmen sind dort (Pauspertl, Schultes, Huschka, Pernersdorfer, Eglau). Man betrachtet mich als einen Außenseiter. Einige sind nett. Meine Zivilkleidung wird teilweise kritisiert. Ich musste zur Lüge greifen und erzählte, ich sei am Höhenweg von den Russen eingeschlossen gewesen und musste meine Uniform ablegen. Abends bin ich wieder bei meiner Frau.*

*

Einem jener Stoß- und Spähtrupps, denen Spielbichler in Kaiserbrunn beinahe als Ortskundiger zugeteilt worden wäre, sollte Tage später auch eine der wenigen Gefangennahmen auf feindlichem Gebiet gelingen. Am Rand der Ortschaft Prigglitz, auf deren Gebiet Spielbichler die russischen Patrouillen bereits mit eigenen Augen gesehen hatte, nahmen sie einen Mann mit russischem Gewehr und einer roten Armbinde mit russischer Aufschrift gefangen. Die Armbinde habe er noch getragen, als er in Kaiserbrunn der Wehrmacht vorgeführt wurde, weshalb man ihn als zum Tod Verurteilten nach Schwarzau überstellt habe, wie Braun zwei Jahre später die Hinrichtung des Ignaz Sommer gegenüber dem Vorsitzenden des Volksgerichts begründete.

*

Während all der Wochen seien Granaten rund um den Knappenhof eingeschlagen. Kermers Kinder hätten gefragt: *Was pumpert denn da?* Worauf man ihnen geantwortet habe, dass die Soldaten wieder übten. Dennoch sei man stets in einen nahe gelegenen, längst aufgelassenen Bergwerksstollen geflüchtet, der straßenseitig einige Meter tief noch nicht eingestürzt gewesen sei. Trotz Tropfwassers von der Stollendecke habe man sich darin halbwegs sicher gefühlt.

*

Die Wehrmacht, so Braun, sei angesichts der näher rückenden Front insbesondere mit dem Ansinnen an ihn herangetreten, all jene abzuschieben, die politisch nicht zuverlässig seien. Auch diese Meinung habe er geteilt. Er habe deshalb den Ortsgruppen- und Kreisamtsleiter von Reichenau, Klammer, veranlasst, eine Liste aufzustellen, dieser habe ja die Leute viel besser gekannt.

Aber habe er sich nicht zumindest vergewissert, wollte der Richter von Braun wissen, dass die Liste auch richtig sei? Immerhin sei es doch auffällig, dass so viele Frauen darunter waren?

Die Liste sei sogar noch bedeutend länger gewesen, erläuterte Braun daraufhin. 25 bis 30 Namen. Er habe Klammer deshalb rufen lassen und ihm vorgehalten, dass es in dessen Ortsgruppe doch unmöglich so viele unzuverlässige Personen geben könne. Aus der von Klammer vorgelegten Liste habe er schließlich alle bis auf zehn Namen gestrichen. Übrig geblieben seien nur jene, die bereits mit der Gestapo zu tun gehabt hätten oder von denen Klammer glaubhaft versicherte, sie stünden mit der sozialistischen Geheimorganisation in Verbindung. Da Klammer Blutordensträger und länger als er Parteimitglied gewesen war, habe er ihm vertrauen müssen. Auf der Liste blieben deshalb etwa der Gutsbesitzer Hofmann, die Geschwister Waissnix, Johann Reifböck, Therese Weitzbauer und Marie Landskorn, die wegen Wehrkraftzersetzung schon einmal bestraft worden sei.

*

Und du wolltest nach Hause, schneller, als das nur irgendwie möglich war. Da war zuerst noch die Gendarmerie, die Haut des Toten im Wasser und die Schreibmaschine des Gendarmen. Bist du keinem Menschen begegnet oder allen, die du kanntest? Ein auswendiger Weg, wie alle im Ort, die oft wie die selten begangenen. Selbstverständlich wie ein Spiel, denkst du. Als wärst du ein Kind gewesen, obwohl du schon geküsst hast. Deine Schritte, die Leute und doch keine Menschenseele. Du bist ewig nach Hause gegangen, so atemlos du auch angekommen sein magst. So rasend schnell dein Herz auch geschlagen habe und deine Schritte gewesen sein mögen, du hast ewig gebraucht, und du bist bis heute nirgends angekommen.

Zwei

Auf seinem Zettel seien die Namen der Schwestern Waissnix, des Ehepaares Reifböck und des Wenzel Hofmann gestanden. Sämtlich seien sie ihm unbekannt gewesen, gab HJ-Oberbannführer Johann Wallner in seiner Beschuldigteneinvernahme vor dem Volksgericht zu Protokoll. Als er und seine Volkssturm- und SS-Männer beim Wehrmachtsstab in Schloss Wartholz antraten, wurden sie von Kreisamtsleiter Klammer zuerst in einzelne Gruppen eingeteilt, danach seien ihnen die Namen der zu verhaftenden Personen verlesen und den einzelnen Gruppen zugeteilt worden. Er habe die Leute seiner Gruppe noch fragen müssen, wo die Aufgelisteten wohnen würden. Wie er die ihm vom Gendarmen Pauspertl angelastete Bemerkung, den Hofmann hole er sich jetzt, hätte machen sollen, wisse er nicht. Pauspertl, der ein Motorrad fuhr und einen eigenen Auftrag zu erledigen hatte, habe sich ihnen auf dem Weg angeschlossen und Wallners Trupp noch zu Olga Waissnix und dem Ehepaar Reifböck begleitet. Alle drei seien von einem Volkssturm- und SS-Mann nach Wartholz gebracht worden. Danach habe Pauspertl Wallner bis zur Brücke gebracht, die zum Gut Haaberg führt, um seinen eigenen Aufgaben nachzugehen.

*

Du weinst nicht, damit er nicht weint, das weiß er. Und Wenzel weint nicht, damit du nicht weinst, das weißt du. So wie ihr wusstet, wer es sein musste, sobald irgendjemand an einem dieser Tage zu ungewöhnlicher Uhrzeit an der Eingangstür klopfte. Eigentlich habt ihr auch deshalb das schmiedeeiserne Tor an der Einfahrt abends stets offen gehalten. Weil den Nazitrupps nichts gelegener gekommen wäre als eine Amtshandlung in der Dunkelheit. Dann hast du die Tür geöffnet, und die Männer traten ein und stutzten, denn ihr habt ihnen etwas zu trinken und zu essen angeboten. So wie ihr euch das, anstatt zu bitten und zu klagen, von Anfang an vorgenommen habt.

*

Wallner sagte, er habe Elisabeth Waissnix und Wenzel Hofmann sogleich mitgeteilt, dass er sie beide zu verhaften und auf Schloss Wartholz zu bringen habe. Nachdem er kurz vor Gut Haaberg noch von dem Unteroffizier eines anderen Trupps gebeten worden sei, auf ihn und seine Gefangenen zu warten, sei er von der Waissnix und dem Hofmann bewirtet worden. Als ihm alles zu lange gedauert habe, habe er einen seiner Männer mit Elisabeth Waissnix in Richtung Wartholz vorausgeschickt. Auf Nachfrage des Volksgerichtes, warum er nicht auch Hofmann mit einem weiteren seiner Männer zu der Stabsstelle gesandt habe, erklärte Wallner, es wären ihm dann zu wenige Männer geblieben, um die voraussichtlich größere Gruppe an erst eintreffenden Verhafteten zu eskortieren. Irgendwann aber habe er den SS-Mann mit Hofmann dann doch losgeschickt. Daraufhin habe er noch eine Zeitlang gewartet. Als niemand gekommen sei, sei er selbst in Richtung Wartholz gegangen, wo ihn Kreisamtsleiter Klammer nach Hofmanns Verbleib gefragt habe. Er habe dessen Verspätung zuerst damit erklärt, dass Hofmann lungenleidend sei. Die Frage, woher Wallner über dessen Leiden so genau Bescheid wisse, da er ihm angeblich bis zur Verhaftung völlig fremd gewesen sei, ersparte sich das Gericht an dieser Stelle. Wallner fuhr in seiner Darstellung damit fort, dass er den SS-Mann, der den Spitznamen *Winnetou* gehabt habe, wie er offenbar ungefragt hinzufügte, sogleich zur Rede gestellt habe, als dieser ohne Hofmann erschienen sei. Derselbe habe ihm daraufhin erzählt, Hofmann habe auf der Brücke zu flüchten versucht, also habe er ihm nachgeschossen, woraufhin Hofmann ins Wasser gestürzt und tot gewesen sei. Erst da habe er sich wieder erinnert, am Weg nach Wartholz Schüsse hinter sich gehört zu haben, was damals aber keine Seltenheit gewesen sei. Er habe deshalb nicht weiter darauf geachtet.

*

Sie weint nicht, damit du nicht weinst. Das weißt du. Und du weinst nicht, damit sie nicht weint. Das galt für Elisabeth, die große Schwester, das galt für dein kleines Kind. Dazu brauchtet ihr weder ein Wort noch einen Augenblick als Schwestern. Wie für die weißen Leintücher. Keine Fahnen, das hatte eine von euch schon vor Wochen gesagt, und du weißt nicht einmal, ob du es warst oder Elisabeth. Oder keine von euch, weil ihr es beide wusstet, wie für das Weinen, kaum hatte der SS-Mann beim Durchzählen der Namen vor der Weiterfahrt auf dem abgedeckten Wagen seinen Zettel zusammengefaltet, ohne Wenzel zu erwähnen.

Mit Leintüchern hättet ihr die Russen begrüßt, wenn sie wirklich gekommen wären. Und mit euren Gestapo-Urteilen. Wie die anderen auf dem Wagen jetzt im Finstern und ohne Licht, da die Russen seit Tagen beim Viadukt standen. Lief man in den Wald, konnte man sie sehen. So wie sie hier jedes Licht, jeden Scheinwerfer sahen, vielleicht sogar den Wagen von Wartholz wegfahren hörten, standen sie doch nur Meter vom anderen Ortsende Reichenaus mit ihren Geschützen und Panzern, mit ihren Mannschaftswägen in solcher Zahl, dass jede der darüber still weitergereichten Ziffern längst so unwirklich klang wie es ihr Stehenbleiben nicht bloß mit jedem Tag, mit jeder Stunde geworden war, bis der kleine Nazitrupp vor deiner Tür gestanden war. Dein Name, das alte Urteil und dein Mädchen hinter dir im Gang. Nur kein Licht, hatten sie gesagt, mit der Maschinenpistole in der Hand, doch nicht im Anschlag. Dein kleines Mädchen. Selbst die Panzersperre am Ortseingang war seit Tagen schon verlassen. Nur kein Licht, wiederholte ein anderer. Und du bist mitgegangen, am Ende. Ohne dein Mädchen. Bis auch die Schwester gekommen war. Ohne ein Wort, ohne Weinen und auch ohne Wenzel.

*

Die Verhafteten habe er sich noch am Tag seiner Ankunft in Schwarzau vorführen lassen. Er habe sie verhört und ihnen mitgeteilt, dass sie abgeführt werden müssten nach St. Pölten. Der Richter fragte Braun, warum sie überhaupt zur Gestapo nach St. Pölten gebracht hätten werden müssen? Es hätte doch genügt, sie aus dem Kreisgebiet abzuschieben, zumal er keine Beweise gegen die Betroffenen in der Hand gehabt hätte, schon gar nicht in Zusammenhang schwerwiegender Delikte wie etwa Spionage. Braun widersprach: Es sei für ihn schon ein Beweis da gewesen, weil sie alle von der Gestapo bereits bestraft worden seien. Als der Vorsitzende einwandte, es seien doch auch Leute wegen ganz geringfügiger Äußerungen von der Gestapo bestraft worden, meinte Braun, das habe er nicht gewusst, in seinem Kreis sei von ihm nie jemand wegen dergleichen angezeigt worden. Er gab das ebenso unerschütterlich zu Protokoll, wie er schon zu Beginn seiner Aussage vor dem Volksgericht angegeben hatte, er sei Anfang 1933 nur deshalb von der Sozialdemokratie zur NSDAP gewechselt, weil er geglaubt habe, im Nationalsozialismus kämen die Arbeiter zu ihrem Recht, könnten sorgloser leben und würden ihre Arbeitsstelle bei Krankheit nicht gleich verlieren, und nicht etwa, wie ihm der Richter vorhielt, weil Hitler in Deutschland gerade die Macht ergriffen hätte. Genauso wie Braun wider alle erwiesenen Fakten aussagte und auch glaubte, sein Vater sei beim Gründungsparteitag der Sozialdemokratischen Arbeiterpartei in Hainfeld gewesen, und das so überzeugt, wie er bis zuletzt auch an den Endsieg geglaubt habe. Die eine Waissnix aber habe am Haaberg gewohnt, unweit der Front, da hätte sie mit den Russen in Verbindung treten und Spionage betreiben können. Daher habe er sie nicht dort lassen können. Wer mit den Leuten am nächsten Tag nach St. Pölten gefahren sei, wisse er nicht. Wallner habe ihm nur gemeldet, dass sie dort abgeliefert worden seien. Dass die Leute in St. Pölten wenige Tage später wieder ausgelassen worden seien, habe er nicht erfahren.

*

Die Erschießung des Hofmann durch einen SS-Mann habe er, Wallner, Braun noch am Freitag gemeldet. Auch den Gaustabsführer in St. Pölten habe er darüber in Kenntnis gesetzt. Inzwischen habe Braun sich die übrigen Leute vorführen lassen, um sie einzuvernehmen. Die Olga Waissnix habe er gefragt, ob sie vorbestraft sei. Sie habe die Frage verneint, worauf ihr Braun vorgehalten habe, dass sie doch bereits zu Arrest wegen Wehrkraftzersetzung verurteilt worden sei. Er, Wallner, habe danach den Transportschein für die Verhafteten ausgestellt. Auch hier habe er ausdrücklich angegeben, dass der gleichfalls für St. Pölten bestimmte Wenzel Hofmann bei einem Fluchtversuch erschossen worden sei. Sie wurden daraufhin mit einem LKW nach St. Pölten geschickt. Damit habe er seinen Auftrag erfüllt und sich um die ganze Sache nicht mehr gekümmert.

*

Den französischen Fremdarbeitern deines Hotels hättest du regelmäßig Zigaretten und Lebensmittel zugesteckt und somit gegen die Gesetze zum Schutze der Wehrkraft des deutschen Volkes verstoßen. Das bestätigst du Braun, es ist Jahre her, ebenso wie die Wiederholung deiner Taten und dass du sie im Brief an deinen französischen Verlobten erwähnt hast. Olga Waissnix, Mischling 1. Grades, habe Braun noch hinzugefügt. Sechs Wochen Haft, das Urteil vom Juli 1941, nachdem man den Brief beschlagnahmt hatte. Und vor Antreten der Haft noch einmal drei Monate wegen Fortführung der Vergehen, sagte er, ohne dass du es bestätigen musstest.

*

Der SA-Standartenführer Josef Weninger bestätigte gleich zu Beginn seiner Beschuldigteneinvernahme vor dem Volksgericht, dass er für Organisation und Aufbau des Volkssturmes zuständig gewesen und deshalb zum Kreisstabführer des Volkssturmes ernannt worden sei. Es habe sich um ausdrückliche Befehle seiner vorgesetzten Behörde gehandelt, er habe sich fügen müssen. In den letzten Märztagen sei von der Gaustabsführung der Auftrag gekommen, Sonderkommandos aufzustellen. Wallner sei zum Führer einer solchen Sondergruppe bestellt worden. Die Weisungen, die Wallner von oben erhalten habe, hätten unter allen Umständen befolgt werden müssen. Auch die SA habe sich in diese Agenden nicht einzumischen gehabt. Ob Wallner auch Verhaftungen vorzunehmen hatte, wisse er nicht. Wallner habe mit ihm über all das nicht gesprochen.

Ob er nicht gewusst habe, dass schon in den ersten Apriltagen Männer und Frauen aufgegriffen und Braun vorgeführt worden seien? Es sei davon gesprochen worden, antwortete Weninger, dass zwischen der russischen Front und dem eigenen Hinterland eine Verbindung bestehen müsse und dass Verrat am Werke sei. Deshalb sei der Befehl gegeben worden, politisch unzuverlässige Personen aus der Kampfzone zu entfernen. Als Soldat habe er diese Anordnung richtig gefunden. Da Kreisleiter Braun angenommen habe, dass dem Ortsgruppen- und Kreisamtsleiter Klammer bekannt sein müsse, wer in der Kampfzone Payerbach-Reichenau politisch unzuverlässig sei, so habe er diesem den Befehl gegeben, solche Personen namhaft zu machen und aus der Kampfzone zu entfernen. Klammer wiederum sei ziemlich eigensüchtig und eigenwillig gewesen und habe seine eigenen Ziele verfolgt. Ihn hätte man wohl als fanatischen Nationalsozialisten bezeichnen können. Er würde ihm deshalb zutrauen, solche Verhaftungen in eigener Regie durchgeführt zu haben. Ihm selbst sei bekannt gewesen, dass auch Verhaftungen durchgeführt worden sind, doch er habe sich nicht darum gekümmert, insbesondere weil für den Abschub aus der Kampfzone ein eigenes Kommando bestimmt gewesen sei.

Ob er gewusst habe, dass es sich hier nicht um gewöhnliche Evakuierungen, sondern um Deportationen gehandelt habe, und ob er wisse, wie die Überstellung der ersten Inhaftierten nach St. Pölten durchgeführt worden sei?

Mit dieser Überstellung, erwiderte Weninger, habe er nichts zu tun gehabt, das sei Wallners Sache gewesen. Überhaupt seien er und Wallner meistens nicht gleichzeitig in Schwarzau gewesen, weil sie beide auch in der Umgebung zu tun gehabt hätten. Es sei ihm von Wallner mitgeteilt worden, dass er durch seine Leute im Auftrag des Sonderkommandos verdächtige Personen verhaften und nach St. Pölten überstellen habe lassen. Einzelheiten habe ihm Wallner nicht mitgeteilt, er habe nicht einmal gewusst, dass sie zur Gestapo überstellt worden sind. Er sei vielmehr der Meinung gewesen, sie seien zur Gauleitung gebracht worden. Er habe sich um das alles auch schon deshalb nicht kümmern können, weil er vollauf mit Arbeiten für den Volkssturm zu tun hatte. Er habe deshalb auch nicht gewusst, dass Einzelne aus St. Pölten wieder zurückgekommen seien.

*

Wie aber sollte der Gendarm Pauspertl ihn am Rückweg zum Schloss Wartholz auf das Fehlen Hofmanns angesprochen haben, stellte Wallner in Zweifel, da Pauspertl selbst, wie in derselben Aussage angegeben, gerade erst von einem Einsatz Richtung Wartholz auf dem Rückweg gewesen sei und dort das Ausbleiben Hofmanns noch gar nicht bemerkt haben könne. Worauf der Richter Wallner vorhielt, Pauspertl habe zudem ausgesagt, Wallner habe bereits bei Übernahme des Zettels gemeint, dass er Hofmann selbst verhaften wolle, weil mit ihm noch eine Rechnung offen sei, weshalb es nicht aus der Luft gegriffen erscheine, dass der Gendarm ihn nach Hofmanns Verbleib gefragt habe.

Wallner wiederholte daraufhin, er habe bei Zuteilung der Gruppen noch nicht gewusst, dass Hofmann auf der Liste stehe. Und auch mit dem Zettel in der Hand habe es für ihn weder Grund gegeben, Hofmann zu erschießen, noch Pauspertl davon zu erzählen. Konfrontiert mit der ähnlich lautenden Aussage eines HJ-Volkssturmjungen, stellte Wallner diese damit in Abrede, dieser sei aufgrund seines Alters damals seelisch unter Druck gestanden.

*

Zirka 80 bis 100 Schritte vor Wehr und Brücke über die Schwarza habe ein SS-Mann sie angehalten, sagten Vater und Sohn Harmtod vor dem Volksgericht aus. Schon aus der Entfernung habe der SS-Mann gerufen: *Halt! Wo gehen Sie hin?* Sie seien aufgefordert worden, die Hände aus den Hosentaschen zu nehmen, und hätten geantwortet, dass sie nach Hause gingen. Daraufhin wurden sie nach dem Inhalt ihrer Rucksäcke und dem genauen Standort ihres Hauses gefragt. Ersteres hätten sie mit Hühnerfutter beantwortet, zweiteres mit einem Hinweis per Hand auf das jenseits der Schwarza am Fuße des Haaberg-Abhanges gelegene Haus mit dem roten Dach. Anstatt sie beide nach Kontrolle ihrer Ausweise weiterzuschicken, habe der SS-Mann dann jedoch auf den vorbeilaufenden E-Werkskanal gedeutet und gefragt, wo das Wasser hinfließe. Etwas erstaunt über die Frage hätten sie erklärt, dass es durch die Turbinen in das E-Werk fließe, das nur wenige hundert Meter entfernt liege. Auf die Nachfrage, ob die Turbinen derzeit stillstünden, hätten sie nur geantwortet, dass wegen der aktuellen Ausschaltung der Stromerzeugung vermutlich auch die Turbinen stünden. Daraufhin seien sie angewiesen worden, so schnell wie möglich zu verschwinden. Und erst als sie sich aufmachten und in Richtung ihres weiteren Weges über

Brücke und Wehr blickten, hätten sie dort die Kutsche ihres Nachbarn, des Gutsbesitzers Hofmann, erkannt, und einige Meter von der offenen Kutsche entfernt diesen selbst mit einem weiteren NS-Mann in Regenpelerine und einer unverkennbar darunter gehaltenen MPi neben der Wehr langsam auf und ab gehen. Da es auf ihrem Weg gelegen sei, hätten sie die beiden gleich darauf passiert, wobei Hofmann auf ihre Grüße hin noch freundlich gedankt habe. Ob der andere Mann auch von der SS gewesen sei, könnten sie beide nicht sagen, nur, dass er ein junges sommersprossiges Gesicht und rote Haare gehabt habe. Sie seien rasch weiter, und zwei, drei Minuten später seien die Schüsse gefallen. Zu dem Zeitpunkt hätten sie aber keine Sicht auf die Brücke mehr gehabt. Sie könnten deshalb nicht sagen, ob der Mann mit der Pelerine oder der SS-Mann, der sie angehalten hatte, geschossen habe. Den jungen Mann mit der Pelerine hätten sie seither beide nicht wieder gesehen, den anderen hingegen schon, sagte Sohn Harmtod nun und zeigte auf einen der Angeklagten, den am oberen Ende der Anklagebank sitzenden Wallner. Ob er sich nicht irre, fragte ihn der Richter. Nein, das sei der Mann, der sie beide angehalten und perlustriert habe, meinte nicht nur der Sohn, der Vater bestätigte. Warum er das nicht schon früher gesagt habe, wird der Vater, mit dem die Zeugenvernehmung begonnen hatte, vom Richter gefragt. Woraufhin dieser erwiderte, er sei im Unterschied zu seinem Sohn nicht danach befragt worden und er habe angenommen, er solle nur darauf antworten, wonach er gefragt werde.

Nun wurden sie gefragt, wie weit der Mann, der sie angehalten habe, zu dem Zeitpunkt von Hofmann entfernt gewesen sei. Harmtod Vater gab an, es seien letztlich eben jene 80 bis 100 Schritte gewesen, da der Mann ihnen nach dem ersten Anruf, anzuhalten, entgegengekommen sei. Als sie dann weiter durften, hätten sie sich nicht mehr nach ihm umgedreht. Ob er denn nicht mit ihnen gegangen sei, wurden sie vom Anwalt Wallners, Dr. Freund, gefragt. Nein, denn sie seien rasch davongegangen, der Mann sei ihnen deutlich langsamer gefolgt. Wann genau sie ihn nun wieder erkannt hätten, wollte der Anwalt noch wissen, worauf Harmtod Sohn antwortete, in dem Moment, in dem der Angeklagte hereingeführt worden sei, während Harmtod Vater hinzufügte, er habe sich vor seiner Aussage die Angeklagten angeschaut und das ihm bekannte Gesicht erkannt. Von da an habe er nur auf den Moment gewartet, in dem er gefragt werde, ob einer der Betreffenden im Gerichtssaal anwesend sei.

Ob sie sich nun wirklich zutrauten, einen ihnen sonst unbekannten Menschen unter derart geänderten Verhältnissen nach zwei Jahren wiederzuerkennen? Harmtod Sohn bejahte, sie hätten sich diesen Mann gut angesehen, weil ihnen die ganze Situation *gspaßig* vorgekommen sei, nachdem sie gefragt wurden, wohin das Wasser rinne, während sie ihren Nachbarn Hofmann unter Bewachung direkt an der Brücke stehen gesehen hätten.

*

Habe er, Rudolf Pauspertl, als Abteilungsführer des Gendarmeriepostens Reichenau aufgrund der angeblichen Mitteilung Wallners, Hofmann erschossen zu haben, entsprechend Anzeige erstattet? Pauspertl verneinte das. Auch auf Vorhalt des Volksgerichtes, Wallner habe eine am nächsten Tag von Pauspertl erstattete Meldung über die Auffindung einer Leiche und im Gang befindliche Erhebungen dazu als Argument zu verwenden versucht, dass eine solche Meldung nicht notwendig gewesen wäre, hätte er Pauspertl tatsächlich am Vortag bereits gesagt, er habe Hofmann erschossen. Pauspertl aber blieb bei seiner Aussage, keinerlei Meldung oder Anzeige gemacht zu haben; selbst auf Hinweis des Richters, dass es sich doch in dem gegenständlichen Fall mit Rücksicht auf die angeblich vorangegangene Ankündigung Wallners, mit Hofmann abzurechnen, um einen Mord gehandelt habe. Pauspertl räumte zwar ein, die Handlungsweise Wallners verurteilt zu haben, doch er sei zugleich der Überzeugung gewesen, Wallner habe nur auf Befehl gehandelt. So hätten die Geschwister Waissnix als Mischlinge 1. Grades gegolten. Die im sogenannten Waissnix-Schlössl lebende Olga sei beispielsweise 1941 von der Gestapo aufgrund eines abgefangenen Briefes an ihren französischen Verlobten einmal zu sechs Wochen und kurz darauf zu drei Monaten Haft verurteilt worden, weil sie diesem darin berichtet habe, den zur Arbeit in ihrem Hotel Thalhof zugeteilten französischen Kriegsgefangenen Zigaretten und gutes Essen gegeben zu haben. Ihre um ein Jahr ältere Schwester Elisabeth Waissnix wiederum, so Pauspertl, sei mit dem Versuch der Urkundenfälschung ihres Lebensgefährten Wenzel Hofmann in Zusammenhang gebracht worden, nachdem dieser sie zu einem Mischling 2. Grades zu machen versucht habe, um sie danach heiraten zu können. Deshalb habe er auch den Eindruck gehabt, dass Wallner in einem Spezialauftrag gehandelt hätte.

*

Auf die Frage, wann Weninger das erste Mal von der Einsetzung von Standgerichten gehört habe, antwortete er so wie Wallner, es werde vermutlich im Februar 1945 gewesen sein, als im Radio verlautbart wurde, dass in besonders feindbedrohten Gebieten Standgerichte einzusetzen seien. Danach gefragt, ob ihm daraufhin wie Wallner die im Februar 45 herausgegebene Verfügung über die Errichtung von Standgerichten verlesen worden sei, antwortete er, dass er von der Verordnung selbst keine Kenntnis gehabt habe. Vielmehr sei es Kreisleiter Braun gewesen, der ihm am 10. April einen Befehl bezüglich der Errichtung von Standgerichten gezeigt habe, allerdings nur flüchtig, sodass er nur lesen habe können, dass links oben *Errichtung von Standgerichten* und *Geheime Reichssache* gestanden habe. Demnach habe das Papier einen Geheimbefehl enthalten. Braun habe auch nichts Genaues über solche Standgerichte gesagt, sondern nur erwähnt, dass er eines errichten müsse. Er habe davon gesprochen, dass er im Auftrag des Gauleiters selbst den Vorsitz führen werde, Wallner und er, Weninger, hätten als Vertreter der Wehrmacht als Beisitzer zu fungieren. Er habe nicht gewusst, dass ein Strafrichter den Vorsitz hätte führen müssen. Ihm sei auch nicht bekannt gewesen, dass weder ein Richter noch ein Rechtsanwalt habe ausfindig gemacht werden können, er halte es aber für möglich, dass keiner aufzutreiben war, die meisten Zivilpersonen seien damals schon geflüchtet gewesen.

Die Frage, ob er Braun für einen fanatischen Nationalsozialisten gehalten habe, verneinte er zuerst. Als ihm der Vorsitzende vorhielt, Braun habe umgekehrt ihn selbst als derart fanatisch beschrieben, dass er auch über Leichen gegangen wäre, um Befehle durchzusetzen, antwortete Weninger, das habe möglicherweise Brauns Mentalität entsprochen, nicht aber seiner eigenen. Wäre das so gewesen, hätte er sich als einer von denen, die bereits seit 1930 bei der Partei, dafür inhaftiert und schließlich vor dem Ständestaat nach Deutschland geflüchtet waren, an sehr vielen politischen Gegnern rächen können, als er schließlich 1938 nach Neunkirchen zurückgekommen sei.

Nach der Zusammenarbeit mit Braun befragt, bestätigte Weninger zwar, dass es ihm nicht angenehm gewesen sei, dem Kreisleiter untergeordnet gewesen zu sein, doch er habe das nicht ändern können. Bei den Meinungsverschiedenheiten habe es sich nur um solche gehandelt, wie sie zwischen der SA und der Kreisleitung politisch eben entstünden, und man habe diese immer beilegen können. Als der Vorsitzende des Volksgerichts wissen wollte, ob er Braun als Kreisleiter überhaupt für befähigt gehalten habe, erwiderte Weninger, dass es mehrere Parteigenossen gegeben habe, die enttäuscht gewesen seien, als Braun Kreisleiter wurde, da sie als ältere Mitglieder der NSDAP geglaubt hätten, mehr Anspruch auf diesen Posten zu haben. Manche hätten sich auch für befähigter gehalten und sich durch dessen Ernennung zurückgesetzt gefühlt.

Für ihn hätte das nicht gegolten. Ihn hätte die politische Stellung nie interessiert, weil er nur Interesse für die sportliche Ausbildung der SA gehabt habe.

Auf die Nachfrage, ob Weninger jemanden mit der Bildung und beruflichen Erfahrung Brauns wirklich für die Führung des Vorsitzes eines Verfahrens, das doch über Leben und Tod entscheide, für geeignet gehalten habe, antwortete Weninger ganz entschieden: *Doch!* Mit der einzigen Begründung, er habe eben angenommen, dass Braun die entsprechenden Weisungen gehabt habe. Selbst habe er zwar seine Bedenken gehabt, diese zu äußern habe er sich in seiner Situation aber gehütet. Das Ganze sei ihm jedenfalls außerordentlich peinlich und unangenehm gewesen.

*

Gar nichts, so sollte auch Alois Kermer vor dem Volksgericht angeben, wisse er von den Vorgängen zu dieser Zeit, nur dass ein Standgericht errichtet und der eine oder andere hingerichtet worden sei, aber auch davon habe er nur gehört. Zur Zeit des Zusammenbruchs sei er im Krankenstand gewesen, ab dem 1. April habe er sich auf der Rax befunden. Dem Volkssturm sei er nicht zugezogen worden.

Sechzig Jahre später sollte der Zeuge von damals vor den Prozessakten sitzen, hunderte Seiten, Voruntersuchungen, Fahndungs- und Haftbefehle, Beschuldigten- und Zeugenaussagen, Protokolle der Prozesstage, der Urteilsberatung und seiner Verkündung sowie Gnadengesuche, Anträge zu Wiederaufnahme des Prozesses und solche zur Hemmung der Exekutionen bis hin zu den Protokollen der Hinrichtungen. Darunter die kurzen Zeilen seiner eigenen Aussage, nichts gewusst zu haben oder nur vom Hörensagen.

Umso mehr sollte er später zusammentragen. Nicht nur Ausschnitte aus den Verfahren gegen die Täter, die Mittäter und jene, die als Zeugen aussagten und aufgrund ihrer Aussagen noch im Gerichtssaal verhaftet wurden. Mit großer Akribie sollte Kermer seine Kenntnisse im Umgang mit Behörden und Akten ab den späten 1990er-Jahren nutzen, um den Schicksalen der Opfer nachzugehen. Er ließ selbst dort nicht locker, wo die Lücken nicht nur Teile ihrer Geschichten betrafen, sondern am Ende ein ganzes Leben.

Sein eigenes Leben und das seiner Familie hatte er damals auf Einladung der Besitzerin des Knappenhofs in das Nebengebäude des bis heute bekannten Raxhotels gerettet. In jene Räume, in denen Sigmund Freud ein halbes Jahrhundert davor an der *Traumdeutung* zu schreiben begonnen hatte. Ein aufgelassener Bergwerksstollen an der Knappenhofstraße, etwas unterhalb des Hotels im Wald gelegen, hatte als Schutz vor dem russischen Artilleriebeschuss gedient. Mit Kerzen und dem Notwendigsten hätten sie sich selbst für längere Aufenthalte eingerichtet gehabt, wie er in seinem späteren Bericht festhalten sollte. Denn dass es dauern würde, völlig unabhängig von dem täglichen Beschuss, wäre ihm angesichts der Generalstabskarte des Majors im Gemeindeamt von Reichenau, dessen Einheit sich aus Sicherheitsgründen über Reichenau in Richtung Westen abgesetzt hatte, klar gewesen. Im Widerspruch zur Propaganda hätte sich selbst für einen Laien die tatsächliche militärische Lage nur zu deutlich erschlossen, dass die Rote Armee nach ihrem schnellen Vorstoß von der burgendländischen Grenze her mit dem Erreichen Payerbachs und der Kontrolle über Viadukt und Eisenbahnlinie ihr Hauptziel hier wohl bereits erreicht und nur mehr abzusichern hätte, bis der Kampf dort entschieden sein würde, wohin alle Pfeile auf dieser Generalstabskarte zeigten: in Wien.

Von der Stollendecke habe es getropft, und die Kinder seien trotz der Lebensmittel, die er von der Besitzerin des landwirtschaftlichen Betriebes des benachbarten Marienhofes, Frau Konried, erhalten habe, so hungrig geblieben, dass sie, als Konried ihm einmal zwei Extrawecken Brot geschenkt hätte, einen davon auf einen Sitz gegessen hätten.

Sonst habe er, wie er 1947 als Zeuge vor dem Volksgericht in diesen wenigen Sätzen aussagte, von den Vorgängen dieser Tage nichts gewusst. Nur dass ein Standgericht errichtet und der eine oder andere hingerichtet worden sei. Aber auch davon habe er nur vom Hörensagen gewusst, wie er hinzufügte. Und das stimmte insofern, als ihm Volkssturmkommandant Forstrat Baier, zu dem er seine Frau mit dem ärztlichen Zeugnis des verlängerten Krankenstandes geschickt hatte, laut Kermers Jahrzehnte später verfasstem Bericht habe ausrichten lassen, Kreisleiter Braun habe ihn als rechtskundigen Beisitzer für das Standgericht in Schwarzau angefordert, doch selbstverständlich werde er ihm die Krankmeldung zukommen lassen.

Drei

Die unzähligen, bei jedem Hinschauen austauschbaren Höhenzüge der Rax auf der einen Talseite. Auf der anderen die dunklen Vorgipfel des Schneebergs. In Schwarzau wird dessen weißes Leuchten zu keiner Jahreszeit sichtbar. Als wäre es von einer Stille hinter all den Bergen verschluckt wie damals der Beschusslärm der russischen Artillerie. An der Stille hat sich bis heute nichts geändert. Trotz der Hunde. Trotz der Arbeitsmonturen, der Last- und Baufahrzeuge, der Ketten- und Kreissägen.

Nicht vor dem gelben Haus, dem grünen Haus oder dem Bungalow auf dem Fundament der Lagerkantine. Vor der Linde, vor der Post, die immer noch gelb ist. Hier hatten sich ab Mitte der ersten Aprilwoche alle versammelt. Auch Spielbichler, der es in Gloggnitz nicht mehr zu seinen Kameraden zurück geschafft hatte, war am Dienstag, dem 3. April, wieder in Schwarzau eingetroffen.

*

Du hast Widerstand geleistet, weil du selbst Gendarm warst und dir nichts zu Schulden hast kommen lassen. Du warst zu Hause, das wusste jeder. Du bist aus der Prein, als der Posten wegen der vorgerückten Front aufgegeben wurde, nicht mit den anderen nach

Schwarzau, weil du nach der Kriegsverletzung noch auf Genesungsurlaub warst. Auch das wusste jeder, weil dich, den Gendarmen Oskar Wammerl, hier jeder kannte. Sonst hätten doch Pauspertl oder Irschik, die beiden Kollegen, etwas gesagt. Doch sie haben dich beide nicht zum Mitkommen aufgefordert. Auch sonst keiner, sondern erst die beiden HJ-Burschen in ihren Tarnblusen mit den Maschinenpistolen. Das war am Donnerstag, es war der 12. April. Sie haben dich direkt ins Lager in Schwarzau gebracht, und du hast sie alle gesehen, Pauspertl, Irschik und die anderen Kollegen. Sie hätten auch jetzt nur sagen müssen, dass du immer noch auf Genesungsurlaub bist und dich deshalb nicht widerrechtlich von deinem aus der Prein nach Schwarzau verlegten Posten entfernt hast. Jetzt, wo du in Schwarzau warst, als Inhaftierter, nicht als Gendarm, mit all deinen Kollegen im Lager, das jetzt als Posten diente. Selbst Braun hätte es wissen müssen, der Kreisleiter, bei dem du interveniert hattest, als deine Frau in Wiener Neustadt eingesperrt war, während du mit deiner schweren Verwundung aus dem Lazarett gekommen bist. Doch keiner hat den Mund aufgemacht. Da hast du geahnt, dass es etwas anderes war.

*

An den drei folgenden Tagen, wie Spielbichler in seinem Protokoll vermerkte, habe er sich tagsüber meist am Posten aufgehalten, kleine Dienstgänge gemacht, abends Radio gehört. Die Russen seien weiter Richtung St. Pölten vorgestoßen, es sei von Kämpfen rund um Wien berichtet worden, und durch Schwarzau seien Truppen- und Munitionstransporte Richtung Payerbach gefahren.

Ich muss erkennen, schrieb Spielbichler, *dass ich mich in der militärischen Entwicklung geirrt habe. In Schwarzau tauchen immer mehr NSDAP-Funktionäre auf (Weninger, Wallner, Braun, HJ-Führer und Offiziere). Ich bekomme über Befehl der Gendarmerie eine Uniform.*

*

Noch am 13. April habe er Dr. Müller als Juristen vom Landratsamt verständigt, dass am Tag darauf ein Standgericht tage, zu dem er ihn beiziehen lasse, sagte Braun schließlich nach wiederholtem Vorhalt des Richters, er müsse doch gewusst haben, dass er ohne einen einzigen Juristen kein Gericht auf Leben und Tod aufstellen könne. Dr. Müller habe diese Verständigung in Schwarzau auch entgegengenommen und zugesagt, zu kommen, sei aber trotzdem am kommenden Tag nicht zur Verhandlung erschienen. Auf Nachfrage, warum er Gauleiter Jury nicht um neue Weisung gebeten habe, als er einsehen musste, dass es nicht möglich war, ein ordentliches Standgericht zu bilden, gab Braun zurück, er habe sich eingebildet, er müsse es machen. Woraufhin der Richter feststellte, Gauleiter Jury habe ihm doch nicht den Auftrag gegeben, ein Standgericht zu spielen, sondern eines zu bilden.

*

Ab dem 7. April, dem Samstag, sei der Volkssturm in den RAD-Baracken von Schwarzau organisiert worden. Gendarmeriebeamte seien dorthin kommandiert worden. Er habe versucht, sich davon fernzuhalten, schrieb Spielbichler, und sei am Posten in der Schreibstube geblieben. Dort habe er erfahren, dass Pauspertl seine Angaben anzweifle, unter welchen Umständen er seine Uniform verloren habe. Er soll gesagt haben, bei ihm stimme auch etwas nicht.

Sonntag und Montag habe er kleine Patrouillen gemacht, sei bei einem Magazin Wache gestanden. Dienstag seien die Streifendienste fortgesetzt, Deserteure gesucht worden. Er sei lieber allein gegangen. An dem Tag habe Huschka ihm am Posten erzählt, dass er ein Gespräch belauscht habe, wonach eine HJ-Gruppe in Zivil nach Gloggnitz gelangen solle, um die Roten, darunter Dr. Karl Renner und örtliche Funktionäre wie Höllerbauer oder Mayerhofer umzulegen. In diesem Augenblick sei ihm klar geworden, dass er unter allen Umständen wieder zurück müsse. Die Kameraden müssten gewarnt werden, aber wie? Er habe seine Frau mit seiner Absicht vertraut gemacht und ihr gesagt, er werde eines Tages von einer Streife nicht zurückkommen, sie solle sich nicht sorgen. Seine Frau habe Bedenken, aber auch Verständnis gezeigt, als er ihr sagte, er habe eine Pflicht zu erfüllen. Wenn er jetzt versage, dann habe seine ganze Arbeit gegen die Nationalsozialisten keinen Zweck gehabt. Er habe sich schließlich entschlossen, über die Rax zu gehen. Sein Onkel Grammelhofer, ein Förster, habe in diesem Gebiete einige Jagdhütten, da würde er schon weiterkommen. Er habe nur schauen müssen, eine Patrouille dorthin zu bekommen.

*

Da nach den damaligen NS-Erlässen ein Gliederungsführer oder ein Offizier der Wehrmacht, Waffen-SS oder Polizei den Standgerichten beizuziehen war, wurde Braun gefragt, wo er den Offizier hergenommen habe. Braun nannte Wallner, und der Richter fragte vorerst nicht nach, wollte stattdessen wissen, ob Braun auf diese Weise bereits grundsätzlich das Standgericht zusammengesetzt habe oder immer erst für den betreffenden Fall? Braun antwortete nur, Wallner habe als Wehrmachtsangehöriger den Beisitz gehabt, da er als Volkssturm-Oberleutnant eingesetzt war. Der Richter sah sich durch solche Aussagen darin bestätigt, dass Braun über die gesetzlichen Bestimmungen sehr wohl informiert gewesen sei. Womit sich einmal mehr die Frage stelle, warum er sich selbstherrlich über die Bestimmung Hitlers hinweggesetzt und sich selbst zum Vorsitzenden gemacht habe, obwohl er wusste, dass der Vorsitzende ein Berufsrichter sein musste. Er fragte Braun, woher er den Ankläger genommen habe? Braun antwortete, dass Wallner auch Ankläger gewesen sei. Auf den Einwand, Wallner könne als Beisitzer nicht zugleich Staatsanwalt gewesen sein, beharrte Braun, Wallner habe als öffentlicher Ankläger fungiert. Man müsse bedenken, dass es unmittelbares Kriegsgebiet gewesen sei. Der Richter konterte, auch Feldgerichte hätten auf Kriegsgebiet stattgefunden, worauf Braun nur erwiderte, dass die Aufgabe eines Standgerichts weit einfacher sei als die anderer Gerichte, da es immer nur um Todestrafe oder Freispruch ging. Und im Übrigen sei selbst der Gauleiter, von dem die letzten Erlässe über die Standgerichte stammten, kein Jurist gewesen, sondern Arzt.

Ob Wallner und Weninger mit ihrer Bestellung einverstanden gewesen seien, wollte der Richter zum Abschluss der allgemeinen Befragung über die Standgerichte noch wissen. Braun bejahte und wollte offenbar bereits zu den einzelnen Fällen kommen, denn er fügte hinzu, seiner Erinnerung nach sei Wammerl der erste Standgerichtsfall gewesen. Nein, erwiderte der Richter, Spielbichler.

*

Am 11. April, dem Mittwoch, habe sich Spielbichler dann Proviant gerichtet und Zivilkleider im Rucksack verstaut, diesen aber zunächst zu Hause gelassen. Im Radio wurde berichtet, die militärische Lage spitze sich zu. Zu seiner Frau habe er gesagt, sie dürfe mit den Kindern auf keinen Fall von Schwarzau weiterziehen, auch wenn alle anderen gingen. Im Westen tobe ebenfalls der Krieg, schwere Luftangriffe seien im Gange. Vor allem auf die dreizehnjährige Tochter müsse sie gut achtgeben.

Tags darauf sei er noch einmal auf den Posten gegangen und unruhig geworden, als er nicht weggekommen sei. Um zirka 11 Uhr sei er mit Huschka am Marktplatz gestanden, Kollege Resatz von der Polizei Gloggnitz sei mit Ganser per Kraftrad nach Schwarzau gekommen. Er habe Resatz eine Zigarette angeboten, dieser habe zum ersten Mal abgelehnt und sei sehr kühl zu ihm gewesen. Dann sei SA-Führer Weninger von der Gemeindekanzlei heruntergekommen, ein gehässiger Blick habe ihn getroffen. Er habe überlegt, warum, sei aber zu keinem Resultat gekommen. Dann sei er zurück zum Posten.

Ich sitze am Schreibtisch, die Pistole umgeschnallt, den Rücken zur Tür. Es kommt jemand, ich drehe mich um. Sonderkommandoführer Langecker und zwei HJ in Uniform mit MPi erklären mich für verhaftet. Ich soll keinen Widerstand leisten, es wäre zwecklos. Ich erinnerte mich an jenen Blick Weningers und an Resatz. Man forderte meine Pistole, ich ersuchte sie mir zu belassen, sie lehnten ab. Durch die Ortschaft trieben sie mich zum RAD-Lager. In der Kommandokanzlei wurde ich angehalten. Ein Schreiber fragte, was los sei. Ich sagte, ich weiß es nicht. Dort saß ich mehrere Stunden. Der Schreiber in der SA-Uniform ging hinaus, vor der Tür standen Posten. Ich suchte am Schreibtisch nach einem Schriftstück, aus dem der Mann über mich gelesen hat. Ich fand es und las. Es war eine Vernehmungsmitschrift mit den Wehrmachtssoldaten Kuhmke und Hof, die mich wegen meiner Aufforderung am Höhenweg, den sinnlosen Widerstand einzustellen, angezeigt haben. Ganser war auf dem Schreiben auch unterschrieben. Jetzt war mir der Fall klar. Ich legte das Schreiben zurück und begann mir sofort eine Rechtfertigung zurechtzulegen. Ich gebe nichts zu, ich habe es anders gesagt.

*

Von wem und auf welche Weise habe er dann erfahren, wurde Wallner vor dem Volksgericht gefragt, dass es tatsächlich zur Einsetzung des ersten Standgerichts komme? Wallner gab daraufhin an, es sei, wie bereits gesagt, in der zweiten Aprilwoche gewesen. Braun sei in der Früh gekommen und habe gemeint, dass sich die Frage stelle, was mit den Inhaftierten geschehen solle. An dieser Stelle insistierte der Vorsitzende, dass ihm zu dem Zeitpunkt doch aufgefallen sein müsse, dass unter den Inhaftierten ein aktiver Polizist und ein Gendarm auf Wehrmachtsurlaub waren. Wallner räumte ein, dass das möglich sei, doch in den Meldungen an den Kreisstabsführer sei weder von Anschuldigungen gegen die Inhaftierten etwas gestanden, noch von wem sie eingebracht worden seien. Stattdessen sei er mit Weninger von Braun in das Dienstzimmer Weningers befohlen worden, wo ihnen mitgeteilt wurde, dass Braun aufgrund eines Befehls von Gauleiter Dr. Jury den Auftrag habe, hier im Ort ein Standgericht zu bilden. Von dem Schreiben selbst, das dieser dabei in der Hand hatte, habe er allerdings nur den Kopf gesehen.

Der Vorsitzende hielt Wallner nun seine Verantwortung vor, immerhin habe es in der Vorschrift des Gauleiters geheißen, dass ein Beisitzer Gliederungsführer und der andere Offizier der Wehrmacht sein müsse. Woraufhin Wallner einwandte, dann hätte er auch ein Mitstimmrecht gehabt. Der Vorsitzende bestätigte, dass es so gewesen sein müsse, was Wallner mit den Worten in Abrede stellte, er hätte sich doch mit seinen fünfundzwanzig Jahren selbst nicht zugemutet, die Leute in einem derartigen Gericht zu befragen oder über sie zu urteilen. Es seien doch viele ältere Leute dort gewesen, mit mehr Lebenserfahrung!

Warum, so der Richter, habe er derart plausible Gründe nicht Braun vorgebracht? Wenn Braun, so Wallner, einem mit dem Befehl in der Hand sagte, er bestimme ihn, Weninger, und ihn, Wallner, als Wehrmachtsangehörige, so habe er dagegen nichts ausrichten können.

Dennoch frage er ihn, wiederholte der Richter, warum er die Bedenken, die er heute vorgebracht habe, Braun damals nicht zumindest mitgeteilt hatte? Oder Weninger, mit dem er in engem dienstlichen Kontakt gestanden habe?

Dieser habe sich doch in der gleichen Lage wie er befunden, erwiderte Wallner. Braun habe aber ausgesagt, erinnerte der Richter, es habe bei Weninger gar keiner Überredung bedurft, dieser sei von selbst dafür gewesen. Wallner erklärte, das sei aus dem Gesichtsausdruck Weningers nicht zu schließen gewesen. Allerdings habe dieser, wie er einräumte, sich ihm gegenüber in keiner Weise geäußert.

Warum er aber keinem der beiden vorgetragen habe, dass ihm die Erfahrung fehle und ältere Offiziere vor Ort seien?

Er habe eine Äußerung in dieser Richtung gemacht, die aber sofort unterdrückt worden sei.

Habe er wirklich gebeten, von der Bestellung seiner Person Abstand zu nehmen, wollte der Richter konkret wissen, und zwar in so beredten Worten wie er das heute vorgetragen habe?

Er habe gefragt, ob das schon feststehe und ob er unbedingt dabei sein müsse. Und vielleicht habe er noch gefragt, warum es gerade er sein müsse.

Letzteres bestätigte Braun, fügte aber hinzu, dass Wallner keine Einwände erhoben habe, nachdem er ihm erklärt hatte, dass er als aktiver Offizier benötigt werde, obwohl auch ältere als er da waren.

Auf die Frage des Richters, ob er es sich, unabhängig von der Verfahrensfrage, selbst zugetraut habe, zu urteilen? Soweit Wehrmachtsbelange betroffen waren, ja, antwortete Wallner.

*

Noch bis am Abend sei er an dem 12. April in der Kanzlei gesessen, schrieb Spielbichler in seinem Gedächtnisprotokoll, ohne vernommen worden zu sein. Um zirka 18 Uhr sei eine HJ-Streife gekommen und habe ihn mit gefällten Gewehren durchs Lager geführt. Es habe zweifellos Aufsehen erregt. Man habe ihn in eine Zelle in der ersten Baracke rechts gesperrt, vis-à-vis der Tür sei die Lagerwache gewesen. Es habe sich um eine ganz kleine Zelle gehandelt, das Fenster stark vergittert. Eine Holzpritsche habe es gegeben, doch keine Decken, kein Polster. Er sei nervös gewesen, in der Zelle auf und ab gegangen. Sein Gehirn habe fieberhaft gearbeitet: Wissen sie sonst auch noch etwas? Was werden sie mit seiner Familie tun? Allmählich sei er ruhiger geworden. Schließlich wurde es Nacht, er habe sich auf die Pritsche gelegt. Kalt sei ihm gewesen, und man habe ihm einen alten RAD-Mantel gegeben.

Um zirka 22 Uhr geht die Zellentür auf und ein Uniformierter wird hereingestoßen. Ich stehe auf. Es ist Wammerl, mein Freund von der Gendarmerie. Er ist erschöpft. Dann sagte er mir, er wusste schon, dass ich hier sei, erzählte mir von seiner Verhaftung in Prein, wo er bei seiner Familie auf Krankenaufenthalt weilte. Man halte ihm angeblich Fahnenflucht vor. Aber das könne nicht halten, davon sei er überzeugt. Er habe es schwarz auf weiß, dass er im Urlaub war. Bei der Verhaftung versuchte er sich zu widersetzen und sagte, er lasse sich nur von der Sicherheitsbehörde verhaften. Es half ihm nichts, man drohte mit der Waffe. Er musste der Gewalt folgen.

Dann fragte er, was mit mir los sei. Ich erzählte ihm kurz, was ich wusste. Er war plötzlich sehr nachsinnlich und sagte: Heinrich, ich muss Dir etwas Bitteres sagen. Während der Eskorte sagte Langecker zu mir, Du würdest morgen mit Deiner ganzen Brut umgelegt, man hätte Dich endlich durchschaut.

Diese Mitteilung habe ihn äußerst schwer getroffen, schrieb Spielbichler, doch mehr habe ihm Wammerl nicht sagen können. Er habe aber erkannt, dass die Gefahr größer war, als er ursprünglich angenommen hatte. Es müsse etwas geschehen. Doch durchs Fenster könne er nicht hinaus, draußen gingen die Posten auf und ab, vielleicht gehe es morgen. Sie hätten nicht mehr viel geredet und sich zusammen auf die Pritsche gelegt, den Mantel geteilt. Wammerl habe ihn beruhigt und gemeint, seine Familie könnten sie doch nicht erschießen. Aber er habe sich nicht zur Ruhe zwingen können ... *Ich stand wieder auf, ging zum Fenster, ein sternheller Himmel, meine Familie so nahe und ich kann sie nicht warnen. Ich probierte an dem Gitter. Es war fest und von außen befestigt. Fallweise ging ein Posten vorbei.*

*

Die Frage des Volksgerichts an den in Sachen Standgerichtsbarkeit als Zeugen vorgeladenen NS-Generalstaatsanwalt Dr. Johann Karl Stich, ob Gauleiter Jury ihm gegenüber die Absicht geäußert habe, seine Befugnisse den Kreisleitern zu übertragen, bejahte Stich, er wisse nur nicht genau, ob Jury gesagt habe, es tun zu wollen, oder es bereits getan hätte. Er, Stich, habe Jury gegenüber seine Bedenken zum Ausdruck gebracht, da immerhin gesetzliche Bestimmungen über die Zusammensetzung der Standgerichte vorlagen. Jury habe darauf geantwortet, es sei doch unmöglich geworden, dass er überall hinfahre. Wenn Jury ihn gefragt hätte, ob solche Kreisstandgerichte der Verordnung vom 15. Februar 1945 entsprächen, hätte er ihm geantwortet, dies sei nur dann der Fall, wenn diese die gesetzliche Zusammensetzung erfüllen würden: ein Strafrichter als Vorsitzender, ein Staatsanwalt als öffentlicher Ankläger.

Auch der NS-Regierungspräsident des Reichsgaues Niederdonau, Dr. Erich Gruber, bestätigte, die Verordnung vom 15. Februar gekannt zu haben. Nach Vorhalt des Erlasses von Jury zur Ernennung der Standgerichtsmitglieder gab Gruber zudem an, dieser Erlass sei aus seiner Dienststelle gekommen. Ob ihm nun bekannt geworden sei, dass Jury den Kreisleitern die Ermächtigung erteilt habe, in ihren Kreisen eigene Standgerichte zu errichten? Ja, antwortete Gruber, das sei richtig, diesen Auftrag habe Jury am 7. April 45 erteilt. Er habe ihn von seinem Entschluss in Kenntnis gesetzt, worauf er dagegen sofort Einwände gemacht und auf die Schwierigkeit hinsichtlich der Besetzung der Standgerichte hingewiesen habe.

Gefragt, ob Jury die Kreisleiter selbst befugt habe, Standgerichte zu bilden, bejahte Gruber. Jury habe ihm ausdrücklich mitgeteilt, er habe die Kreisleiter hiezu berechtigt und diesen die Befugnisse von Gerichtsherren übertragen. Als er, Gruber, ihn gefragt habe, ob er denn selbst dazu berechtigt sei, habe Jury ihm entgegnet, er hätte andernfalls diese Verfügung nicht hinausgegeben. Zu dem neuerlichen Einwand über die Besetzung derartiger Standgerichte habe ihm Jury lediglich erwidert, dass die ordnungsgemäße Besetzung die Kreisleiter selbst durchzuführen hätten.

*

Er sei vor seiner Baracke im RAD-Lager gestanden, als Wammerl, in den ersten Apriltagen muss das gewesen sein, eskortiert von einer SS-Streife, vorbeigebracht worden sei, sagte der Gendarm Rudolf Pauspertl als Zeuge vor dem Volksgericht aus. Er habe gefragt, warum dieser verhaftet worden sei, worauf davon gesprochen wurde, dass er Widerstand geleistet habe. Einzelheiten habe er nicht erfahren. Darauf sei er zur Kommandobaracke geeilt, zum Kreisstabsführer und Kommandanten des Volkssturms Weninger. Der habe erklärt, er wisse noch nichts über den Fall und müsse die Meldung der Streife abwarten. Wammerl sei jedoch vorläufig in Gewahrsam genommen.

Am nächsten Tag habe Pauspertl Wallner aufgesucht, von dem er auch nichts erfahren habe können. Wammerl habe damals zwar nicht der Gendarmerie unterstanden, da er auf Wehrmachtsurlaub gewesen sei, aber er habe Wallner darauf aufmerksam gemacht, dass Wammerl der SS- oder Polizeigerichtsbarkeit unterstehe. Außerdem habe er nach Braun und Weninger gefragt, die beide nicht zu erreichen waren.

Darauf entgegnete Wallner vor dem Volksgericht, Pauspertl habe ihm nichts davon gesagt, dass Wammerl dem SS-Gericht unterstehe. Pauspertl beharrte darauf, räumte aber ein, am Tag davor habe er Weninger darauf hingewiesen. Allerdings sei an dem Tag von einem Standgericht auch noch keine Rede gewesen, allein die Verhaftung habe er aber schon als völlig unzulässig empfunden.

*

Erst am Morgen, so Spielbichler über den Freitag, 13. April, sei er dann eingeschlafen. Man habe ihnen ein Stück Brot gebracht, das sei die ganze Verpflegung für den Tag gewesen. Er habe keinen Hunger gehabt, sie hätten aber danach verlangt, auf das Klosett gehen zu dürfen. Ein Posten habe sie begleitet. Im Lager habe es Aufsehen gegeben: ein Gendarm und ein Polizeimeister verhaftet! Niemand habe sich getraut, mit ihnen zu sprechen. Dann sei es wieder zurück ins Loch gegangen. Wammerl sei guter Dinge gewesen. Er habe überhaupt ein heiteres Gemüt besessen. Er habe ihn schon länger gekannt. Wammerl habe dann ein Stück Selchfleisch und Brot mit ihm geteilt, das er zu seiner Freude hereingeschwindelt hatte. Dann hätten sie geraucht, Wammerl und er hätten Zigaretten gehabt. Nur mit den Zündern habe es schlecht ausgesehen, noch sei es aber gegangen.

Am Nachmittag sei noch einer zu ihnen gebracht worden, ein Mann über 60, verhärmt, aber er habe einen intelligenten Eindruck gemacht. Sie hätten ihn begrüßt, ihm aber nicht gleich getraut, da sie ihn nicht kannten. Er habe sich als Landesgerichtsrat Dr. Thaller aus Reichenau vorgestellt. Wammerl habe dann gemeint, er könne sich erinnern. Thaller habe erzählt, dass er ein Nazigegner sei und in Reichenau als solcher bekannt. 1938 sei er in Graz gemaßregelt worden. Thaller sei zu ihnen nett gewesen, doch er war in höchstem Grade verzweifelt. Sie hätten ihm Trost zugesprochen, er würde schon wieder hinauskommen. Thaller habe immer Hunger gehabt, sie hätten ihm von ihrem Brot gegeben. Auch Zigaretten habe er keine gehabt. Zu dritt hätten sie auf der Pritsche aber nicht schlafen können, sie hätten ihm deshalb die Pritsche allein angeboten. Er habe abgelehnt und wollte sich auf den Erdboden legen. Daraufhin hätten sie ihm den RAD-Mantel überlassen.

*

Thomas Irschik, Pauspertls und Wammerls Gendarmeriekollege wiederum gab vor dem Volksgericht an, er habe von Wammerl selbst gewusst, dass er aus dem Lazarett entlassen worden war und sich nach einer Knieverletzung auf Genesungsurlaub zu Hause in Prein befand. Am 1. April habe sich der Gendarmerieposten Prein auf den Posten Schwarzau zurückziehen müssen. Es sei richtig, er habe Pauspertl nicht darauf aufmerksam gemacht, dass Wammerl auf Genesungsurlaub war, und er habe Wammerl auch nicht aufgefordert mitzukommen. Er habe sein Zurückbleiben nicht strafbar gefunden, er sei doch noch im Krankenstand gewesen. Wammerl dürfte Mitte des Monats verhaftet worden sein. Man habe davon gesprochen, dass er von einer SS-Streife aufgegriffen und auf den Posten Schwarzau eingeliefert wurde. Grund sei ihnen keiner angegeben worden. Über diese Nachricht habe im Lager große Aufregung geherrscht. Erst am Tage, an dem die Erschießung stattfand, habe er erfahren, dass in der Führerbaracke ein Standgericht getagt habe.

*

Einmal seien sie in Begleitung von zwei Posten an dem Freitag noch auf das Klosett, wo sie sich von einem Volkssturmmann Zünder verschafft hätten. Thaller habe sich als scharfer Nazigegner erwiesen. Der Nachmittag sei schnell vergangen, ohne besondere Ereignisse. Nur auf der Wiese neben der Zelle hätten HJ und NS-Funktionäre stundenlang mit der MPi auf Ziele geschossen, das habe sie nervös gemacht. Besonders Thaller, der ja nie Soldat gewesen sei. Zu essen habe es außer einem Stück Brot wieder nichts gegeben. Sie hätten sich beim Wachekommandanten beschwert und eine Schale Kaffee erhalten.

Wir wurden langsam alle etwas ruhiger, eine gewisse Gleichgültigkeit überkam uns, ich brachte aber den Gedanken an die Familie nicht weg, schrieb Spielbichler. Wammerl habe Witze gemacht und gesagt, *Schau, Heinrich, sterben kann man nur ein Mal*. Thaller habe gesagt, wenn sie wieder herauskämen, würde er ihnen alles vergüten, er bekomme bestimmt eine hohe Stelle bei Gericht und würde sich für sie beide verwenden. Wammerl habe gesagt, sie würden keine Stelle mehr brauchen, höchstens einen Friedhof.

Vier

Transportschein nach St. Pölten, sagte Wallner und reichte ihn dem Fahrer. Sechs haben wir noch, sagte er, einer auf der Flucht erschossen. Und er sah dich an, obwohl er sich nicht nur vom Fahrer, sondern auch von dir längst weggedreht hatte. Transportschein. Einer auf der Flucht erschossen. Gute Fahrt. Heil Hitler. Du hast es gewusst. Als Wenzel nicht kam, dafür sein Mörder, vor drei Tagen, nachdem du auf Schloss Wartholz gebracht wurdest. Du hast es gewusst, weil er wegschaute, nur kurz, zu kurz für Scham. Kurz wie etwas, das auch bei so jemand keinen Namen kennt. *Transportschein*. Jetzt sieht er dich an. *Und einer erschossen.*

Die Kupplung, der Ruck, der durch deinen Körper geht, der Motor greift in die Räder, als machte das alles ungeschehen. All die Momente des Wegfahrens in deinem Leben in diesem einen. Als wäre nur das Wirklichkeit, was einmal war. Ohne Transportschein. Ohne Augen.

*

Nachdem der Einbruch des Feindes in das engere Heimatgebiet erfolgt sei, habe der Gauleiter auch in St. Pölten den Sitz eines Standgerichts angeordnet, sagte Wallner. Um den 4. April habe er in St. Pölten Plakate gesehen, in zweierlei Farben, glaublich rot und grün. Alle Personen, die gegen das Kriegsrecht verstießen, seien abzuurteilen, vom Gauleiter als Reichsverteidigungskommissar unterschrieben. Am 7. April seien diese Plakate nach Schwarzau gekommen, wo er am Lagereingang selbst eines angeschlagen habe. Die Plakate seien aber auch an Bäumen angebracht und an Wehrmachtseinheiten verteilt worden. Deshalb habe er nicht bezweifelt, dass Braun auf Befehl des Gauleiters handle, hier im Ort ein Standgericht zu bilden, als nach dem 10. April eine Abschiebung nach St. Pölten nicht mehr möglich gewesen sei.

Er erinnere sich noch genau an ein SS-Kommando, das Anfang der zweiten Aprilwoche nach Schwarzau gekommen sei. Da es sich um ein reines Jagdkommando gehandelt habe, hätte der Volkssturm keine Berechtigung gehabt, über die Einheit zu verfügen, und sie deshalb weitergeschickt. Auf der Fahrt zum Heeresverpflegungsamt St. Pölten sei das Kommando bei St. Georgen von den Russen eingeschlossen worden. Von dem Tag an habe er gewusst, dass die Straßenverbindung Lilienfeld – St. Pölten unterbrochen war. Auch sei am 10. April schon schweres Artilleriefeuer auf St. Pölten gewesen. Er wolle damit nur sagen, dass das Standgericht am 10. April, als Braun sie über den Befehl des Gauleiters sinngemäß informiert habe, ohne ihnen daraus vorzulesen, dort nicht mehr amtieren habe können.

Er habe nur den Transportschein ausgestellt, erst hierauf habe er von der Überstellung nach St. Pölten zur Gestapo erfahren. Auch hatte er weder mit den Vernehmungen durch Braun noch dessen Entscheidung einer Abschiebung etwas zu tun. Er habe auf dem

Schein noch ausdrücklich angegeben, dass der ebenfalls für St. Pölten bestimmte Wenzel Hofmann auf einem Fluchtversuch erschossen worden sei. Damit habe er seinen Auftrag erfüllt und sich um die ganze Sache nicht weiter gekümmert. Auch wenn er den Streifendienst der nach Flüchtigen und Deserteuren suchenden Sonderkommandos in der SS-Kreisstabsführung organisiert und angeordnet habe, habe er weder die genaue Zahl der Verhafteten noch deren Namen gekannt.

Es sei damals so viel zu tun gewesen, und wenn er todmüde nach Hause gekommen sei, habe er mit niemand mehr gesprochen. Am 6. April sei er etwa nach Mürzzuschlag geschickt worden, am Samstag sei er mit Weninger in Krems gewesen, setzte Wallner seine Erinnerung an die beiden Wochen fort, und inzwischen habe sich Braun am Sonntag die in Reichenau verhafteten Leute vorführen lassen. *Am Samstag war ich mit Weninger in Krems*, so steht es im Protokoll. Sonst nichts. Auch von Seiten des Volksgerichts gab es an dieser Stelle keine Nachfragen.

*

Die Kurven in den Bergen, die Kurven, die Kehren, von einem Tal ins andere. Und die Stille, in die du vor Tagen noch so sehnsüchtig hineingehorcht hast, die Stille vor dem Artilleriefeuer, und die Stille danach, bis der folgende Beschuss näher gekommen war. Und selbst als die ersten Artillerielinien der Roten Armee ab dem 1. April fest am Taleingang standen und sich keinen Zentimeter mehr bewegten, die Stille danach hat doch jedes Mal wieder etwas versprochen, auch wenn es nur das Blaue vom Himmel war. Jetzt war es nur mehr der Tod.

Die Berge traten auseinander, die Straße Richtung St. Pölten war voller Lärm und Militär. Was war mit ihrem Mädchen? Sie konnte nicht daran denken. Was würde sie glauben? Als kleines Kind wusste sie noch viel zu wenig und doch zu viel.

Dass sie jetzt über Hohenberg und Lilienfeld hinausfuhren, musste zu hoffen geben. War der direkte Weg mit Übergang vom Schwarza- ins Gölsental also schon zu gefährlich geworden? Wie für ewig eingelernt tauchten solche Fragen auf. Als hätte es nie andere Fragen als die nach dem Vorrücken einer anderen Armee gegeben. Und nie ein anderes Leben.

Dann die Zelle. Und ein Aufatmen, so schändlich es ihr vom ersten Augenblick an vorkam. Doch es war ein Aufatmen, gerade weil es das Ende sein musste. Es war die erste Stille ohne Erwartung, von Sehnsucht gar nicht zu reden. Doch es hielt nicht lang. So schrecklich war, was rundum erzählt wurde.

*

Am Samstag war ich mit Weninger in Krems. In der Strafanstalt Krems-Stein waren Anfang April die Lebensmittelvorräte ausgegangen. Die sowjetischen Truppen standen nahe Wien, und die Vorgaben, wie mit Häftlingen bei Feindannäherung umzugehen sei, hatten sich als undurchführbar erwiesen. So hatte auch der Versuch, in dem tagtäglich weiter schrumpfenden NS-Reich noch knapp zweitausend Gefangene mithilfe von Schleppkähnen oder Zügen donauaufwärts zu verlegen, nur scheitern können. Franz Kodré, der Anstaltsleiter, hatte deshalb in Abstimmung mit den NS-Justizbehörden in Wien entschieden, am 5. April zuerst die gewöhnlichen Häftlinge zu entlassen, am 6. April alle übrigen, unter ihnen auch viele politische.

Zeugen werden später von gelöster Stimmung und einem reibungslosen Ablauf sprechen, bis einige Aufseher begannen, die Kleidersackausgabe zu sabotieren, um Chaos zu erzeugen. Als die Anstaltsleitung daraufhin Waffen an einige als besonnen bekannte Häftlinge verteilte, endeten die Tumulte. Sogar gültige Papiere wurden noch ausgestellt, und Hunderte gingen in die Freiheit hinaus.

Daraufhin meldeten sich NS-treue Aufseher aus der Anstalt telefonisch beim Kremser Kreisleiter, um von einer sich ausbreitenden Revolte der Freigelassenen zu berichten. Der Kreisleiter rief Alarmeinheiten von Schutzpolizei, Volkssturm und Waffen-SS, und der Wahnsinn nahm seinen Lauf. Dass von einer Revolte vor Ort keine Rede war und der Gefängnisdirektor die Rechtmäßigkeit der Maßnahmen im Einklang mit den gültigen NS-Schriftsätzen bestätigte, war gleichgültig: Direktor Kodré und die ihm loyalen Aufseher wurden verhaftet, den immer noch für Ordnung und Ruhe sorgenden Häftlingen wurden die Waffen abgenommen. Der stellvertretende Leiter hielt sämtliche Schreiben zurück, in denen der Direktion bis zuletzt die Richtigkeit des Vorgehens bestätigt worden war, die Häftlinge wurden in die Anstalt zurückgedrängt und die umliegenden Straßen gesperrt. In Panik verriegelten die ehemaligen Gefangenen nun ihr eigenes Gefängnis selbst. Doch es half nichts, Handgranaten wurden geworfen, manche Aufseher fanden Wege ins Innere und öffneten im Tumult die Tore. Waffen-SS und Wehrmacht stürmten die Anstalt, schossen die Häftlinge zuerst in den Höfen nieder, durchkämmten die Gebäude und verschonten nur jene, die von ihren ehemaligen Wärtern im letzten Moment scheinhalber wieder in ihre Zellen gesperrt worden waren.

In der Zwischenzeit befahl der Kreisleiter die Exekution Franz Kodrés und seiner drei Hauptaufseher. Sie wurden an der Gefängnismauer ohne Verfahren erschossen. Gleichzeitig setzten draußen auf den Straßen und in den umliegenden Orten motorisierte Waffen-SS-Kommandos all jenen nach, die nach ihrer Freilassung bereits weit genug gekommen waren, um von den Ereignissen nichts mitbekommen zu haben. In ihrer Häftlingskleidung gaben sie umso leichtere Beute ab. Ob in Mautern an der Donau, in Furth bei Göttweig, in Statzendorf, Hörfarth oder Hadersdorf am Kamp, die Hetzjagd endete erst am nächsten Tag.

Es war der Samstag, 7. April, an dem Wallner mit Weninger in Krems gewesen war. Als Soldat, sagte Wallner an einer anderen Stelle des Verfahrens, sei ihm bekannt, dass bei einer eingekreisten Kampfgruppe, wo kein Richter ist, drei Offiziere mit dem Kommandeur an der Spitze bei Vergehen ein gewisses Recht auf Leben und Tod hätten.

*

Auf die Frage, wann er sich von Wien nach Krems abgesetzt habe, sagte der ehemalige NS-Regierungspräsident Dr. Gruber vor dem Volksgericht aus, er sei dem

Reichsverteidigungskommissar Jury unterstellt gewesen und mit einem kleinen Teil des Personals, etwa zehn Prozent, am 4. April nach Krems gezogen. Ob ihm über die Geschehnisse von Krems etwas bekannt sei, wo es neben den Opfern des Häftlingsmassakers auch zu Exekutionen gekommen sei? Diesbezüglich sei ihm bekannt, dass damals ein unmittelbarer Auftrag des Gauleiters, sozusagen eine Erschießung in eigener Regie, vorgelegen sei – ohne Standgerichtsverfahren. Die Frage, ob die zuständigen Justizbeamten wie Dr. Stich mit Gauleiter und Reichsverteidigungskommissar Jury darüber gesprochen hätten, dass ein derartiges Verfahren unzulässig sei, verneinte Gruber.

*

Hast du es schon gehört? Du warst mit der Schwester und den anderen in eine Zelle gesperrt. Mit dem Sohn des früheren Bürgermeisters, den Reifböcks vom Elektrizitätswerk und der Swoboda, einer Arbeiterin. Ihr kanntet einander, doch wie wenig das war und wie ungenügend, zeigte sich erst, als das Reden begann. Vielleicht auch erst mit dem ersten Hofgang. Du aber hast dich so gefürchtet davor, als hätten sich von Anfang an selbst die Haare an deiner Haut dagegen aufgestellt, wie von nun an alles an dir mit Abwehr reagiert hat, sobald wieder geredet wurde. Irgendwann selbst gegen die eigene Schwester.

Hast du es schon gehört? Spätestens seit dem Hofgang war es nur mehr um die Schrecken anderer gegangen. Dazu die Reifböcks immer wieder mit demselben Satz, sie würden keinesfalls gehen, sie würden lieber eingesperrt bleiben, nein, sie würden sicher nicht in solche Fallen wie in Krems gehen. Auch der Bürgermeistersohn sagte etwas. Die Arbeiterin sagte meistens nichts. Und die Schwester vergrub ihr Gesicht nur noch tiefer in ihren Händen. Da war sie dir nah, da hättest du dich zu ihr setzen wollen, um über Wenzel zu weinen, über dein Mädchen, das bei der Haushälterin geblieben war, und irgendwann über die jungen Männer an den Laternenmasten, die euch bei der Ankunft am Platz vor dem Gestapo-Gebäude erwarteten. Manche davon noch Buben, die einen schon mit den langen Gliedmaßen Jugendlicher, andere noch ganz kindlich. Ihr habt sie angestarrt, kein Wort gesagt. Kein Wort über die Buben, über die jungen Männer, die so wesenlos da hingen. Den ganzen Abend nicht. Und kein Wort über euch selbst.

*

Wann die letzte Standgerichtsverhandlung in St. Pölten stattgefunden habe, wurde der NS-Generalstaatsanwalt Dr. Stich gefragt? Das könne nur in der ersten Hälfte des April gewesen sein, gab dieser an. Ein oder zwei Tage, bevor die Russen einmarschierten, habe das ordentliche Standgericht noch getagt. Es habe damals neun Todesurteile gegeben, die auch vollstreckt worden seien, sowie einen Freispruch. Anstatt Stich wegen der falschen Opferzahl zu unterbrechen, ließ ihn das Volksgericht weiter ausführen, dass er in St. Pölten keine Kenntnis davon gehabt habe, dass unweit von ihnen, in Schwarzau, noch ein Standgericht tagte und Todesurteile erfolgten. Er habe erst im Internierungslager Glasenbach davon erfahren. Gesprochen habe man lediglich darüber, dass es infolge von Verkehrsschwierigkeiten nicht jedem Kreisleiter möglich gewesen sei, ihnen ihre Standgerichtsfälle zu überstellen. Andere Kreisleiter hätten das aber bewerkstelligt, und sie als ordentliches Standgericht hätten diese überprüft, einige Fälle an ordentliche Gerichte überstellt, andere als Standgerichtsfälle entschieden.

*

Das Wort *Standgericht*, ein anderes gab es nicht, wie es auch kein anderes Wort als *Transportschein* gegeben hatte. Oder *sechs*. Oder *einer*.

Ihr seid dagelegen, habt zu schlafen versucht. Zumindest im Glauben, wachzuliegen, doch dann war der Mond im nächsten Augenblick nicht mehr im Zellenfenster. Ihr habt geträumt und die anderen träumen gehört. *Hast du es schon gehört?* So verging der erste Tag. Es gab keine Einvernahmen, stattdessen russische Tieffliegerangriffe, russische Artillerie und über Stunden ununterbrochen Einschläge. Keine Rede von einem Bombenschutzkeller, aber auch keine Rede von einem Standgericht und irgendwann nicht einmal mehr ein Wort von Krems. Das war dann schon der zweite Tag. Dafür noch mehr Tieflieger, noch mehr Artillerie. Bis euch hier am dritten Tag mit einem Schlag klar wurde, warum sich nicht einmal mehr die Wärter für euch interessierten, warum es keine Verhöre gab, keine Drohungen. Das war am dritten Tag. Und es waren die Zellen neben euch. Und es war bald im ganzen Gebäude.

*

Wer ist da?, sollte der Schlossbesitzer Trauttmansdorff auf das Klopfen an der schweren Tür hin fragen. *Wir sind da, Herbst*, sollte die Antwort von draußen lauten. *Frühling*, würde Trauttmansdorf darauf wie jedesmal antworten, während er das Tor öffnete, nicht ohne an diesem 11. April noch hinzuzufügen: *Ja, der Frühling ist sehr nah!*

Vierhundert Männer seien im April 1945 bereitgestanden, eine breite und schlagkräftige Organisation von Widerständlern wie sonst kaum wo. Bauern aus der Umgebung, Polizeibeamte, Arbeiter aus den großen St. Pöltner Werken wie der *Glanzstoff*-Fabrik, Katholiken, Sozialdemokraten, Kommunisten. Angeführt vom stellvertretenden Polizeichef der Stadt, Otto Kirchl, und dessen Frau Hedwig sowie dem Pottenbrunner Schlossbesitzerpaar Josef und Helene Trauttmansdorff.

Einer der Widerständler, ein Polizist, der Zugang zum Gestapo-Gebäude hatte, sollte mit Kollegen das Gebäude besetzen und die Gestapo-Chefs und Blutrichter an der Flucht in den dafür bereitgestellten Autos hindern, um die Stadt mitsamt ihrer NS-Kader kampflos an die Russen zu übergeben. Losungswörter *Herbst* und *Frühling*.

Seit Wochen habe man gewartet. Zu den Russen habe es im Unterschied zu den Widerstandsgruppen in Wien keinen Kontakt gegeben. Man habe die verbotenen Sender gehört und die Nachrichten der NS-Propaganda zu dechiffrieren versucht. Nur zu oft habe man das Rekonstruierte kaum zu glauben gewagt. Demnach sei die Rote Armee bis Anfang April innerhalb von nur zwei Wochen vom Balaton durch Westungarn an die ehemalige österreichische Grenze vorgestoßen und habe den als unüberwindlich bezeichneten Ostwall überrannt. Doch danach seien ihre Truppen vor dem Wienerwald und den Ausläufern der Ostalpen stehen geblieben, ohne größere Vorstöße nach Westen zu unternehmen, so dass in St. Pölten die Hoffnung schon aufgegeben worden sei, die Russen könnte außer Wien noch etwas anderes interessieren.

Bis die Rote Armee am Ende der ersten Aprilwoche auf einmal Tulln eingenommen habe, nachdem russische Verbände offenbar in gerader Schnur entlang der Höhenstraße den Wienerwald umrundet hätten. Und nur Tage später ging es, angesichts ständiger Tieffliegerangriffe und der näher rückenden Artillerie allgegenwärtig, in Richtung Westen. Wie im Nachhinein klar wurde, sei die Rote Armee entlang mehrerer Angriffslinien am 10. April beinahe schon im Halbkreis vor St. Pölten zum Angriff bereitgestanden, sei lediglich südwärts noch einen halben Tag lang aufgehalten worden.

Der 11. April, so hieß es später, sei relativ ruhig verlaufen. Auf Schloss Trauttmansdorff sei die Situation auch ohne genauere Nachrichten als Tag zum Auffüllen und Verstärken von Truppenteilen eingeschätzt worden, bevor es am 12. April losgehen sollte. Und obgleich sich die Wehrmacht hier und dort noch für Stunden hielt, habe jeder in St. Pölten und Umgebung mitbekommen, dass das Augenmerk der NS-Truppen schon dem Aufbau neuer Verteidigungslinien entlang der Traisen lag, des durch St. Pölten Richtung Donau laufenden Flusses. Die Stadt selbst würde in militärischer Hinsicht höchstens noch zum Zeitgewinn dienen. Nicht anders kam es. Die allerletzten Gebäude, die von den deutschen Truppen noch für Abwehrgefechte genutzt wurden, sollten bezeichnenderweise die Grüfte des im Westen der Stadt gelegenen Friedhofes sein.

Ja, der Frühling ist sehr nah, habe Trauttmansdorff geantwortet, bevor vor seinen Augen ein Trupp Gestapo-Männer eintrat und fast die gesamte Führung der Widerstandsgruppe an Ort und Stelle festnahm und zu foltern begann, um weitere Widerständler aufzufinden und Geständnisse zu erpressen. Doch es wurden keine weiteren Namen genannt, die zwei nicht im Schloss befindlichen Führungsmitglieder seien mit Hilfe der Losungswörter in Fallen gelockt worden. Die ebenfalls abwesende Helene Trauttmansdorff sei am nächsten Tag selbst mit dem Fahrrad zur Gestapo gefahren, während die Kinder im Schloss blieben, um über ihren Mann etwas zu erfahren. Sie sei jedoch sogleich verhaftet, gefoltert und am Morgen des 13. April als Angeklagte des NS-Generalstaatsanwalts Stich in einem unter russischem Beschuss schnellstmöglich durchgezogenen Standgerichtsprozess abgeurteilt worden.

*

Niemand fragte mehr. Das war der dritte Tag. Das Stöhnen und Wimmern der Widerständler kam aus jeder der Zellen, die in den ersten Tagen leergestanden hatten. Dann hast du die Türen gehört. Ein Auf und Zu, bei dem selbst deine wortlose Angst, eure Tür würde aufgehen, irgendwann kleiner geworden war. Nicht nur die Angst vor der Tür, sondern auch vor dem Dahinter, vor den Folterzimmern, dem Standgericht in dem tiefer gelegenen Schulungszimmer, vor dem Urteil, vor dem Tod.

*

Von einem Standgericht in St. Pölten, so Braun, wisse er überhaupt nichts. Dazu befragt, sagte NS-Generalstaatsanwalt Stich vor dem Volksgericht als Zeuge aus, die Urteile aus St. Pölten seien plakatiert worden, schränkte aber sogleich ein, dass Braun vielleicht nicht im Vorhinein von der Verhandlung in St. Pölten erfahren habe. Jury hätte sie – ihn selbst als Staatsanwalt sowie den Vorsitzenden des Senats für Hoch- und Landesverratssachen, Dr. Reindl, als Richter – nur mündlich darüber informiert. Sie seien noch am selben Tag hingefahren, hätten den Akt bekommen, und am Nachmittag sei verhandelt worden. Dass die Verhandlung bereits am frühen Morgen stattfand und die insgesamt nicht neun, sondern zwölf zum Tod Verurteilten aufgrund der militärischen Lage in letzter Sekunde exekutiert worden seien, sollte dem Volksgericht erst im Nachhinein bestätigt werden.

*

Es seien vier Linien gewesen, wie Militärhistoriker später anhand russischer Karten bis in die Details rekonstruierten, in denen die Rote Armee nach der Einnahme von Tulln und der Umfassung Wiens, mit der Schlacht um die Hauptstadt im Rücken, wieder Richtung Westen orientierte, um eine Pufferzone von knapp 60 Kilometern bis zur Traisenlinie zu schaffen und Wien nach geglückter Einnahme dauerhaft abzusichern.

Nach St. Pölten seien es von Tulln aus nur mehr 35 Kilometer gewesen. Die vier russischen Angriffslinien hätten sich so aufgefächert, dass man die gesamte Traisenlinie von Norden bis Süden ansteuerte. Einzig die St. Pölten geltende Linie sei am 10. April länger aufgehalten und um Neulengbach bis in die Nacht in Kämpfe verwickelt worden. So habe die Gestapo die Gruppe Kirchl-Trauttmansdorff auf Schloss Pottenbrunn, sieben Kilometer nordöstlich vom Zentrum St. Pöltens gelegen, am 11. April trotz russischer Artillerie noch festgenommen. Und während am Nachmittag dieses Tages im Schloss und die gesamte Nacht hindurch im Gestapo-Gefängnis gefoltert wurde, sei das Vorrücken der Russen höchstens um zwei Tage, vielleicht sogar nur um einen, zu spät gekommen. Denn wäre der Angriffskopf Richtung St. Pölten wie die anderen drei Linien vorangekommen, hätte die Widerstandsgruppe mit ihren 400 Mann das Gestapo-Gebäude am 11. April vielleicht selbst angegriffen, anstatt darin eingesperrt und gefoltert zu werden. Mit der Roten Armee wenige Kilometer vor der Stadtgrenze und unter harter Artillerie über der gesamten Stadt, hätte es kaum genügend Wehrmachts- oder Waffen-SS-Einheiten gegeben, die neben dem Kampf um die Stadt und der eigenen Absetzbewegung das Gestapo-Gebäude am Rand der Innenstadt, dessen Besetzung den Russen über Mittelsmänner mitgeteilt worden wäre, zurückerobern hätten können.

Stattdessen seien die Sowjets erst am 13. April bis zur Traisenlinie vorgestoßen, an dem Tag, als Wien eingenommen wurde. Jenem Tag, der aus Angst der Blutrichter vor Luftangriffen früher begonnen hätte, als von den Angeklagten erwartet, sodass nach den Folterungen der Nacht noch nicht einmal ein Abschlussprotokoll zu den Angeklagten vorhanden gewesen sei. Davon habe man sich jedoch nicht abhalten lassen. Der Vorsitzende des Standgerichts habe sich, wie ihm die Anklageschrift eines weiteren Volksgerichtsprozesses vorhalten sollte, auf kurze Vernehmungen beschränkt und Versuche der Angeklagten, sich ausführlicher zu verantworten, schroff abgeschnitten. Wie lange die ganze Verhandlung gedauert habe, stehe nicht eindeutig fest, nach Darstellung des Vorsitzenden und des Staatsanwaltes drei bis vier Stunden, laut Beisitzer, dessen Angabe auch von einem Zeugen bestätigt wurde, noch viel kürzer. Länger als zwei Stunden habe die reine Verhandlungszeit nicht dauern können, pro Angeklagtem maximal acht, neun Minuten Vernehmungzeit, die Zeit für Schlussvortrag des Anklägers, Urteilsberatung und Verkündung des Urteils nicht mitgerechnet, wie der Polizeibeamte Josef Koller, der einzig Freigesprochene angab. Wörtlich sprach er von einem kinomäßigen Tempo, dem nicht einmal die Besitzer hätten folgen können.

*

Ob Gauleiter und Reichsverteidigungskommissar Jury ein Despot gewesen sei, konnte NS-Regierungspräsident Gruber zumindest in Hinblick auf die letzten Wochen nur bejahen. In den kritischen Tagen sei Jury schon als fanatisch zu bezeichnen gewesen. Er habe, wie Gruber es ausdrückte, in dieser Zeit den autoritären Standpunkt unbedingt zu scharf eingenommen. Ob es von Jury als Sabotage aufgefasst worden wäre, wenn Braun ihm bekanntgegeben hätte, dass er das Standgericht nicht bilden könne, weil er keinen Juristen zur Verfügung habe, will der Vorsitzende von Gruber wissen. Er glaube, Jury hätte zu Braun gesagt, er solle machen, was er wolle, es müsse ein Standgericht her. Insofern hätte er es wohl als Sabotage aufgefasst. Ob es für Braun üble Folgen gehabt hätte? Das sei schwer zu beantworten, meinte Gruber. Er wisse nur, dass Jury niemals einen Kreisleiter an die Wand stellen habe lassen, und er hätte dies auch bei Braun nicht getan. Er hätte diesem wahrscheinlich nur gesagt, dass er unfähig sei.

*

An diesem 13. April erreichte die Rote Armee die Traisenlinie im Norden an der Donaumündung mit der ersten Angriffslinie, desgleichen mit einer zweiten bei Herzogenburg. Selbst die dritte stand an dem Tag auf Höhe von St. Pölten nur mehr wenige Kilometer vor Schloss Pottenbrunn, wo die Kinder des am Vormittag zum Tod verurteilten Ehepaares Trauttmansdorff auf ihre Eltern warteten. In Ketten habe man die beiden nach ihrer Aburteilung weggeführt, auch Otto Kirchl, dem man bereits zwei Tage davor beide Arme gebrochen hatte. Gefoltert wie den Landwirt Josef Böhm, der die gesamte Nacht an Händen und Füßen gefesselt und am Zellengitter gerade so weit hochgezogen worden war, dass er mit den Zehenspitzen den Boden kaum berührte. Drohte er bewusstlos zu werden, habe man einen Kübel Wasser über ihn geschüttet. Seine Arme seien ihm, wie der Mitangeklagte Koller später aussagte, nur mehr schlaff und abnormal lang herunter gehangen. In einem Park mitten in St. Pölten seien sie allesamt vor einer von Zwangsarbeitern ausgehobenen Grube erschossen worden. Es heißt, die Gestapo-Beamten hätten sich noch über die Verteilung des Pelzmantels von Otto Kirchl und des Wintermantels von Trauttmansdorff gestritten.

Am nächsten Tag sollte St. Pölten über Pottenbrunn angegriffen werden. Die Wehrmacht habe die Stadt noch zehn Stunden lang verteidigt, das Schloss der Familie Trauttmansdorff sei mitten im Kampfgebiet gelegen, durch Artilleriebeschuss schwer beschädigt und von russischen Truppen verwüstet worden, doch die Kinder überlebten. Währenddessen seien die restlichen Gestapo-Gefangenen, unter ihnen auch die Verhafteten aus Reichenau, freigelassen worden. Ein ordentliches Standgericht sei nicht mehr zur Verfügung gestanden, da die oberen Ränge der Gestapo, die Richter, Staatsanwälte und hochrangiges Justizpersonal sich mit den übrigen NS-Bonzen der Stadt im Lauf des 13. April in den dafür vorgesehenen Automobilen abgesetzt hätten.

Am 14. habe schwerer Artilleriebeschuss eingesetzt, bei dem auch Stalinorgeln verwendet worden seien, um jeden Zuzug neuer deutscher Truppen zu verhindern oder zumindest zu stören. Nachdem man sich bis auf wenige hundert Meter an die deutschen Sicherungen herangeschoben habe, habe am 15. April um 4 Uhr morgens per Leuchtpistolensignal der Angriff auf die Stadt begonnen, dessen Wucht binnen kurzer Zeit nicht nur die ersten Stellungen, sondern noch gegen Morgen auch den Verteidigungsring der Stadt überwand. In der Stadt selbst hätten sich die deutschen Truppen so weit organisiert, um in einem schweren Straßenkampf dagegenzuhalten, der jedoch nur mehr der Verzögerung diente, um den übrigen deutschen Truppen ein geordnetes Absetzen zu ermöglichen. Der Kampf um die Altstadt sei schließlich nach drei Stunden entschieden gewesen. Zu Mittag habe sich das Stadtzentrum bereits unter Kontrolle der Sowjets befunden, während die letzten Kämpfe am Stadtfriedhof tobten, wo es zwischen den Grabsteinen noch zum Nahkampf kam.

*

In Schwarzau seht ihr sie hängen. So wie die jungen Männer in St. Pölten. Keine Ahnung konnte euch abhalten, beide wolltet ihr nach Reichenau zurück. Du zu deinem Mädchen und du zurück auf den Haaberg, um dich an dem festzuhalten, was von deinem Leben mit Wenzel noch übrig war. Tagelang habt ihr gebraucht, fast den ganzen Weg zu Fuß. Jetzt hängen sie hier, die zerschossenen Männer, aufgehängt am Wegweiser, an der Linde und auf dem Holzstoß vor dem Sägewerk. Ihr versucht durchzukommen, und es ist mehr als eine Ahnung, dass es falsch ist. Doch es gibt jetzt nur mehr das Falsche für euch. So wie es nach Reichenau nur mehr diesen einen Weg gibt. Vorbei am Lager, vorbei an den Gehängten, an den Schmähtafeln und durchs Höllental nach Hause.

Fünf

Das gelbe Haus auf dem Fundament der Wachstube, das giftgrüne auf dem des Arrestlokals. Nach Einblick in die Planskizze des RAD-Lagers sagte Weninger: *Die Aufzeichnungen stimmen.* Auch Wallner bestätigte, dass die Skizze des Lagers, die ihm vorgelegt wurde, in groben Umrissen stimme, fügte jedoch hinzu, dass er nie bei den Zellen gewesen sei. *Arrestlokal*, so steht es auf der Skizze neben dem Viereck mit dem großen *A* darin, daneben ein Viereck mit *SZ* für Schreibzimmer. Hier steht das giftgrüne Haus. Neben dem Arrestlokal ein Viereck mit eingeschriebenem *W* für *Wachstube*, dahinter die Räumlichkeiten der Wachmannschaften, abgekürzt mit *WM*. Das ist das gelbe Haus.

*

Wir hatten Lufthunger, ließen uns beim Gehen sehr Zeit, die Posten trieben uns an, im Lager reges Treiben, protokollierte Spielbichler mit Datum 13. April den Weg zu den Klosetts. SA-Führer Weninger sei mit einer schweren Maschine unterwegs gewesen, die MPi geschultert. Er sei gefürchtet gewesen, man habe es förmlich gespürt. Sie hätten ihn gegrüßt, als er an ihnen vorbeifuhr, er habe nicht gedankt, sie seien ja Verbrecher gewesen. Die Gendarmeriebeamten im Lager seien sichtlich verschüchtert gewesen, nur Krivka habe einmal flüchtig mit ihnen gesprochen.

Sie seien wieder in ihre Zelle. Ihm, Spielbichler, sei aufgefallen, dass die Torbandschrauben an der Tür gelockert gewesen seien, und er habe es den anderen gezeigt. Wammerl habe gesagt, das heiße dann nur: *Auf der Flucht erschossen*. Er habe die Muttern wieder festgeschraubt, es sei zwecklos gewesen.

Im Lager hätten sie den Gendarmerie-Oberstleutnant Pauspertl gesehen. Wammerl sei sich sicher gewesen, dass dieser gemeinsam mit Irschik in seiner Sache mitgewirkt habe. Schon seiner Gattin habe man aufgrund von Anzeigen der beiden zu Weihnachten bei der Gestapo Schwierigkeiten gemacht. Ein gewisser Plechard, NSDAP-Propagandaleiter von Reichenau und Zellenleiter in Prein, der das Hotel von Wammerls Schwiegereltern gepachtet hatte, habe ebenfalls eine üble Rolle gespielt. Pauspertl müsse jedenfalls wissen, dass Wammerl in Jugoslawien eine schwere Verletzung erlitten hatte und auf Krankenurlaub gewesen war. Trotzdem schaue Pauspertl zu, wie man ihn in Haft halte. Aber es werde auch für ihn die Zeit kommen.

*

Hinter dem gelben Haus ein halb eingelassener Stahlwandpool, daneben eine Holzkonstruktion mit Schaukeln, einer Rutsche und einer mit Schindeln überdachten Plattform. Die Stauden gepflegt, ein kleines Fußballtor und penibel gemähter Rasen. Kaum anders, nur mit dunklen Holzpavillons mitten auf der Wiese, der rückwärtige Garten des giftgrünen Hauses. Keine Menschen, kein Hund. Aussicht und Südhang.

*

Gendarmerieabteilungsführer Franz Krivka sagte vor dem Volksgericht aus, er sei am 7. April mit einer Gendarmengruppe nach Schwarzau gekommen. Von den Angeklagten habe er bis dahin Braun flüchtig gekannt, den Weninger ebenfalls nur vom Sehen, und den Wallner erst seit März 45, als dieser HJ-Bannführer geworden sei.

Am 14. April habe er erfahren, dass der auch in Gendarmeriekreisen sehr beliebte Gendarm Wammerl in den Arrest eingeliefert worden war und vor ein Standgericht kommen sollte. Dass ein solches aufgestellt werden würde, habe er schon vorher gehört. Er habe dem Bezirkshauptmannstellvertreter Regierungsrat Müller, der sonst ein sehr energischer Mann gewesen sei, Meldung über die Verhaftung des Wammerl gemacht. Er habe Wammerl an diesem Tag selbst noch gesehen, als er spazieren geführt wurde. Auf die Frage, was los sei, habe Wammerl gemeint, man beschuldige ihn, desertiert zu sein, weil er sich in Schwarzau nicht gemeldet habe. Es könne ihm aber nichts passieren, er sei ja auf Genesungsurlaub. Er habe ziemlich zuversichtlich geklungen, sodass auch Krivka ganz beruhigt gewesen sei. Bei Regierungsrat Müller habe er die Frage vorgebracht, ob man für Wammerl nicht intervenieren könne, da er doch einem Polizei- oder SS-Gericht unterstehe, nicht aber einem Standgericht. Müller habe jedoch jede Intervention abgelehnt. Mit

Abteilungskommandant Pauspertl habe er nicht sprechen können, da dieser abwesend gewesen sei. Es habe außerdem geheißen, dass Pauspertl schon mit Braun wegen Wammerl gesprochen habe. So habe er gehofft, er habe für den Wammerl interveniert.

*

Dann werde ich plötzlich gerufen, ich fahre zusammen, hatte Spielbichler über den Abend des 13. April noch notiert: *Ein Posten mit Gewehr erwartet mich. Ich trete hinaus und sehe meine Frau mit den Kindern beim Lagereingang stehen. Sie hatte Heinzi am Arm. Ich war glücklich. Meine Frau war blass und erregt, ich beruhigte sie. 10 Minuten hatte ich Redezeit. Sie fragte mich, was los sei, ich sagte, nichts Besonderes. Sie erzählte mir, sie sei bei Ganser gewesen und der hätte angeblich von nichts gewusst. Ich sagte ihr, sie dürfe sich nicht erniedrigen, tapfer sein und gut aufpassen. Von meiner geheimen Tätigkeit dürften sie nichts wissen. Wenn sie etwas Bedenkliches wahrnehme, solle sie sich in der Singerhütte verstecken, ich werde schon durchkommen. Der Krieg wird bald aus sein. Dann unterhielt ich mich mit meinen Kindern. Rasch waren die 10 Minuten um. Ich gab meiner Frau noch einige familiäre Weisungen, bat sie, unter keinen Umständen von Schwarzau weiter nach Westen zu gehen und sich nicht zu viel zu sorgen. Wir werden uns wiedersehen! Dann musste ich wieder in meine Zelle zurück. Heinzi weinte, Mama und Elfi zeigten sich gefasst. Elfi sagte, wenn sie dir etwas tun, dann werde ich dich rächen. Sie wollte eine Pistole haben.*

Der Besuch seiner Familie habe schwer auf seiner

Verfassung gelastet, steht in Spielbichlers Protokoll. Wammerl habe ihn mit dem Hinweis getröstet, dass er, Wammerl, seine Familie vielleicht überhaupt nicht mehr sehen würde. Spielbichler fügte in seinen Aufzeichnungen hinzu, seine Frau habe vor dem Besuch um Bescheid über ihn gebeten, Wallner hätte ihr aber nur geantwortet, das werde sie noch zeitig genug erfahren.

*

Als Pauspertl am Abend des 14. April von einer Dienstfahrt nach Schwarzau zurückgekehrt sei, habe er zu seiner Bestürzung von seinem Stellvertreter Krivka erfahren, dass Wammerl aufgrund eines Standgerichtsurteils erschossen worden sei. Krivka habe ihm weiters erzählt, dass man dessen Leiche aufgehängt und ihm eine Schmähschrift umgehängt habe. Er, Pauspertl, habe daraufhin eine Urteilsausfertigung verlangt.

Auf die Frage des Richters, ob er das Standgericht in solcher Zusammensetzung als richtig anerkennen habe können, antwortete Pauspertl zustimmend, so viel er wisse, sei ein solches Standgericht mit einem Kreisleiter, einem Stabsleiter und einem Beisitzer besetzt. Auf Vorhalt des Gerichtes, dass ein Standgericht auch in der NS-Zeit bis zum Ende ordnungsgemäß nur mit einem Berufsrichter als Vorsitzendem hätte tagen dürfen, meinte er, unter diesen Umständen hätte er es natürlich nicht für richtig anerkennen können.

Warum er keine Aufklärung darüber verlangt habe, wieso überhaupt ein Standgericht gegen Wammerl verhandelt habe, da dieser einem solchen doch nicht unterstanden hätte? Darüber habe er mit Braun gesprochen, und von diesem habe er erfahren, dass Wammerl wegen Widersetzlichkeit und Feigheit zum Tode verurteilt worden sei. Um den genauen Sachverhalt festzustellen, habe er die Ausfertigung des Urteils verlangt, habe es aber erst nach zahlreichen Urgenzen erhalten. Das Urteil habe keine Begründung enthalten, es sei von den drei Angeklagten Braun, Weninger, Wallner unterschrieben gewesen. Er erinnere sich, dass auch die Generalien des Wammerl erst bei Ausfertigung des Urteils erhoben worden seien. Andere Erhebungen habe er keine vorgenommen. Auch von den weiteren Justifizierungen habe er immer erst später erfahren, da er zu dieser Zeit sehr viel dienstlich von Schwarzau abwesend gewesen sei.

*

Alles wiederholt sich in derselben Eintönigkeit in unserer kleinen Zelle. Bis abends keine besonderen Vorkommnisse, steht am Beginn von Spielbichlers Eintrag zum 14. April, ehe es heißt: *Um cirka 17 Uhr werde ich aufgerufen. Vier Mann mit MPi oder Gewehren im Anschlag, zwei Mann vorne, zwei rückwärts*, sei er zur Stabsbaracke geführt worden. Standgerichtsverhandlung: Kreisleiter Braun, SA-Führer Weninger und HJ-Führer Wallner in der Uniform eines Leutnants, ein Schreiber, den er nicht kannte. Kreisleiter Braun habe ihm die Anzeige vorgehalten.

Weninger sagte: Jetzt wissen wir, warum Sie in Zivil hier ankamen.

Wallner: Sie sind durchschaut und können uns nicht mehr täuschen. Ein reumütiges Geständnis ist das Beste für Sie!

Er, Spielbichler, habe gebeten, ihm die Anschuldigung bekannt zu geben. Er sei entschlossen gewesen, unter keinen Umständen ein Geständnis abzulegen. Auch der Hinweis Weningers, ob er wisse, dass er vor einem Volkssturm-Standgericht stehe, habe daran nichts geändert, es sei um sein Leben und vielleicht auch um das seiner Familie gegangen. Er habe sich während der Haft seine Rechtfertigung gut einstudiert und die Anzeige als eine Denunziation hingestellt.

Weninger habe ihm vorgehalten, dass er mit den roten Gaunern in seiner Wohnung gesehen worden sei. Er hingegen habe darauf verwiesen, dass Mayerhofer ein alter Schachfreund von ihm sei, mit dem ihn politisch nichts verbinde. Er sei Mitglied der NSDAP, worauf Weninger entgegnete: *Aber nur auf dem Papier!*

Wallner habe ihn gefragt, ob er vielleicht einen Sonderauftrag in Schwarzau zu erfüllen hatte. Er habe entschieden verneint. Aufgrund seiner zusammenhängenden Darstellung habe er eine gewisse Unsicherheit beobachten können, offenbar sei Braun von seiner Schuld nicht ganz überzeugt gewesen. Überhaupt dürften Weninger und Wallner mehr gegen ihn eingestellt gewesen sein. *Wallner sagte: Sie gehören umgelegt. Und die anderen draußen bekommen wir auch noch!*

Nach kurzer Beratung in seiner Abwesenheit habe ihm Weninger folgendes Urteil verkündet: *Über Antrag Brauns sehen wir von einem Todesurteil gegen Sie ab, Sie werden auf Bewährung abgestellt. Braun: Sie gehen nach Grünbach, melden sich beim Jägersberger zum*

Einsatz und wenn Sie in Grünbach für den Führer fallen, dann haben Sie Ihrer Familie viel erspart.

Er habe einen gewissen Zynismus in allen Äußerungen zu erkennen geglaubt und sofort den Eindruck gehabt, die Gefahr sei noch nicht vorbei. Er habe dann Anweisung bekommen, seine Polizeiuniform abzuliefern und sich beim Volkssturmkommando in der Baracke zu melden. Weninger habe ihm noch zugerufen: *Ihre Familie bleibt hier, das wissen Sie – Lebensmittelkarten wird ihre Frau keine bekommen!*

Dann habe er den Auftrag erhalten, sich am nächsten Tag zu melden. Er sei abgetreten und habe seine Freunde in der Zelle aufgesucht, Wammerl sei gerade als Nächster zur Verhandlung angetreten. Sie hätten sich versprochen, die Familien gegenseitig zu unterstützen, sollte einer oder der andere fallen. Dann sei er mit einem am Posten entliehenen Rad schnell zu seiner Familie. Er habe seiner Frau das Urteil mitgeteilt. Sie seien noch lange auf gewesen.

*

Er für seine Person, sagte Wallner zu der Verhandlung des Falles, habe sich das Wehrmachtsmäßige mitnotiert. Soweit er sich erinnere, sei kein Schreiber dabei gewesen, warum, wisse er nicht. Braun habe Spielbichler die Anschuldigung jedenfalls aus einer Meldung vorgehalten. Woher er diese hatte, wisse er nicht.

Ob ihm bekannt sei, dass ein öffentlicher Ankläger anwesend sein müsse? Er habe doch sicher schon in einem Kinofilm eine Gerichtsverhandlung gesehen oder einen Kriminalroman gelesen, bohrte der Richter nach. Worauf Wallner erwiderte, Braun sei Vorsitzender und Ankläger in einer Person gewesen.

Der Richter hielt ihm vor, Braun und Weninger behaupteten, er sei der Ankläger gewesen. Darüber könne er nur lachen, meinte Wallner. Er habe sich lediglich befugt gefühlt, in rein militärischen Belangen Fragen zu stellen. Wenn ein Mann hereingeführt worden sei, habe er nur gesagt, das sei der X. X., geboren am Soundsovielten, damit man wisse, wer das sei. Mehr habe er nicht getan.

Auch das sei nicht richtig, widerlegte ihn der Richter. Man habe doch nicht einmal die Generalien der Leute gehabt, im Fall Wammerl habe man diese erst nach der Justifizierung bei der Gendarmerie feststellen lassen.

Auch das stritt Wallner ab. Braun bestätigte, Wallner habe nur vorgetragen, was gegen den Mann vorgelegen sei, und Weninger korrigierte, er habe nicht behauptet, dass Wallner die Agenden eines Staatsanwalts übernommen habe. Er habe lediglich erwähnt, dass Braun sich einmal dahingehend geäußert habe, dass er selbst als Kreisleiter Vorsitzender sei, Wallner gewissermaßen der Staatsanwalt und er, Weninger, sozusagen der Verteidiger. Damit habe Braun aber nicht ausdrücklich gesagt, dass Wallner die Funktion eines Staatsanwaltes habe. Braun erwiderte, dass er Wallner nur gesagt habe, er solle vortragen, was dem Mann vorgehalten werde. Und Wallner fügte hinzu, im Fall Spielbichler habe er ihn sogar unterstützt, indem er äußerte, wenn Spielbichler nach Schwarzau zurückgekommen sei, hätte er doch nicht die Absicht haben können, *hinüberzugehen*. Damit sei für ihn der rein militärische Anklagegrund geklärt gewesen. Dem Spielbichler sei dann gesagt worden, er komme zum Fronteinsatz, damit sei die Sache erledigt gewesen.

Daraufhin hielt ihm der Richter vor, Braun und Weninger hätten übereinstimmend gesagt, Spielbichler sei zur Beratung abgeführt worden, und Braun habe ergänzt, dass er ihn und Weninger um ihre Meinung gefragt hätte, sie beide seien für Schuldspruch gewesen.

Wallner gab zurück, dies würde heißen, es sei über die Schuldfrage abgestimmt worden, das sei aber in keinem Fall so gewesen. Worauf ihn der Vorsitzende mit Weningers Aussage konfrontierte, es habe in jedem Fall, wo Zweifel bestanden hätten, Beratungen gegeben. Wallner wiederholte lediglich, er könne sich nicht erinnern, dass Spielbichler abgeführt worden sei. Sollte dem so gewesen sein, glaube er aber nicht, dass sie von Braun um ihre Meinung gefragt worden seien.

Und auf die Nachfrage des Vorsitzenden, worin dann seine Aufgabe bestanden habe, wenn er gar nie um seine Meinung gefragt worden sei?

Allein als Sachverständiger für militärische Belange; er habe sich nie als etwas anderes gefühlt denn als ein militärischer Sachverständiger, keinesfalls als Richter.

*

Von ihrer Baracke aus, berichtete Irschik, habe man aus einer Entfernung von zirka 250 Metern gesehen, dass ein Mann anscheinend zu einer Justifizierung auf die Wiese geführt worden sei. Da er eine hechtgraue Hose getragen habe, wie die der Gendarmerie, hätten sie sofort gefürchtet, dass es sich um den Wammerl handle. Außerdem habe sich eine Partie HJ-Burschen vom Sonderkommando zu der Stelle begeben, wo der Verhaftete Aufstellung nehmen musste. Dann hätten sie Schüsse gehört und kurz darauf gesehen, wie die Leiche in einen Schubkarren geladen und über die Wiese transportiert worden sei, bevor man sie dann an der Straße an einem Wegweiser aufhängte.

Die Aufregung in ihrer Baracke sei gestiegen, besonders auch deshalb, weil niemand wusste, warum der Betreffende – man habe nur mit Sicherheit gewusst, dass es sich um einen Gendarmen handelte – justifiziert worden war. Inzwischen seien aber Leutnant Krivka und Inspektor Pernersdorfer gekommen, Ersterer habe ganz bleich und furchtbar aufgeregt erzählt, dass es tatsächlich der Wammerl war, den man soeben erschossen habe. Auch Krivka habe keinen Grund für diese Maßnahme gewusst. Irschik habe jedenfalls auch von der Tafel mit der Inschrift *Ich bin ein fahnenflüchtiges Schwein* gehört. Es sei ihnen allen unfassbar gewesen, wie man Wammerl, der doch auf Genesungsurlaub gewesen sei, Fahnenflucht vorwerfen konnte.

*

Sie alle hätten nie daran gedacht, dass Wammerl zum Tod verurteilt werden könnte, besonders weil er so zuversichtlich gewesen sei, sagte Krivka, der die Gewehrsalve gehört habe, als er gerade am Lager vorbeikam. Was dort vorging, habe er in der Dämmerung nicht feststellen können. Dann habe er gesehen, wie HJ-Jungen einem Leichnam einen Strick um den Hals gelegt hätten und ihn an einem Straßenschild vor der Lagerwiese aufhängten. Die Leiche habe eine grüne Hose und eine Fellweste getragen. Daraufhin habe ihm Gendarmeriemeister Pernersdorfer zu seinem Entsetzen mitgeteilt, dass der Erschossene Wammerl sei. Krivka habe den Wallner zur Rede gestellt, was ihm denn angelastet worden sei, worauf dieser geantwortet habe, Wammerl habe einen russischen Spähtrupp geführt und sei fahnenflüchtig gewesen. Die dem Ermordeten umgehängte Tafel habe die Aufschrift *Fahnenflüchtiges Schwein* getragen. Er, Krivka, sei ganz gebrochen gewesen, weil er Wammerl als tüchtigen und intelligenten Gendarmen kannte.

Wallner erwiderte darauf, er erinnere sich, mit dem Zeugen gesprochen zu haben, er habe aber bestimmt nicht gesagt, dass Wammerl einen russischen Spähtrupp angeführt habe.

*

Den Gendarmeriemeister Wammerl habe er persönlich nicht gekannt, gab Weninger bei seiner Einvernahme vor dem Volksgericht an. Auch habe er nicht gewusst, dass dessen Frau Eigentümerin des Hotels Kaiserhof war. Er habe nur durch Braun erfahren, dass Wammerl seiner Pflicht, zum Volkssturm einzurücken, nicht Folge geleistet hatte. Wer die Anzeige gegen ihn erstattet habe, wisse er nicht, jedenfalls sei sie in die Hände des Braun gelangt. Noch vor der Einvernahme des Wammerl habe Braun den Gendarmerie-Oberstleutnant Pauspertl kommen lassen und nach dem Verhalten des Wammerl befragt. Dieser habe zugegeben, dass Wammerl bereits einige Male vergeblich aufgefordert worden sei, zum Dienst in den Volkssturm einzurücken. In der Verhandlung habe Braun Wammerl auch vorgehalten, dass seine Frau mit Ausländern verkehrt habe. Wammerl habe sämtliche Anschuldigungen bestritten. Da Letzteres von Zeugen angegeben worden sei, habe er annehmen müssen, dass es der Wahrheit entsprach. Die Zeugen seien nicht mehr vernommen worden.

Auf Vorhalt des Vorsitzenden, ob für Weninger die einseitigen Anschuldigungen der nicht vernommenen Zeugen wirklich ausreichend waren, gab dieser zu, dass sie ihm eigentlich nicht genügt hätten. Bezüglich des Vorwurfs, Wammerls Frau habe mit Ausländern verkehrt, so ergänzte Weninger nun, habe Wammerl angegeben, sie sei in dieser Sache zwar bestraft worden, doch habe es sich anders verhalten als von der Anklage vorgebracht.

Ohne Wallner oder ihn, Weninger, zu befragen, habe Braun dem Wammerl, nachdem er ihm die Anschuldigungen vorgehalten hatte und dessen Verantwortung beendet war, das Urteil verkündet. Er könne sich nicht genau erinnern, ob er gesagt habe, er müsse ihn aufgrund seiner Verfehlungen zum Tode verurteilen oder aufgrund der Anschuldigungen. Wammerl habe keine Antwort gegeben. Wallner und er seien darüber äußert bestürzt gewesen und hätten auch nichts gesagt.

Nach Vorhalt des Richters, dass laut Braun auch in diesem Fall abgestimmt worden sei, verneinte Weninger. Das Urteil sei von Braun verkündet worden, ohne dass sie gefragt worden wären. Wammerl sei auch vor der Urteilsverkündung nicht abgeführt worden. Dem widersprach nun Braun. Als sie allein gewesen wären, habe er zu Weninger und Wallner gesagt, dass aufgrund der Verfehlungen ein Todesurteil notwendig sei, worauf beide zugestimmt hätten.

Weninger bestritt erneut und bekräftigte, das Urteil sei ohne Befragung der Beisitzer verkündet worden, was der Richter mit der Bemerkung quittierte, dass ein solches Gericht ohnehin nur eine Farce gewesen sei. Weninger hingegen erklärte weiter, er habe angenommen, dass Braun bindende Weisungen hatte. Braun habe jedenfalls nach der Urteilsverkündung erklärt, Wammerl müsse aufgehängt werden. Er, Weninger, habe ihn gefragt, wer das besorgen solle. Braun habe darauf geantwortet, das solle der Wallner machen, der zu dem Zeitpunkt gerade die Posten verständigte, Wammerl abzuführen. Er habe Braun geantwortet, er werde es Wallner ausrichten, also habe er ihm nach seiner Rückkehr gleich gesagt, der Kreisleiter habe den Auftrag gegeben, dass er die Justifizierung des Wammerl durch Erhängen durchführen müsse. Braun sei da noch im selben Raum gewesen, und Wallner habe darauf geantwortet, dass er das nicht mache. Wenn er ihn schon justifizieren müsse, dann höchstens durch Erschießen. Worauf Braun gemeint habe, also gut, dann solle er ihn erschießen und dann aufhängen.

*

Am nächsten Morgen sei Spielbichler zuerst zum Gendarmerieposten, dann zum RAD-Lager. Am Posten habe er sich bei Huschka mit der Bitte verabschiedet, auf seine Familie zu schauen. Er habe es ihm versprochen. Kurz vor dem Lager sei er dann wie gelähmt stehen geblieben. Auf einem Wegweiserschild an der Straße habe der zerschossene Leichnam seines Freundes Wammerl gehangen, mit einem Strick um den Hals und einer Tafel, auf der stand: *Ich war ein Feigling!*

Noch nie vorher sei ihm die ganze Erbärmlichkeit dieses Systems so zur Besinnung gekommen. Er sei einige Sekunden stehen geblieben und habe sich im Stillen geschworen, alles zu tun, um mit allen Mitteln an der Beseitigung dieser verruchten Bande mitzuwirken.

Im Lager habe schwere Niedergeschlagenheit geherrscht. Pauspertl habe gesagt, Wammerl sei selbst schuld an seinem Tod. Von diesem Tag an habe er, Spielbichler, diesen Mann verachtet, der durch seinen Einfluss sicher viel tun hätte können. Er selbst habe sich beim Volkssturmkommando gemeldet, das war am Sonntag gewesen. Er habe keinen Marschbefehl erhalten, obwohl bekannt gewesen sei, dass er abzugehen hätte. Es habe gewissermaßen Sonntagsruhe geherrscht. Am Nachmittag hätten die Volkssturm-Männer und auch er bis 17 Uhr Ausgang erhalten. Er sei wieder zu seiner Familie gegangen und um 17 Uhr zurück. Kurz danach habe ihn der Kreisorganisationsleiter Gosch angesprochen: Was, er sei noch hier, na, wenn ihn der Kreisleiter in die Hände bekomme, mehr würde er nicht brauchen, so eine Wut habe man auf ihn, er sollte doch längst weg sein! Spielbichler habe ihm mitgeteilt, dass er noch keinen Marschbefehl erhalten habe. Gosch befahl ihm, sich bei Kreisleiter Braun zu melden, dort werde er alles andere schon hören. Er habe gehässig geklungen.

*

Nachdem Wammerl abgeführt worden war, seien an dem Abend noch zwei weitere Personen vorgeführt worden, an deren Namen er sich nicht mehr erinnere, wie Wallner aussagte. Möglicherweise sei einer Thaller gewesen. Er könne auch nicht mehr sagen, worum es sich bei ihm gehandelt habe und was in der Verhandlung gesprochen worden sei, er wisse nur, dass dieser von Braun gleich nach Hause geschickt worden sei.

Weninger wusste hingegen, Braun habe dem Beschuldigten, Oberlandesgerichtsrat Dr. Thaller, vorgehalten, er habe Verbindungen mit den Russen gesucht und Vorbereitungen für deren Empfang getroffen, außerdem sei er gegen die nationalsozialistische Regierung eingestellt. Ob Braun dabei den Anzeiger genannt habe, wisse er nicht mehr. Der Angeklagte habe die Vorbringungen bestritten und diese für Verleumdungen erklärt. In diesem Fall sei Thaller abgeführt worden. Braun habe zu ihnen gemeint, den schicke er heim, und damit seien sie einverstanden gewesen. Thaller sei wieder vorgeführt worden, und Braun habe ihm erklärt, dass er heimgehen könne, ohne ihn dabei, wie er glaube, formell freigesprochen zu haben. Ganz bestimmt habe Braun auch in diesem Fall nicht abstimmen lassen.

Bei dem im Anschluss verhandelten Schranz habe sich hingegen bereits nach dessen Aufgriff herausgestellt, dass er eine russische Maschinenpistole und ein Reservemagazin sowie ein Leinensäckchen mit Reservepatronen besaß. Nun sei er von ihnen erneut befragt worden und habe angegeben, dass er in Wiener

Neustadt wohne, wobei er ein bestimmtes Haus als sein Wohnhaus bezeichnete. Kreisorganisationsleiter Gosch habe Wiener Neustadt gekannt und erklärt, dieses Haus sei ihm kein Begriff, darum sei auch den übrigen Angaben von Schranz kein Glauben mehr geschenkt worden. Braun habe ihm vorgeworfen, dass er ein Spion im Dienst der Russen sei. Schranz habe daraufhin nichts erwidert. Also habe der Kreisleiter erklärt, damit müsse der Vorwurf als Tatsache gelten und Schranz als Spion zum Tod verurteilt werden. Braun habe dieses Urteil, ohne dass Schranz davor abgeführt worden wäre und ohne sie, Weninger und Wallner, gehört zu haben, verkündet.

Wallner, vom Volksgericht damit konfrontiert, gab an, dass er nicht mehr wusste, was Schranz vorgehalten worden sei, und sich auch nicht mehr erinnern konnte, warum er zum Tod verurteilt wurde. Nur dass er unmittelbar nach Wammerl erschossen worden sei. Aber ob er mit dem Todesurteil einverstanden war, auch das wisse er nicht mehr.

Es habe ihm also nicht einmal einen Eindruck gemacht, wenn jemand zum Tode verurteilt wurde? Er erinnere sich bloß an das Todesurteil. Braun habe es ausgesprochen, wie bei Wammerl, erläuterte Wallner und erinnerte sich nun doch an mehr. Die Sache mit Schranz, wie er es nannte, sei am selben Tag wie die des Wammerl gewesen. Auch bei Schranz habe er das Urteil vor der Exekution verlesen. Es habe auf Spionage gelautet. Schranz habe keinen Wunsch gehabt, er sei sofort tot gewesen.

*

Er habe sich, so Spielbichler in seinem schriftlichen Protokoll, wieder in die Kommandobaracke begeben und sich gemeldet. Dort seien wieder Braun, Weninger und Wallner beisammengesessen. Er habe gemeldet, dass er noch auf seinen Marschbefehl warte. Man sagte ihm, er solle schon lange in Grünbach sein, er solle sich sofort einen Marschbefehl ausfertigen lassen. Das habe er getan. Er habe einen Volkssturmpass und einen Marschbefehl bekommen, damit sei er wieder zu Braun. Dieser habe gesagt: *In Gloggnitz sehen wir uns wieder!* Er: *Hoffentlich!* Dann sei er in seine Baracke gegangen, habe seinen Rucksack gepackt und abgehen wollen. In dem Augenblick habe jemand von draußen seinen Namen gerufen. Er sei aus der Baracke getreten, und ein Volkssturmführer habe zu ihm gesagt: *Spielbichler, antreten!* Es sei der Lagerleiter Novotny gewesen. Darauf habe er gesagt, er gehe schon ab. Novotny habe daraufhin gemeint, er solle nicht zu viel reden, auf Befehl des Kreisleiters habe er an einer Hinrichtung teilzunehmen: Er sei erschrocken und habe geantwortet, dass das niemand von ihm verlangen könne. Der Lagerleiter habe ihm entgegnet, ob er denn einen Befehl des Kreisleiters verweigern wolle?

In dem Augenblick sei ihm klargeworden, dass ihm noch viel bevorstand. Zunächst habe er geglaubt, es sei nur als Zuseher, als er aber mit noch einigen Leuten, deren Namen er nicht wisse, zum Waffenmagazin geführt wurde und ein Gewehr erhielt, habe er begriffen, was man ihm antat. Zwei Gendarmen und zwei Jungen vom Sonderkommando hätten sich dort eingefunden, die ebenfalls Gewehre erhielten. Der Waffenmeister habe die Gewehre geladen. Die nächste Umgebung sei voll von Angehörigen des Sonderkommandos gewesen. Sie hätten eine sichtliche Schadenfreude gezeigt. Dann sei ein Mann aus der Zelle getreten, zirka 40 Jahre alt, und auf die Wiese unterhalb der Baracke geführt worden. Etwa 20 Schritte von dem Mann entfernt seien sie aufgestellt worden, ein Todesurteil sei verlesen worden. Der Mann habe mit dem Kommandierenden Novotny noch einige Worte über seine Frau gesprochen, dann sei schon kommandiert worden: *Hoch an – Feuer!*

Er habe plötzlich seine Familie vor sich gesehen, über den Mann hinweg gezielt und abgedrückt. Alles habe sich so schnell abgespielt, dass er kaum einen Gedanken fassen konnte. Er habe nicht schießen wollen, aber das Leben dieses Unglücklichen sei nicht zu retten gewesen. Er habe nur mehr den einen Gedanken gehabt, nicht auf ihn zu zielen. Der Mann sei bei der ersten Salve zusammengebrochen, am Boden habe er noch Leben gezeigt. Noch einmal seien Schüsse gekracht. Ihm sei schwarz vor Augen geworden, er habe geradeaus in den Erdboden geschossen. Dann hätten HJ-Jungen die Leiche über die Wiese zur Straße geschleppt.

Inzwischen sei ein zweites Exekutionskommando unter der Führung Wallners gekommen. Ein Junge von zirka 17 Jahren sei vor ihnen aufgestellt worden.

*

Wann er denn eigentlich eingerückt sei, fragte der Staatsanwalt Wallner. Das sei Anfang August 1939 gewesen, antwortete dieser, nach einer kurzen Ausbildung, und fügte hinzu, ohne danach gefragt worden zu sein, über Feldgerichte habe er dabei nichts gehört. Dann müsse er aber gefehlt haben, erwiderte der Staatsanwalt wie zu einem Schüler, worauf Wallner zugab, es sei vielleicht über Feldgerichte gesprochen worden, aber sicherlich nichts über deren Zusammensetzung. Kaum hatte ihn der Staatsanwalt auch in diesem Punkt belehrt, räumte Wallner ein, dass er in den Grundzügen schon über deren Zusammensetzung Bescheid gewusst habe. Aber was er sich denn als seine Aufgabe eines Beisitzers vorgestellt habe? Dem Vorsitzenden bei der Beurteilung des Menschen zu helfen, antwortete Wallner. Wenn also ein normaler Beisitzer bei einem Feldgericht schon etwas mitzureden habe, warum habe er sich als Oberleutnant und HJ-Bannführer dann nicht getraut, beim Standgericht den Mund aufzumachen? Wallner erwiderte, Wehrmachtsgerichte im Feld hätten noch zu halbwegs normalen Zeiten getagt, das Standgericht aber unter besonderen Umständen. Und nachdem Braun mit dem Befehl gekommen sei, ein solches Standgericht zu errichten, habe er ihm das glauben müssen.

Nun mengte sich der Vorsitzende ein und hielt Wallner vor, er habe die Urteile Brauns nicht nur widerspruchslos hingenommen, sondern sie sogar vollstreckt, selbst in Fällen wie bei Kneissl, wo die Abschiebung an ein anderes Gericht ordnungsgemäß gewesen wäre. Das könne er doch nicht mit den allgemeinen Umständen entschuldigen! Ob er denn nicht den Mut aufbringen wolle, einzugestehen, dass er all das aus seiner nationalsozialistischen Gesinnung heraus für notwendig gehalten und an den Urteilen mitgewirkt habe, um Kampfdisziplin und Moral aufrechtzuerhalten? Wallner räumte daraufhin nur ein, dass er aufgrund seiner Erziehung in einer Offiziersfamilie und bei den Jesuiten in Kalksburg auf die Einhaltung von Befehlen hielt.

Wie lange er denn eigentlich an der Front gewesen sei, erkundigte sich der Staatsanwalt. Von 1939 bis März 1943, im April 1943 sei er von der Wehrmacht freigestellt worden, erklärte Wallner. Er sei also als 25-Jähriger seit 1943 nicht mehr an der Front gewesen? Und das, obwohl er das Wort *Soldat* so oft im Mund führe. Wo aber gehöre ein 25-Jähriger hin? Er sei ja 34 Monate an der Front gewesen, verteidigte sich Wallner, und fügte hinzu, er hätte auch die restliche Zeit dort verbracht, wenn er dazu befohlen worden wäre.

Es habe aber auch den Befehl gegeben, jede Stadt zu verteidigen, warum sei dies bei Neunkirchen denn nicht geschehen? Weil er auf dem Standpunkt gestanden sei, es sei ein sinnloser Befehl, erwiderte Wallner. Der Staatsanwalt hielt ihm nun wieder Kneissl vor, und dass er diesen, weil er ausgekniffen sei, nicht nur mit zum Tod verurteilt, sondern ihm auch den Schuss gegeben habe. Wallner sagte dazu nur, er selbst sei nicht ausgekniffen.

*

Wallner verlas wieder ein Todesurteil wegen Fahnenflucht, protokollierte Spielbichler: *Der Junge rief um seine Mutter, bat, weinte, kniete nieder, stand auf, lief weg, schrie, Mutter, Mutter, lasst mich leben, ich habe nichts getan. Wallner forderte ihn auf, stehen zu bleiben, zog seine Pistole und schoss den Jungen nieder. Er brach zusammen, dann kommandierte Wallner: Hoch an – Feuer! Ich schoss nicht mehr, ich war einer Ohnmacht nahe. Wallner schoss dem regungslosen Jungen noch mit seiner Pistole eine Kugel in den Kopf.*

Während dieser Exekutionen seien sechs bis acht Jungen des Sonderkommandos hinter ihnen gestanden. Sie hätten daraufhin auch diesen Leichnam mit einer Scheibtruhe über die Wiese zur Straße geschoben und Anstalten getroffen, die Leiche öffentlich aufzuhängen. Man habe nun auch sie dorthin geführt.

*

Ein Vorrangschild steht heute dort, wo die RAD-Gasse in die Hauptstraße biegt. Womöglich genau an der Stelle jenes Wegweisers, an dem die erste Leiche hing. Die nächste knüpfte man an einen Holzlattenstapel vor dem Sägewerk, und eine dritte befestigte man an der Linde neben dem Gasthof, das seit Jahren geschlossen hat.

Sechs

Er habe in ihm keinen Deserteur gesehen, sagte der damalige Volkssturmgruppenführer Diabl vor dem Volksgericht über Alfons Sterk. Er sei damals auf Befehl des Kreisstabsführers Weninger unter der Führung eines SS-Mannes mit seinen Männern Richtung Schneeberg losgeschickt worden, um Frauen aus dem Baumgartnerhaus auf knapp 1500 Meter Seehöhe zu evakuieren sowie nach Volkssturmpflichtigen zu suchen. Die Frauen habe man im Baumgartnerhaus angetroffen, eine mit zwei Kindern, eine andere mit einem angeblich kranken Mann. Daraufhin sei er von dem SS-Mann in eine etwas unterhalb nahe der Zahnradbahn gelegene Hütte geschickt worden. Dort, in der Kögler-Hütte, habe er neben SS-Männern, die Stellung hielten, auch den ihm unbekannten Sterk angetroffen. Er habe ihn angewiesen, mit ihm nach Schwarzau zu kommen, doch Sterk habe erklärt, er müsse das Haus bewachen, da es zu seiner Sektion des Ternitzer Touristenklubs gehöre.

Nachdem er Sterk gestattet habe, seine gerade begonnene Mahlzeit fertig zu essen, habe dieser sich bereit erklärt, mit ihm zu gehen. So habe man ihn gemeinsam mit den Personen aus dem Baumgartnerhaus ins Tal mitgenommen und in Schwarzau dem Wachkommandanten übergeben sowie Weninger als Kreisstabsführer die Rückkehr von der Streife gemeldet. Dass Sterk erschossen werden sollte, habe er zu dem

Zeitpunkt nicht geahnt. Wie die anderen beiden Männer habe auch er widerstandslos seinen Ausweis ausgehändigt, den er mit jenen der anderen dem Kreisstabsführer auf den Schreibtisch legte.

Auf die an Braun gerichtete Frage des Vorsitzenden, was mit dem anderen Mann aus dem Baumgartnerhaus geschehen sei, antwortete er, diesen habe man zum Volkssturm nach Kaiserbrunn geschickt, wo er sich bereits früher hätte melden sollen. Als man ihm vorhielt, dass er im Fall Sterk eine völlig gegensätzliche Entscheidung getroffen habe, erwiderte Braun, er könne heute nicht mehr angeben, warum er Sterk zum Tod verurteilt habe, den anderen jedoch nicht.

*

Fünf Mal mindestens haben sie dich angehalten, immer hast du ihnen gesagt, du wirst schon kommen, wenn du mitgehen hättest sollen. Das hat ihnen dann gereicht, es war für sie das Einfachste, es war für dich das Einfachste. Warum jetzt noch den Helden spielen! Am liebsten hättest du es laut gesagt; so wie du dich auch nicht verstecken wolltest. In den ersten Tagen nach dem Volkssturmaufruf hast du es sogar noch überlegt, wie alle anderen, die auf die Berge gegangen sind. Unzählige, die es sich in den Kalklöchern auf der Rax eingerichtet haben. Doch so wenig sich einer wie du, der Rauchfangkehrermeister aus Ternitz, den alle gekannt haben und der alle gekannt hat, überhaupt je verstecken könnte, am allerwenigsten wäre dir das am Berg möglich gewesen. Du hast es gar nicht erst versucht, bist direkt zur Hütte hinauf, ins Kögler-Haus, in deine Hütte. Mit den Kollegen hast du sie gebaut, stehst als Siebter auf der ersten Seite im ersten Hüttenbuch. Dort hinauf bist du, wohin sonst, gerade weil du gewusst hast, dass die SS-Leute sie am Ende der ersten Osterwoche wieder zurückerobert hatten. Lauter Fremde, die sich in der Hütte und am Berg nicht auskannten, das war der beste Ort, der einzig sichere, hast du dir gedacht. Du hilfst ihnen, passt auf die Hütte auf und auf dich. Den SS-Leuten war es nur recht, und das haben sie auch dem Mann vom Volkssturm gesagt. Sieht so ein Deserteur aus? Das ist einer von uns. Und der Mann vom Volkssturm hat genickt, so sehe tatsächlich kein Deserteur aus, so dumm könne ein Deserteur gar nicht sein; und alle haben gelacht. Also bleibst du einfach hier, wo du gebraucht wirst, hast du gesagt, das solle er dem Novotny nur ausrichten, der dich doch kenne wie keinen anderen, da ihr doch schon seit fünfzehn Jahren gemeinsam in die Berge geht. Ja, lachte der Mann vom Volkssturm, wenn du den Lagerleiter Novotny kennst, hast du leicht reden. Aber wenn er auch nur einen Mann, der volkssturmtauglich sei, hier am Berg zurückließe und stattdessen liebe Grüße ausrichte, hieße das bei ihm nur Rübe ab. Das sagst du dem Novotny also lieber selber! Na gut, hast du geantwortet und mit einem Lachen hinzugefügt, dass du schon mitgehen würdest, wenn er dich vorher aufessen lasse.

*

Als Nebenbeschuldigter im Volksgerichtsprozess bestätigte Georg Novotny, er sei mit Sterk von früher her befreundet gewesen. Als man ihn ins Lager gebracht habe, sei er ihm und Mitis, einem Volkssturmmann, auch gleich begegnet. Fünf Mal, so habe Sterk scherzhaft gemeint, sei er schon von Streifen angehalten worden, mit ihnen mitzukommen, jedesmal habe er abgelehnt. Aber jetzt hätten sie ihn am Berg zusammengefangen, so habe er noch mit trockenem Lächeln hinzugefügt, was Mitis bestätigte.

Er, Novotny, habe nichts anderes tun können, als ihn in die Stabsbaracke zu führen, von wo er direkt in den Lagerarrest kam. Dort, beim Lagereingang, wo Mitis, wie er zu Protokoll gab, seinen Dienst in der Schreibstube gegenüber den Arrestzellen versah, habe er Sterk weinen gehört.

*

Sterk habe in der Verhandlung angegeben, dass er auf Osterurlaub gewesen sei, sagte Wallner, er habe nicht gewusst, dass die Gegend schon Kampfgebiet geworden war, sonst hätte er sich zum Einrücken gemeldet. Das sei eine fadenscheinige Behauptung gewesen, denn die Hütte sei gerade erst von den eigenen Truppen von den Russen zurückerobert worden. Braun habe Sterk deshalb gefragt, ob er denn den Kampf nicht gesehen habe und warum er denn nicht zu einer Truppe gegangen sei. Wenn in der Nähe aber geschossen worden sei, erwiderte der Vorsitzende des Volksgerichts, könne Sterk doch einfach auch Zuflucht in der Hütte gesucht haben, weshalb man ihn nicht gleich als Fahnenflüchtigen oder gar Spion ansehen müsse?

Braun erwiderte, Sterk habe es doch nicht einmal selbst abgeleugnet und bei seiner Einlieferung gesagt, er sehe nicht ein, dass er in den letzten Tagen noch

Volkssturm machen soll. Und Wallner pflichtete ihm bei, der Volkssturm sei immerhin bereits Ende März aufgeboten worden, und Sterk sei erst am Sonntag darauf, also am 8. April in die Berge gegangen. Er hatte sich also, als man ihn am Montag oder Dienstag aufgriff, bereits seit zehn Tagen von der Truppe entfernt. Braun habe deshalb das Todesurteil ausgesprochen, er und Weninger hätten dazu auch nichts gesagt.

Weninger widersprach, denn er sei bei den Standgerichtsfällen Kneissl und Sterk, die beide am gleichen Tag verhandelt worden seien, gar nicht in Schwarzau gewesen. Braun korrigierte, die beiden Verhandlungen hätten am gleichen Tag stattgefunden, die gegen Kneissl in der Früh, die gegen Sterk am Vormittag, und bei der letzten sei auch Weninger anwesend gewesen. Aber Weninger blieb dabei, von den beiden Fällen keine Kenntnis zu haben beziehungsweise nicht anwesend gewesen zu sein und auch mit den Justifizierungen nichts zu tun gehabt zu haben.

Erneut widersprach Braun, denn es sei Weninger gewesen, der dann gekommen sei und gesagt habe, Novotny weigere sich, das Exekutionskommando zu führen. Genauer gesagt sei Novotny in die Stabsbaracke gekommen und habe Weninger und ihm diese Mitteilung gemacht.

Weninger räumte nun ein, Wallner habe ihm nach den ersten beiden Justifizierungen, die er befehligt hatte, erklärt, Braun solle sich einen anderen suchen. Er habe dies Braun mitgeteilt, worauf dieser gemeint habe, na gut, dann soll es der Novotny machen. Warum die Wahl gerade auf diesen fiel, könne er nicht sagen. Er sei jedenfalls bei den Verhandlungen gegen Sterk und Kneissl bestimmt nicht dabei gewesen, sondern erst später hinzugekommen. Dass auch Spielbichler zu den Justifizierungen befohlen worden sei, davon habe er erst später gehört, er könne darüber aber nichts Genaues angeben. Er habe dann jedenfalls Novotny zu sich kommen lassen und ihm den Auftrag von Braun mitgeteilt. Ob Novotny fortging und wieder zurückkehrte oder ob er sofort zur Antwort gab, er bitte um Enthebung, an der Justifizierung von Sterk teilnehmen zu müssen, könne er nun nicht mit Sicherheit sagen. Auch an den angegebenen Grund könne er sich nicht erinnern. Er habe Novotny darauf geantwortet, er werde es dem Braun sagen, es sei aber möglich, dass er dann selbst in den Arrest komme. Braun habe diese letzten Worte in der Stabsbaracke mitgehört und ihm mit den Worten *Novotny, Novotny* mit dem Finger gedroht.

Der Richter fragte Braun, ob er Novotny damit angedroht habe, ansonsten das Schicksal der anderen zu teilen? Braun bestritt das, worauf der Richter fragte, ob Novotny wegen Befehlsverweigerung erschossen worden wäre? Was geschehen wäre, wenn er sich geweigert hätte, könne er heute nicht sagen. Ob er es denn als Standgerichtsfall angesehen hätte, wenn sich ein Führer des Volkssturms geweigert hätte, ein Hinrichtungskommando zu führen? Ja, räumte Braun ein, fügte aber hinzu, Novotny habe immerhin begründet, dass er Sterk kenne. Als der Richter noch einmal nachfragte, ob eine solche Befehlsverweigerung trotzdem ein Standgerichtsfall gewesen wäre, bejahte Braun ohne weitere Einschränkung.

*

Dass er den Feuerbefehl auf Alfons Sterk zu geben hätte, sagte Novotny vor dem Volksgericht, habe er als mündlichen Befehl von Weninger durch einen Boten erfahren. Vom Vorsitzenden wurde ihm nun das Protokoll seiner Beschuldigteneinvernahme vorgehalten, wonach er schriftlichen Befehl erhalten habe, die Exekution zu führen. Novotny erklärte, es handle sich um einen Irrtum. Er sei vom Untersuchungsrichter gefragt worden, auf welche Weise er vom Standgerichtsurteil selbst Kenntnis erhalten habe, und das sei durch die schriftlich ausgegebenen Lagerbefehle geschehen, in denen auch die Standgerichtsurteile verlautbart wurden, jeweils unterzeichnet von Braun und Weninger. Braun und Weninger bestätigten dies, bevor Novotny weiter ausführte, in welche Aufregung es ihn versetzt habe, als ihm später ein Bote Mitteilung machte, er habe die Exekution von Sterk zu befehligen, da er mit diesem doch befreundet war. Er sei sofort zur Stabsführung, um eine Rückgängigmachung des Auftrags zu erreichen. Er habe doch noch nie eine solche Exekution geführt, und Sterk sei ihm seit fünfzehn Jahren ein lieber Bergkamerad gewesen. Es sei doch klar, dass ihm ein solcher Auftrag nicht leichtgefallen wäre.

In der Stabskanzlei sei ihm Weninger entgegengekommen, ihm habe er seine Bitte vorgebracht sowie den Grund genannt. Weninger habe erwidert, er habe den Befehl auszuführen, sonst könne er gleich in den Bunker gehen, sonst komme er auch noch dran. An die genauen Worte würde er sich nicht mehr erinnern, doch das sei der Sinn der Antwort gewesen.

Weninger, vom Vorsitzenden befragt, wie sich aus seiner Sicht der Vorfall mit Novotny abgespielt habe, berichtete nun nicht nur genau, wie aufgeregt Novotny ihm damals erschienen war, sondern wusste auf einmal auch, dass er seine Freundschaft genannt habe. Er habe deshalb zu ihm gesagt, wenn er den Befehl nicht befolge, könne es ihm passieren, dass er in den Bunker müsse und er vielleicht auch selbst noch drankomme. Novotny müsse aber zugeben, dass er diese Äußerung weder drohend noch im Befehlston, sondern eher warnend gemacht habe, weil er den Grund, weshalb er enthoben werden wollte, einsah.

Novotny sagte dazu nur, dass er sich nicht mehr traute, den Befehl zu verweigern, und sich entfernen wollte, nachdem er von Weninger erfahren hatte, dass der Befehl von Braun stammte, der dafür bekannt war, dass er auf der Durchführung seiner Befehle bestand. Darauf sei er zurückgerufen worden, und Braun habe ihm befohlen, dass einer der Volkssturmleute, die Teil des Exekutionskommandos zu sein hatten, Spielbichler sein müsse.

Braun widersprach und meinte, hier müsse es sich um einen Irrtum Novotnys handeln, denn er habe sich in die Aufstellung der Pelotons nie eingemischt. Als ihm vom Gericht die Aussagen Spielbichlers dazu vorgehalten wurden, räumte er aber ein, dass es so stimmen möge.

*

Sie haben also, fragte der Vorsitzende nun bei Wallner nach, damals kategorisch erklärt, dass sie keine Hinrichtung mehr befehligen würden? Wallner schränkte ein, er habe nur zu seinem Stellvertreter gesagt, er hoffe, nicht wieder derjenige zu sein, der die Todesurteile vollstrecken muss, und dass er *oben* angefragt habe, warum gerade er immer der Sündenbock sein müsse. Der Vorsitzende hakte nach, Wallner habe doch bislang immer gesagt, es hätte bei einem Befehl keinen Zweck gehabt, dagegenzusprechen, in dem Fall habe er sich aber doch aufgelehnt? Wallner wiederholte, er habe lediglich gesagt, Braun und Weninger müssten einsehen, dass er vor der Bevölkerung nicht immer als Sündenbock gelten möchte. Worauf ihm der Vorsitzende vor Augen hielt, dass er sich also doch auch geweigert habe, wo es um seine eigene Person ging, dass er aber geschwiegen habe, wenn es um das Leben eines anderen ging. Wallner sagte darauf lediglich, dass er dazu nur sagen könne, was er bereits gesagt habe.

*

Der andere hatte gerade wieder gelacht, aber du wusstest schon in dem Augenblick nicht mehr, was du gesagt hattest. So wie meistens, wenn ihr in der Zelle einfach losgelacht habt. Er hieß Ferdinand Schranz und meinte, es sei schon ein Glück, dass hier nicht gefoltert werde, sondern nur ein Urteil gesprochen. Zumindest über ihn, sagte er, weil er wusste, dass du den Lagerleiter kennst, der euch Zigaretten und Essen durchstecken ließ. Über ihn, nicht über dich, sagte er. Was willst du? Sie haben das Reservemagazin gefunden, es ist von einer russischen Maschinenpistole. Woher er es hatte, sagte er nicht, und du hast ihn auch nicht gefragt. Es hat ihm die Ahnung genügt, dass man ihn in der Wiener Gestapo so martern würde, dass er sich im Spiegel selbst nicht mehr erkennen würde. Natürlich hatte er einen slawischen Akzent. Spion und fertig, sagte er, vielleicht half ihm das. Nicht das Lachen, das auch, sondern dass es einen Grund gab. Dir ist nur das Lachen geblieben, und es hat geholfen, je länger Novotny nicht vorbeigekommen ist, umso mehr. Wenn auch nur kurz, manchmal so kurz wie das Lachen selbst, aber gelacht hast du trotzdem. Genauso hast du vorhin geweint. Nur dass du mit dem Weinen nicht aufhören hast können. Weil es viel richtiger war und viel leichter.

*

An einem dieser Tage, als er gerade bei den Stabsbaracken gewesen sei, berichtete der Schreiber Mitis vor dem Volksgericht, habe ihm Novotny zugerufen, er brauche zwei Gendarmen. Später habe er von ihm erfahren, dass er einer Hinrichtung habe beiwohnen müssen. Er, Novotny, habe sich vor deren Kommandierung gesträubt und gebeten, davon Abstand nehmen zu dürfen, weil es sich bei Sterk noch dazu um einen guten Bekannten handelte. Der Befehl und die Ausführung seien Novotny sehr nahegegangen. Er habe wiederholt erwähnt, er könne nicht mehr nach Ternitz zurück, weil er das mit seinem Gewissen nicht vereinbaren könne, es sei eine Schande.

*

Die Zusammensetzung des Exekutionspelotons, erklärte Novotny vor dem Volksgericht, sei in dem Befehl des Melders vorgeschrieben gewesen. Es sollte aus acht bis zehn Mann bestehen, und zwar aus zwei Gendarmen, vier oder fünf Volkssturmleuten, der Rest sollten HJ-Burschen sein. Gefragt, ob es ihm nicht widerstrebt habe, halbwüchsige Burschen zu einer solchen Exekution heranzuziehen, erwiderte Novotny, er habe in seiner Verfassung weder etwas dagegen vorbringen noch etwas denken können. Ihm sei übel geworden, als er aus der Stabsbaracke hinausgegangen sei. Er sei gleich in die nächste hinein, in die Küche, denn er habe sich setzen müssen, und dort habe er dem Koch alles erzählt. Auch einigen ihm bekannten Ternitzern habe er davon berichtet. Sie hätten ihm gerne geholfen, doch das habe niemand mehr gekonnt. Also habe er Spielbichler den Befehl mit den gleichen Worten überbracht, mit denen er ihm übertragen worden sei.

Vom Richter wurde Novotny daraufhin die Aussage Spielbichlers vorgehalten, wonach er ihm gedroht habe. Novotny erwiderte, dass ihm klar gewesen sei, dass eine Befehlsverweigerung Spielbichler unweigerlich erneut vor das Standgericht bringen würde, also habe er zumindest die Bemerkung machen müssen, ob er wirklich einen Befehl des Kreisleiters verweigern wolle. Dann sei er in die Stabsbaracke zurück und habe Mitis beauftragt, die restlichen Teilnehmer der Exekution namhaft zu machen. Er stellte noch das Peloton zusammen und dann wurden die Waffen verteilt. Inzwischen sei Wallner erschienen, mit vier HJ-Burschen, in ihrer Mitte Kneissl, Wallner habe sich an die Spitze des Pelotons gestellt und sie zur Wiese geführt, wo die Hinrichtung stattfinden sollte.

Wallner entgegnete, das Hinrichtungspeloton habe sich bereits auf der Wiese befunden. Und er glaube auch, dass die Exekution von Sterk noch vor der von Kneissl erfolgt sei. Das sei unrichtig, meinte Novotny, Wallner habe sie hingeführt, dann habe das Peloton vor Kneissl Aufstellung genommen.

Das bestätigte auch der zweite Schreiber des Lagers, Rudolf Pemp. Er habe die Hinrichtungen von Kneissl und Sterk gesehen. Sie hätten gegen Abend stattgefunden, er sei draußen gewesen. Kneissl sei als Erster erschossen worden.

*

Als das Hinrichtungspeloton vor Sterk gestanden sei, habe er, Wallner, zu Novotny gesagt, dass er selbst das Urteil verlesen werde. Novotny habe ihm zugenickt. Ob Novotny aufgeregt gewesen sei, könne er nicht sagen, doch er habe mit gepresster Stimme gesprochen. Wallner habe Sterk gefragt, ob er noch einen Wunsch habe, Sterk habe an Novotny gerichtet gefragt, ob er ihm helfen könne. Novotny habe ihm geantwortet, er sehe doch, es gehe nicht. Da Sterk die Augen nicht verbunden haben wollte, schilderte Wallner weiter, habe er sich umgedreht und sei weg. Nach ungefähr zehn Schritten habe die Salve gekracht. Er habe sich nicht umgedreht.

*

Dann steht da der Novotny vor dir und sieht dich verzweifelt an, und du willst es ihm leicht machen, im ersten Moment. Aber im nächsten stellen sie dich schon vor den Gewehren auf. Jetzt weißt du, wie sinnlos es ist. Jetzt erst, jetzt, als wärst du jetzt zu spät, als wäre es an dir gelegen, als hättest du früher bitten müssen, und jetzt bittest du. Und du siehst Novotny, wie er fragen muss, ob er mit dir reden darf. Da weißt du, dass du gar kein Wort mehr zu sagen brauchst, auch wenn du ihn trotzdem fragst, als er auf dich zukommt und vor dir steht. Du hörst dich sprechen, als ginge es dich nichts mehr an, als ginge es ihn nichts mehr an, so sinnlos alles. Er schüttelt den Kopf, ihr gebt euch die Hand, und du lässt sie früher los.

*

Da Kneissl am Boden noch einen Wehlaut von sich gegeben hätte, habe er, Novotny, sich überzeugt, dass er wirklich tot war. Dann hätten zwei Burschen Sterk gebracht. Das Urteil sei von Wallner verlesen worden. Sterk habe noch gebeten, mit ihm, seinem Freund Novotny, sprechen zu dürfen, was Wallner gestattete. Er sei zu ihm hingegangen. Sterk habe zu ihm gesagt, es komme ihm schwer an, von ihm scheiden zu müssen, ob keine Hilfe möglich sei? Er habe ihm jede Hoffnung auf Hilfe nehmen müssen. Darauf hätten sie sich die Hand gegeben und sich verabschiedet. Er habe den Feuerbefehl gegeben, Sterk sei gleich tot gewesen.

*

Nach Durchsicht der Prozessprotokolle, wie der Vorsitzende vor dem Ende des Beweisverfahrens zu Protokoll gab, stehe eindeutig fest, *dass Wammerl am Samstag den 14.4.1945 abends erschossen wurde und Sonntag vormittags Schranz und nachmittags Kneissl und Sterk.*

Sieben

Als sie am Sonntag noch keine Nachricht von ihm gehabt habe, sei sie sehr unruhig geworden, berichtete Marie Wammerl zwei Jahre nach der Erschießung ihres Mannes vor dem Volksgericht in Wien. Zuerst habe sie über den Kapfenberger Volkssturm herauszufinden versucht, wo ihr Mann sich befinde; dort habe sie einen Verwandten gehabt. Als sie aus Kapfenberg nichts in Erfahrung habe bringen können, sei sie am Dienstag, dem 17. April, nach Schwarzau gefahren, wo man sie nach endlosen Fragen an den Kommandanten des Volkssturmes verwiesen habe, der ihr erklärt habe, es sei leider ein sehr trauriger Fall, ihr Mann würde nicht mehr leben. Dass er bereits am Samstag erschossen worden sei, habe sie erst von dem jungen Burschen erfahren, der ihn am Donnerstag geholt habe. Sie sei außer sich gewesen, ihr hätten die Knie gewankt und sie habe kaum mehr stehen können. Worauf der Bursche meinte, sie solle *keine Tanz machen, sondern verschwinden!*

In einer anderen Baracke habe sie sich an einen älteren Mann mit Augengläsern gewandt, um ihn zu fragen, was denn ihrem Mann zur Last gelegt hätte werden können. Dieser habe ihr zur Antwort gegeben: *Der Fall ist erledigt, verschwinden Sie!* Es sei ihr aufgefallen, dass von den Gendarmen niemand mit ihr zu sprechen wagte. Auch als sie sich an einen ihr bekannten Hauptmann und an den Postenkommandanten Huschka gewandt habe, hieß es stets, man habe nicht intervenieren können, das Ganze sei zu schnell gegangen.

*

Der Gendarm Wammerl, erklärte Pauspertl über sein Verhältnis zu dem ersten Hingerichteten, sei ihm bekannt gewesen. Gewiss sei er nicht schlecht gewesen, habe aber Extravaganzen in der Ausübung des Dienstes und in seiner Adjustierung geliebt. Da er, Pauspertl, erst 1940 auf den Posten Reichenau gekommen und Wammerl noch lange eingerückt gewesen sei, habe er nicht viel mit ihm zu tun gehabt. Nachdem ihm der Vorsitzende des Gerichtes die Belobigungen in Wammerls Personalakt entgegenhielt, bestätigte Pauspertl diese Angaben, doch es seien bei ihm eben auch gewisse Unregelmäßigkeiten vorgekommen. So habe Wammerl einmal erklärt, er sei bei einem Kontrollgang gewesen, während er in Wirklichkeit gejagt habe. Ein anderes Mal habe Geld gefehlt, das für eine andere Polizeidienststelle bestimmt gewesen sei, und so habe es mehrere Fälle gegeben. Trotzdem sei er auf ihn nicht schlecht zu sprechen gewesen und ihm in jeder Weise entgegengekommen. Privat hätten sie sich stets gut verstanden, aber dienstlich habe er ihn manchmal rügen müssen.

Bei Wammerls Rückkehr im Frühjahr 1945 habe die Vorschrift bestanden, dass sich auch Kranke und im Genesungsurlaub Befindliche melden müssten. Trotzdem habe er sich nicht gemeldet. Es sei ihm bekannt gewesen, dass Wammerl krank war, weshalb er ihn auch nicht zum Dienst herangezogen habe. Es sei deshalb auch keine Anzeige gelaufen.

Was den Fall seiner Frau betreffe, so sei ihm im Jänner 1945 zu Ohren gekommen, dass sie Silvester mit ausländischen Arbeitern und Kriegsgefangenen gefeiert habe. Da er diese Anzeige für rein gehässig gehalten habe, sei er der Sache nicht weiter nachgegangen. Anfang Februar 1945 habe ihn Kollege Irschik aus der Prein angerufen und ihm darüber das gleiche mitgeteilt, dazu aber angegeben, er könne nicht sagen, wer die Anzeige erstattet habe. Er, Pauspertl, habe ihm geantwortet, dass er ohne Unterlagen die Anzeige nicht erstatten könne, wenn er welche hätte, solle er sie machen. Einige Tage darauf habe Irschik davon gesprochen, dass die Anzeige vom Dienstmädchen der Wammerl stamme, und schließlich, dass Plechard, der NSDAP-Zellenleiter in Prein, die Anzeige gemacht habe. Er habe darauf die ausländischen Arbeiter vernommen, habe die Angelegenheit aber auch diesmal auf sich beruhen lassen, damit er, falls Plechard urgierte, antworten könne, es würden schon Erhebungen gepflogen. Dann habe wiederum der Ortsgruppenleiter von Reichenau, Klammer, verlangt, er solle Anzeige erstatten. Er habe das strikt abgelehnt, da er das Ganze nur für einen Akt der Gehässigkeit hielt, schließlich habe er sich aber über mehrmalige Urgenz von Klammer zu Frau Wammerl begeben und ihr den Sachverhalt vorgehalten. Er habe kein Protokoll aufgenommen, doch habe Klammer die von ihm gemachten Erhebungen bereits bei der Gestapo in Wiener Neustadt gemeldet, worauf Frau Wammerl festgenommen worden sei.

*

Was den Vorwurf betrifft, sie sei zu gut mit ausländischen Arbeitern gewesen, gab Marie Wammerl vor dem Volksgericht Folgendes an: Sie besitze neben dem verpachteten Hotel Kaiserhof eine kleine Landwirtschaft und hätte zum Betrieb derselben einen Kriegsgefangenen aus Serbien und eine Ostarbeiterin zugewiesen bekommen, mit denen sie außerordentlich zufrieden war. Deshalb habe sie ihnen auch gewisse Freiheiten gestattet, etwa, dass die beiden ihre Kameraden bei ihr empfingen, wobei auch getanzt wurde. Insbesondere am 31.12.44 sei dies der Fall gewesen, als sie ihnen eine Flasche Wein geschenkt habe. Gegen sie sei deshalb eine Anzeige konstruiert worden, die auch sehr schlecht hätte ausgehen können. Es habe darin geheißen, dass sie Ausländer begünstige und politisch unzuverlässig sei. Außerdem sei behauptet worden, dass sie vor Ausländern abfällige Bemerkungen über Hitler gemacht habe. Sie solle unter anderem gesagt haben: *Wenn ich den Hitler hier hätte, hätte ich ihn schon abgestochen!* All das entspreche jedoch nicht der Wahrheit. Daraufhin sei sie verhaftet worden und ins Gefängnis nach Wiener Neustadt gekommen, wo der Gestapobeamte beim Verhör die Bemerkung gemacht habe, die Anzeige gegen sie sei äußerst gehässig abgefasst. Verhaftet hätten sie die beiden Gendarmeriebeamten Pauspertl und Irschik. Sie selbst sei der Meinung gewesen, dass die Anzeige von Pauspertl stammt, doch der Gestapobeamte habe gemeint, dass sie eher von Irschik herrühren dürfte. Inzwischen sei ihr Mann aus dem Lazarett auf Krankenurlaub nach Hause gekommen, und es sei ihm gelungen, sie mit Rücksicht auf seine schwere Verwundung freizubekommen. Das Ganze sei Ende Feber 1945 gewesen.

*

Zur Darstellung seines Gendarmeriekollegen befragt, sagte Irschik, Pauspertl sei eines Tages im Lauf des Februar 45 bei ihm mit Anzeigenmaterial erschienen, doch könne Irschik nicht sagen, von wem es stammte. Angeblich soll sich die Frau Wammerl mit Ausländern abgegeben und diese zu freundlich behandelt haben. Er habe dann die beiden Ausländer auf den Posten bringen müssen, wo sie einvernommen wurden, wobei Pauspertl die Protokolle führte. Auch die Wammerl habe Pauspertl einvernommen und acht bis zehn Tage später veranlasst, dass sie zur Gestapo nach Wiener Neustadt eingeliefert wurde. Er glaube, fügte Irschik hinzu, dass Pauspertl bei der Verhaftung mitgewirkt habe. Er sei empört darüber gewesen, dass man die Frau eines Kameraden, der im Fronteinsatz stand, verhaftete und hätte diesbezüglich auch eine Bemerkung zu Pauspertl gemacht.

Auf Nachfrage des Richters zu seinem Verhältnis mit Plechard gab Irschik an, Plechard habe als Ortsgruppenleiter ein scharfes Regiment geführt. Er, Irschik, habe auf der Dienststelle dauernd mit ihm zu tun gehabt, und auch vom Landesgendarmeriekommando gab es die Weisung, gemeinsam mit der Partei zu arbeiten. Er selbst habe wiederholt im Hotel Kaiserhof gegessen. Plechard habe das Hotel, das der Familie Wammerl gehörte, gepachtet. Er sei mit Plechard ganz gut gestanden, wenn er mit ihm auch nicht befreundet war. Er sei zwar Parteianwärter gewesen, aber schon 1941 ausgeschieden, da ihm die Partei nicht zusagte. Einmal habe er einen Bericht zu schreiben gehabt, der bei der Partei anscheinend nicht so gut ankam. Pauspertl habe ihn damals angewiesen, er habe sich bei Berichten, in denen die Partei nicht gut wegkomme, vorher mit Plechard in Verbindung zu setzen.

*

Als Gendarmerie-Postenkommandant im burgenländischen Lockenhaus sei er auch Ortsgruppenpresseleiter der NSDAP gewesen, gab Leopold Heiderer vor dem Volksgericht an. Als die Front nähergekommen sei, habe man sich Richtung Westen absetzen müssen, weshalb er am 1. April in Schwarzau gelandet sei, wo sich eine Art Auffanglager für Gendarmerie befand. Dort sei er wie alle direkt Pauspertl unterstanden. Am 22. April sei er dann mit Irschik und anderen in die Prein versetzt worden. Wer in Prein Postenkommandant sein hätte sollen, sei nicht ausgesprochen worden. Es sei vereinbart gewesen, dass Irschik wegen seiner Ortskenntnisse den Außendienst regeln und er die Kanzleiarbeiten verrichten solle. Außerdem seien noch die Gendarmen Vogt und Benesch dabei gewesen. Nachdem sie am 23. in der Prein angekommen seien, hätten sie untertags den Posten eingerichtet, seien bis zum Abend damit fertig geworden und hätten sich niedergelegt. In der Nacht seien sie von einem Volkssturmmann geweckt worden, der einen Befehl von Pauspertl überbrachte. Es hätten vom Posten Prein sofort zwei Gendarmen nach Hirschwang zu kommen, um einen schriftlichen Befehl abzuholen. Es sei ein handgeschriebener Befehl gewesen, von Pauspertl unterzeichnet. In diesem Befehl sei angeordnet gewesen, dass sofort vier Frauen festzunehmen und in der Parterrewohnung der Frau Eggl anzuhalten seien. Ferner, dass in dieser Wohnung die Fenster geschlossen und verhängt zu halten seien. An Bewachung seien zwei Gendarmen zu stellen, und zwar einer als Innenposten und einer als Außenposten. Bei Fluchtversuch sei von der Schusswaffe Gebrauch zu machen.

In den Morgenstunden des 24. seien sie an die Ausführung des Befehls geschritten und hätten die vier Frauen festgenommen. Er selbst sei bei der Verhaftung der Frau Habietinek, bei Frau Wammerl und einer Frau aus Edlach dabei gewesen, deren Namen er nicht wisse. Die Frauen seien über ihre Verhaftung sehr verwundert gewesen und hätten gefragt, warum man sie verhafte. Sie hätten ihnen gesagt, dass sie den Grund selbst nicht wüssten, dass ein Befehl dazu da sei.

*

Endlich konnte ich dieser Hölle entgehen. Ich trat den Fußmarsch nach Puchberg an. Es war ein herrlicher Frühlingstag, schrieb Spielbichler über den Montag, 16. April. Auf der sogenannten Mau-Mau-Wiese habe er kurze Rast genommen, er sei erschöpft gewesen, die Erlebnisse der letzten Tage seien nicht spurlos an ihm vorbeigegangen. Was würde nun aus seiner Familie werden, diesen Gedanken sei er nicht losgeworden. Er sei verzweifelt gewesen. Von Weitem habe er den Donner der Kanonen gehört, dort hinten sei die Freiheit gewesen. Ob er über den Schneeberg flüchten solle? Nein, das dürfe er nicht. Er habe sofort die Worte wieder gehört: *Und ihre Familie bleibt hier!* Er müsse sich in Puchberg zum Volkssturm melden, und wenn es ihn das Leben koste. Gleichzeitig der Gedanke an seine Freunde in Gloggnitz: Wie konnte er ihnen gegenüber nur seine Pflicht tun, sollten die Nazi-Banditen ihre Anschlagspläne durchführen. Sein müder Kopf habe ihm geschwirrt. Er dürfe jetzt nur nicht kapitulieren, er müsse fest bleiben, vielleicht ergebe sich eine günstige Situation.

Also sei er weitergezogen. Er sei zu einem kleinen Häuschen gekommen, habe sich kurz aufgehalten und gefragt, wie die Lage sei. Die Leute, Kleinhäusler, seien wortkarg gewesen und hätten gemeint, wenn nur der Krieg schon bald aus wäre. Die Soldaten und Volkssturmmänner sollten doch überlaufen. Ja, überlaufen, habe er sich gedacht, eine gute Idee, aber er habe mit diesem Gedanken nicht spielen dürfen. Um 15 Uhr sei er in Puchberg eingetroffen, es sei gerade Volkssturm-Aufstellung gewesen, er habe sich gemeldet und sei sofort in eine Einsatzgruppe eingeteilt worden.

*

Dann war die Mutter des Schlossmädchens wieder da. Du grüßt, sie grüßt zurück, und ihr Mädchen spielt wieder im Hof. Es spielt, als wäre nichts gewesen. Es ist noch zu klein, sagt deine Mutter. Du bist es nicht, und du weißt nicht, ob du es gern wieder wärst. Zu klein, um jeden Tag aufzustehen, den Kräutertee aufzusetzen, aus dem Fenster zu schauen und etwas zu sagen, wie deine Mutter. Oder zu grüßen wie die Waissnix im Schloss. Du bist zu klein, denn du sagst kein Wort, und du bist es nicht, sonst hättest du im Kurpark weitergespielt wie die wirklich Kleinen. Wegschauen, hast du zu ihnen gesagt, wegschauen, und dann hast du sie laut angeschrien, weil sie wissen wollten, von wo sie wegschauen sollten. Wie deine Mutter hast du es gemacht, und deine kleine Schwester hat dich nur angesehen. Da hast du es gewusst, genug gewusst, um am liebsten kein Wort mehr zu sagen oder gar zu schreien, während du sie alle aus dem Park verscheucht hast. Am heftigsten Ida, deine kleine Schwester, die dich angesehen hatte, wie Ida sonst nur eure Mutter ansah. Das hast du nicht ausgehalten, ohne den Schrecken bereits verstanden zu haben. Den Blick der Monate und Jahre danach, sobald Ida nur froh war, wenn sie an dir etwas sah, was eure Mutter einmal war.

*

Dass die Leute ausgelassen und wieder zurückgekommen waren, habe er nicht erfahren, sagte Braun über die Gruppe der zur Gestapo nach St. Pölten Abtransportierten. Auf Einwand des Vorsitzenden, dies müsse ihm als Kreisleiter der Kreisamtsleiter Klammer doch gesagt haben, räumte Braun nur ein, ihm sei erst im letzten Moment gesagt worden, dass sie wieder da seien, um einzuschränken, der Kreisamts- und Ortsgruppenleiter habe ihm nur mitgeteilt, der Reifböck vom E-Werk sei wieder da, davon, dass auch die beiden Waissnix zurückgekehrt seien, habe ihm niemand etwas gesagt. Auf die Frage, wer nun den neuerlichen Verhaftungsbefehl gegeben habe, antwortete Braun zuerst, es sei möglich, dass Oberstleutnant Swoboda von der Wehrmacht an ihn herangetreten sei, die Front in einer Breite von drei Kilometern von der Zivilbevölkerung freizumachen. Da dies aber kaum direkt mit der Verhaftung Einzelner in Verbindung zu bringen war, fragte der Vorsitzende nach, ob er, Braun, den Befehl gegeben habe, die von der Gestapo freigelassenen Personen neuerlich zu verhaften. Braun verneinte, worauf der Richter ihm vorhielt, dass Pauspertl dazu in seiner Aussage angab, er habe die Leute in Brauns Auftrag noch einmal verhaften müssen. Braun erwiderte, diese Aussage stimme nicht, einen solchen Auftrag könne Pauspertl nur von Klammer gehabt haben. Es sei doch sonderbar, kommentierte der Richter, Klammer, der sonst mit allem zu ihm gekommen sei, habe nun gerade ihm nicht mitgeteilt, dass die Personen, die er ihm gegenüber als gefährlich bezeichnet hatte, wieder zurück seien? Braun argumentierte, es sei aber doch möglich, und zwar deshalb, weil er ihm so viele Leute von der Liste gestrichen und sie ihm zurückgeworfen habe. Das sei Klammer nicht einerlei gewesen, daher habe er ihm die Rückkehr der nach St. Pölten überstellten Leute verschwiegen. Auch über die Anordnung der Erschießungen habe er nichts gewusst.

*

Eine gute Woche nachdem sie von der Erschießung ihres Mannes erfahren habe, sei der ihr bekannte Gendarm Irschik am 24. mit einem ihr Unbekannten bei ihr erschienen, sagte Marie Wammerl als Zeugin aus. Sie sei verhaftet worden, und man habe sie in die Kellerwohnung des Postgebäudes gebracht. Sie könne nicht mehr genau sagen, wer sich damals schon dort befand und wer später hingebracht wurde, jedenfalls sei eine ältere Dame dort gewesen, von der sie erst später erfahren habe, dass es Frau Habietinek war. Dann Frau Eggl, die Besitzerin des Hotel Post, Frau Frindt aus Edlach, das Ehepaar Karasek, Frau Reifböck und Frau Fischer sowie die Schwestern Waissnix und womöglich noch eine andere Frau. Der Raum sei auch tagsüber verdunkelt gewesen. Zur Verrichtung der Notdurft sei ihnen ein nicht gedeckter Kübel für Frauen und Männer in den Raum gestellt worden, der einen furchtbaren Gestank verbreitete, da Irschik nicht gestattet habe, dass jemand von ihnen den Raum verlassen darf. Je ein Gendarm sei zur Bewachung im Raum geblieben, ein weiterer habe draußen die Runde gemacht. Der Einzige, der mit ihnen Mitleid gehabt habe, sei der Gendarm Appel gewesen. Dieser habe auch Dr. Kratzer gerufen, als sie einen Herzanfall hatte. Sie habe vom Arzt eine Injektion erhalten, Appel sei jedoch von Irschik für das Entgegenkommen gerügt worden. Sie selbst hätten weder gewusst, warum sie verhaftet waren noch was ihnen bevorstand. Die beiden Schwestern Waissnix seien schon einmal verhaftet und zur Gestapo nach St. Pölten gebracht worden und bedauerten, wieder zurück zu sein. Eine von ihnen sprach auch aus, dass die Möglichkeit bestehe, dass sie alle umgelegt würden.

*

Einen Prozesstag später, als Braun auf dem Weg eines Geständnisses versuchte, dem ihm im Fall eines Schuldspruches drohenden Todesurteil zu entgehen, veränderte er seine Aussage dahingehend, von der Rückkehr der in St. Pölten Freigelassenen erst kurz vor deren neuerlicher Festnahme erfahren zu haben, er wisse aber nicht mehr, von wem. Die Verhaftungen selbst habe Klammer veranlasst, er habe ihn deshalb zur Rede gestellt. Klammer habe ihm erklärt, sich mit der vor Ort befindlichen SS-Einheit abgesprochen und dieser die Liste der unzuverlässigen Personen gemeldet zu haben. Sein Befehl habe gelautet, die Leute in die Steiermark oder nach Oberösterreich zu bringen. Die Verhaftungen seien durch Klammer und Pauspertl erfolgt. Dass die Leute niedergemetzelt worden sind, und dass sich neben der SS auch ihm unterstehende Personen daran beteiligt haben, habe er erst nach der Kapitulation erfahren.

*

Am Dienstag, dem 24. April, seien zwei Gendarmen gekommen und hätten ans Fenster geklopft, wie die 53-jährige Aloisia Kubesch angab, die angesichts des Vorrückens der Roten Armee aus Wiener Neustadt zu ihrer Schwester Johanna Eggl in die Prein geflohen war. Zuerst sei sie über das Klopfen erschrocken gewesen, weil sie glaubte, es wären Russen, dann aber habe sie gesehen, dass es zwei Gendarmen waren, der eine davon Irschik. Ihre Schwester sei mit Irschik gut gewesen und er habe sie gefragt, ob sie ein Zimmer im Keller für sanitäre Zwecke herrichten könne. Da ihre

Schwester noch nicht angezogen war, habe sie ihm gesagt, er solle sich den Schlüssel selbst nehmen, er liege unter dem Fußabstreifer, worauf der antwortete, sie müsse selbst hinuntergehen. Das Zimmer, das Irschik meinte, sei ein Souterrainlokal gewesen, zu dem man ein paar Stufen hinuntergehen musste. Es habe zwei Fenster gehabt, eines in den Garten und eines auf die Straße. In diesem Raum seien zwei Betten gestanden, ein Tisch, ein Kasten, ein Diwan und Stühle. Ihre Schwester sei in dieses Zimmer gegangen und habe die Verdunkelungsvorrichtung bei einem Fenster heruntergelassen. Zu diesem Zweck habe sie auf einen Sessel steigen müssen. Als sie heruntersteigen wollte, habe Irschik die Hand um sie gelegt und ihr gesagt, sie dürfe den Raum nicht mehr verlassen, die Schwester solle ihr die Wirtschaft führen, und an sie gerichtet, die mitgegangen war, sie dürfe davon niemand etwas sagen, sonst komme sie auch hinunter in diesen Raum. Sie habe nun Holz bringen wollen, weil es sehr kalt gewesen war und als sie die Stiege hinaufgekommen sei, habe man schon Frau Habietinek gebracht, gestützt durch zwei Gendarmen. Als sie dann wieder ins Souterrainzimmer zurückkam, seien noch andere Frauen dagewesen, die ganz durchnässt waren. Insgesamt seien es dreizehn Personen gewesen.

*

Es sei am 17. April gewesen, vier Uhr früh, es habe noch gedunkelt, protokollierte Spielbichler. Gemeinsam mit einem anderen Volkssturmmann habe er ein Schützenloch zu besetzen gehabt, vor ihnen sei die SS gelegen. Die russische Artillerie habe heftig gegen den östlichen Ortseingang von Puchberg geschossen, die Kirche sei bereits arg getroffen gewesen. Vor ihnen in der ersten Stellung habe es kleinere Gewehrgeplänkel gegeben, aber keine besonderen Vorkommnisse. Vom Schober habe die eigene Artillerie gegen die feindlichen Stellungen geschossen, aber oft zu kurz.

Abends Stellungswechsel, ein Angriff der Roten Armee sei von der ersten Linie abgeschlagen worden, und er sei zum ersten Mal im Krieg gewesen. Fünf Jahre sei es ihm gelungen, wenn auch mit Schwindel, sich vom Krieg fernzuhalten. Er habe alles getan, was ein Mensch habe tun können, um das System, das er so gehasst habe, zu bekämpfen. Er sei Mitglied der geheimen Revolutionären Sozialisten gewesen, habe vielen helfen können, habe gefährdete Menschen auch unter Lebensgefahr vor Verfolgung und Bestrafung bewahrt, und jetzt, im letzten Augenblick, habe er nichts anderes tun können, als für Hitler zu kämpfen. Nein, er musste einen Weg heraus finden, aber es durfte niemand etwas bemerken, sonst war seine Familie verloren. Ob er nicht ein Schreiben für Gloggnitz hinüberschmuggeln könne? Dazu müsste er weiter vorne sein.

*

Von der ersten Verhaftungswelle, sagte der Gendarm Appel, habe er erst später erfahren. Ebenso, dass die Leute nach St. Pölten zur Gestapo überstellt und dort wieder entlassen worden waren. Anlässlich der zweiten Verhaftungswelle habe es geheißen, die Leute seien festzunehmen und zur Einvernahme zu bringen. Der

Befehl sei nachts von Pauspertl ausgegeben worden, politischer Leiter sei bei der Befehlsausgabe keiner anwesend gewesen. Neben anderen Personen, an die er sich heute nicht mehr erinnern könne, sollten sie auch Olga Waissnix holen, die sich von ihrem Kind nur überaus schwer trennen konnte. Als man die Leute überstellte, seien schon andere Verhaftete anwesend gewesen, er habe aber nichts davon gehört, dass sie dort wirklich vernommen wurden. Damals habe er noch nicht geargwöhnt, dass sie erschossen werden könnten. Die Leute seien ihm unbekannt gewesen, ebenso die Gründe, warum sie überhaupt verhaftet worden waren. Sein Kollege und er hätten den Befehl erhalten, den Wachdienst bei den im Keller des Postgebäudes untergebrachten Verhafteten zu übernehmen. Sie sollten dort bleiben, bis man sie per Lastauto nach Schwarzau bringen würde. Seiner Erinnerung nach habe es sich um acht bis zehn Personen gehandelt. Sein Kollege und er seien natürlich befragt worden, warum man sie verhaftet hätte, insbesondere weil ein Teil von ihnen schon einmal verhaftet und der Gestapo in St. Pölten überstellt, von dieser jedoch wieder entlassen worden war. Sie hätten ihnen aber keine Antwort geben können. Anfangs habe er für das Leben der Leute nichts gefürchtet. Auch die Verdunkelung des Kellers habe ihn nicht gewundert, das sei damals wegen der herannahenden Russen so üblich gewesen. Er habe auf eigene Gefahr versucht, das Los der Verhafteten etwas zu mildern, indem er den Frauen zum Beispiel gestattete, ihre Notdurft außerhalb des Kellers zu verrichten, Essen zu sich zu nehmen, das ihnen die Schwester von Frau Eggl brachte, und schließlich habe er für die Frau, die Herzanfälle hatte, es sei dies eine Frau Wammerl gewesen, den Oberarzt Dr. Kratzer geholt. Wegen seines eigenmächtigen Vorgehens sei er von Pauspertl sehr gerügt worden. Da es ihm damals selbst schlecht ging, er habe Grippe und Fieber gehabt, habe ihn Dr. Kratzer nach einer oberflächlichen Untersuchung für dienstunfähig erklärt und gemeint, er solle zu ihm in die Ordination kommen. Daher habe er beim Posten um Ablöse ersucht. Inspektor Irschik, der ihn wegen seines Verhaltens den Verhafteten gegenüber nicht gerügt hatte, habe in der Angelegenheit mit Pauspertl telefoniert, Pauspertl habe aber erklärt, er, Appel, müsse seinen Dienst weiter versehen, andernfalls würde er ihn selbst abholen und nach Schwarzau vors Standgericht bringen.

*

Zeuge Franz Karasek gab vor dem Volksgericht als Zeuge zu seiner Vorgeschichte an, dass er im März 1945 zum Volkssturm einberufen worden sei, da er vorher unabkömmlich war. Er habe im Volkssturm auf Schloss Salm bei Bataillonsführer Forstrat Bayer Dienst gemacht. Klammer sei nach 1938 Ortsgruppenleiter von Reichenau geworden. Vorher habe er ihn als Bienenzüchter gekannt, wobei auffällig gewesen sei, dass ihm seine hochversicherte Bienenfarm ein oder gar zwei Mal abbrannte, sodass er den ganzen Versicherungsbetrag erhielt. Klammer habe zuerst bei den Schwestern Waissnix gewohnt, nach dem Einmarsch der Deutschen habe er im Ort eine Villa bezogen, die davor Juden gehört hatte. Dort habe auch das Ehepaar Czuba eine Wohnung gehabt, Frau Czuba habe den Hausbesorgerposten versehen. Dass sich die Ehepaare Klammer und Czuba nicht vertrugen, sei allgemein bekannt gewesen, die Czubas waren sozialdemokratisch eingestellt. Klammer sei jedenfalls nicht beliebt gewesen. Dass er gegen politische Gegner sehr streng war, habe man gewusst.

Am 23. beziehungsweise 24. April sei er gegen zwei Uhr früh vom Einsatz als Volkssturmmann nach Hause gekommen und zwei Stunden später von den Gendarmeriebeamten Pauspertl und Eglau geweckt und aufgefordert worden, seine Waffe abzugeben. Er solle mitkommen, angeblich, wie sie erklärt hätten, zu einer Einvernahme. Als er nun auf Schloss Salm geführt wurde, hätten sich seine Frau, seine Schwiegermutter Reifböck, die beiden Schwestern Waissnix, Dr. Thaller, Frau Czuba und noch zwei Frauen im Regen auf der Straße befunden. Dann hätten sie zu Fuß in die Prein marschieren müssen, wo sie von dem ihm bekannten SS-Mann Zens aus Payerbach in eine Kellerwohnung im Postgebäude eingeliefert wurden. Sein Schwiegervater sei zu dem Zeitpunkt noch bettlägerig gewesen und habe nicht gehen können, weshalb sie ihn nicht mitgenommen haben. Inspektor Irschik habe ihnen mit dem Erschießen gedroht, wenn sie versuchen sollten, auf die Straße hinaus zu gelangen oder sich auch nur rührten. Der Keller sei auch tagsüber verdunkelt geblieben, die sanitären Verhältnisse unbeschreiblich gewesen. Zur Verrichtung der Notdurft hätten sie lediglich einen Kübel erhalten, den sie alle benutzen mussten. Auch die Frauen habe man dafür oft nicht auf den Gang hinausgelassen. Sie hätten am bloßen Boden geschlafen und von den Wachen auch nichts zu essen bekommen. Es seien ein oder zwei Wachebeamte im Raum gewesen. Nur Gendarm Appel habe deutlich gezeigt, dass er mit der ganzen Sache nichts zu tun haben wollte. Er sei auch der Einzige gewesen, der sich ihrer angenommen, einen Arzt für Frau Wammerl geholt und ihnen verschiedene Erleichterungen verschafft habe. Frau Wammerl sei nämlich am gleichen Tag zusammen mit Frau Habietinek, Frau Fischer und Frau Frindt eingeliefert worden. Von der Schwester der Frau Fischer habe man einmal am Tag Milchsuppe mit Kartoffeln bekommen und Dr. Habietinek habe erwirkt, dass er seiner Frau Essen bringen konnte. Auf ihre wiederholten Fragen, warum sie überhaupt angehalten würden, hätten sie keine Antwort erhalten.

*

Es sei eine aussichtslose Sache gewesen, so Spielbichler. Vom Mittwoch, dem 18. April, bis zum 21., einem Samstag, habe er sich so gut wie ständig im Graben befunden, mit zu wenig zu essen, bei Nacht immer Stellungswechsel, doch keine Werkzeuge zum Eingraben, stattdessen fortgesetztes Artillerie- und Granatwerferfeuer. Ruhr und Durchfall seien umgegangen, doch das sei kein Grund zur Ablöse gewesen, jeder Mann werde gebraucht, hieß es. Schließlich hätten die Russen ganz offenbar etwas vorzubereiten begonnen, Stellungen seien eingekreist worden, einmal hätten hier, einmal dort MGs gekracht. Puchberg sei beinahe umstellt gewesen, das habe jeder gesehen, aber die Stellungen mussten gehalten werden. Noch habe es keinen direkten Zusammenstoß mit der Roten Armee gegeben. Sein Freund Paul Sobiella, ein 44 Jahre alter Pflasterermeister aus Breslau, habe den ganzen Feldzug nach Russland und zurück mitgemacht, jetzt habe ihn schon seit Tagen der Durchfall geplagt. Er sei aus der katholischen Richtung gewesen, habe viel von seiner Familie erzählt und die Nazis gehasst, aber gemeint, was könne man machen, nach Hause sei es weit. Ihm habe er erzählt, dass er in Ternitz Bekannte habe, sie müssten schauen, dass sie dort hinkommen. Sobald die Russen angriffen, müssten sie gehen, dann könne er ihm Zivilkleider verschaffen. Sobiella habe aber abgelehnt und gesagt, er könne nicht einmal zwei Kilometer laufen, so matt sei er. Schau Heinrich, dass du hinüberkommst, habe er gemeint, er werde sich mit Gottes Hilfe schon irgendwie durchschlagen, er sei erfahren genug. So seien sie beide in diesen kurzen Stunden gute Freunde geworden. Zwei Nazigegner aus zwei verschiedenen Richtungen mit einem gemeinsamen Ziel.

Abends habe er sich dann beim Gruppenführer melden müssen, berichtet Spielbichler vom Samstag. Er habe Herzstechen und Schwindelanfälle bekommen und wollte zu einem Arzt. Er solle, so die Antwort, um die Menage für ihre Gruppe zum Kompaniegefechtsstand gehen und dort versuchen, Tropfen zu bekommen. Dort sei er aber nur ausgelacht worden, Schwindelanfälle, das kenne man, er solle nur fest schießen, dann vergehe es von selbst. Der Piefke-Leutnant und sein Spieß seien beide schon betrunken gewesen. Er sei mit seiner Menage zurück, die Kameraden hätten schon auf das Essen gewartet. Und die Rote Armee sei immer aktiver geworden. Nun müsste etwas geschehen, sonst würde es für jedes Entkommen zu spät sein.

*

Sie hätten versucht, sagte auch Irschik vor dem Volksgericht, den Inhaftierten gewisse Erleichterungen zu gewähren. Appel habe sich dann aber bei ihm krankgemeldet, worauf er dies habe Pauspertl melden müssen. Dieser sei darüber sehr ungehalten gewesen und habe ihm am Telefon dem Sinn nach zur Antwort gegeben, Appel müsse Dienst machen, es gebe kein Kranksein, wenn er nicht Dienst mache, werde er selbst kommen und ihn nach Schwarzau bringen. Ob Pauspertl hiebei das Wort *Standgericht* benutzte, wisse er nicht mehr genau, aber jedenfalls habe er, Irschik, das so aufgefasst. Appel sei während dieses Telefongespräches neben ihm gestanden, während er die Antwort von Pauspertl Wort für Wort wiederholte. Es sei Appel nichts anderes übrig geblieben, als weiter Dienst zu machen.

Als ein Wagen die ersten Leute aus dem Postgebäude mitnehmen sollte, hätten er oder ein SS-Mann den Leuten zugerufen, wer fertig sei, möge in den Wagen steigen. Es sei aber auch möglich, dass es hieß, die ersten fünf sollten einsteigen. Karasek habe er persönlich gekannt, und er erinnere sich, ihn gesehen zu haben, doch wisse er nicht, ob dieser mit Steinmetz, oder wer sonst noch dabei gewesen war, gesprochen und gebeten habe, seine Frau gegen jemand anderen zu tauschen, und ob dies geschehen sei. Der Transport habe jedenfalls das Ehepaar Karasek umfasst, Frau Reifböck, Frau Fischer und noch zwei Personen. Da ihnen von Pauspertl mitgeteilt worden war, dass die Inhaftierten aus der Prein abgeholt würden, sei er der Meinung gewesen, dass die Sache in Ordnung gehe. Er wisse nun nicht mehr, ob der SS-Mann erklärt habe, er habe einen Befehl von Braun oder von Klammer. Wohin die Leute gebracht würden, hätten sie jedenfalls nicht erfahren. Sie hätten auch nur das Interesse gehabt, die Bewachung der Inhaftierten, die ihnen äußerst unangenehm war, so schnell wie möglich loszuwerden.

*

Ein Gendarm habe ihr gesagt, berichtete Aloisia Kubesch dem Volksgericht, sie solle den Inhaftierten Milch und Erdäpfel geben, also habe sie ihnen einen großen Hefen Milch gebracht und dazu Erdäpfel. Dreimal am Tag habe sie für sie das Essen gekocht. Vom Hotel Kaiserhof sei nichts für die Verpflegung gebracht worden. Ein Teil der Personen sei dann in einem Auto weggebracht worden, und als sie zufällig wieder einmal hinunterkam, habe ihr Frau Wammerl gesagt, sie habe Glück und könne nach Hause gehen, der Irschik habe es ihr gesagt.

Sie sei nun zu Plechard gelaufen und habe ihn gebeten, ihre Schwester auch freizulassen oder ihr wenigstens zu sagen, wer ihr helfen könne. Er habe ihr erklärt, dass er ihr keinen Rat geben könne, er habe die Verhaftung nicht veranlasst und wisse auch nicht, warum sie verhaftet worden sei. Daraufhin sei sie zu Irschik auf den Posten gelaufen und habe ihn darum gebeten. Er habe ihr geantwortet, sie habe nichts gemacht und komme sowieso frei. Auf ihre neuerliche

Frage, an wen sie sich wegen einer Freilassung wenden könne, habe er nur wieder gesagt, sie habe nichts gemacht, sie komme wieder nach Hause.

*

Am 25. April gegen 19 Uhr habe Irschik in den Keller gerufen: *Die ersten fünf!* Er aber, so Karasek vor dem Volksgericht, habe Wert darauf gelegt, gemeinsam mit seiner Frau und der Schwiegermutter den Keller zu verlassen, Dr. Thaller, Frau Fischer und Frau Czuba hätten sich angeschlossen. Als sie den Keller verließen, habe er den Steinmetz gesehen, der ihm aus Ternitz genauer bekannt war. Als sie dann auf der Straße standen, hätten sich vier oder fünf junge Burschen in Tarnblusen mit Pistolen in der Hand um sie geschart. Diese seien Spalier gestanden, als sie einen geschlossenen Wagen mit kleinen Fenstern bestiegen hätten, der an den grünen Heinrich erinnerte.

An dieser Stelle wurde dem Zeugen Karasek die Aussage von Steinmetz vorgelegt, dass Frau Karasek anfänglich nicht dabei gewesen sei, erst auf Bitten Karaseks habe er dann dessen Frau mitgenommen und gegen eine andere Person getauscht. Karasek bestätigte, mit Steinmetz gesprochen zu haben, ob es sich genau so verhielt, könne er nicht mehr sagen. Möglicherweise habe er Steinmetz auch gefragt, wohin sie gebracht würden, er könne sich aber auch nicht mehr erinnern, was Steinmetz geantwortet habe. Beim Einsteigen in den Wagen habe er dann deutlich einen Spritzer eingetrockneten Blutes neben der Tür gesehen und habe nun geahnt, was ihnen bevorstand. Ein Teil der Bewachungsmannschaft sei noch in den Wagen gestiegen, vorne neben dem Chauffeur sei Steinmetz gesessen und zwei HJ-Burschen auf den Kotflügeln. Die Burschen im Inneren des Wagens hätten sich ruhig verhalten, überhaupt habe niemand gesprochen. Die beiden auf den Kotflügeln hätten hingegen den Eindruck gemacht, angeheitert zu sein. Da sie kein Bosch-Horn hatten, hätten sie bei jeder Straßenkurve laut geschrien. Der Wagen habe sie nun nach Schloss Wartholz gebracht, wo seine Frau, er und Dr. Thaller den Wagen verlassen mussten. Auf ihre Fragen, wohin sie nun kämen, habe es geheißen, sie würden ins Schloss Rothschild hinter die Kletschka-Höhe gebracht. Da er mitbekommen hatte, dass Braun auf Schloss Wartholz war, als sie eingebracht wurden, habe er angenommen, Steinmetz habe sich von diesem einen schriftlichen oder mündlichen Befehl geholt.

Seine Frau habe nun unaufhörlich geweint und gebeten, ihnen doch zu sagen, was mit ihnen wirklich geschehen solle. Er habe noch gehört, wie Steinmetz den Burschen den Befehl gab, Schaufeln mitzunehmen, die seien hinter der Hütte.

*

Ihr seid sofort wach gewesen, sogar Ida. Es war Nacht, es klopfte, das tut es bis heute, sagst du. Und du hast es gewusst wie deine Mutter. Ihr habt euch nicht angesehen. Nur Ida ist sofort auf und zu ihr. Die Mutter ist zur Tür, Ida hinterher, und als sie öffnete und die Gendarmen mitten in der Nacht in der Jägerzeile draußen gestanden sind, hielt die Kleine schon ihre Hand.

Ihr hattet hinten gelüftet, weil den Kleinen heiß war, wie immer ab den ersten Frühlingstagen. Der Wind ist durchgefahren, und die Mutter ist mit dem Fuß dazwischen, damit die Tür nicht zuschlug. Schneller als sonst, auch das spürst du, als wäre es deine Bewegung. So wie du die Hand der kleinen Schwester spürst. Doch du sitzt nur da und schaust, wie du schon im Kurpark geschaut hast. Das Kopfschütteln der Mutter, zuerst langsam, dann kurz schnell, dann der Blick zu Ida, die leise weint und die Mutter ansieht, wie sie dich im Kurpark angesehen hat.

Was dann? Du weißt es nicht mehr, obwohl du alle Bilder hast, wie Ida mit Mutter hinaus ist. Dann das Zimmer und die Buben, als könnte im nächsten Augenblick alles ungeschehen sein. So siehst du dich sitzen und so ist es geblieben, als wäre alles nur ein Traum gewesen, die Mutter, die Tage, die Jahre, das Lachen und das Schimpfen, das Mädchenwerden, die Sorge und die Hoffnung und die Augenblicke, die nur ihr beide hattet, wenn sie dich die kleine Frau nannte.

Ida sieht dich an, sie steht in der Tür. Und du schaust nicht weg. Keinen Moment hast du es seither getan.

*

Der Gendarm und frühere Ortspresseleiter der NSDAP Lockenhaus Heiderer gab vor dem Volksgericht an, ihm sei vor der Abholung der zweiten Partie aus dem Keller gesagt worden, der SS-Mann habe, sobald er da sei, in die Bataillonskanzlei zu kommen. So gegen 9 Uhr vormittags sei nun wieder der gleiche Transportführer erschienen wie am Vortag. Das Auto habe er diesmal nicht gesehen, aber er habe angenommen, er komme die restlichen sieben Personen holen. Nachdem er dem Transportführer gesagt habe, dass er in die Kanzlei zu einer Aussprache gebeten werde, sei er selbst weggegangen.

Ob er den Eindruck gehabt habe, erkundigte sich der Richter, dass sich der steirische Volkssturm für die Inhaftierten interessierte? Heiderer erklärte daraufhin, als Frau Wammerl verhaftet worden sei, sei ein Herr dabei gewesen, der ein Verwandter von ihr gewesen sei und Dienst beim steirischen Volkssturm gemacht habe. Ob in der Kanzlei, das wisse er nicht. Er habe angenommen, dass sich dieser Verwandte für Frau Wammerl eingesetzt hatte. Er selbst sei mit Vogt gleich darauf von Irschik und Benesch in der Bewachung abgelöst worden. Zur Zeit seiner Ablösung sei Frau Wammerl noch dagewesen. Benesch habe die Inhaftierten im Keller bewacht, Irschik draußen. Vom Gendarmerieposten aus, auf den er nach seiner Ablösung ging, habe man nicht auf das Hotel Kaiserhof gesehen. So gegen elf Uhr sei Benesch auf den Posten gekommen, ganz aufgeregt und rot im Gesicht, und habe gesagt, dass jetzt die Frauen erschossen worden seien. Benesch habe ihm auf seine Fragen gesagt, dass die Frauen aus ihrer Unterkunft in das Hotel Kaiserhof gebracht worden und dort im Keller erschossen worden waren. Auf seine Nachfrage, wer sie denn erschossen habe, habe er gesagt, es sei der SS-Mann gewesen. Sie seien beide ganz aufgeregt gewesen und hätten hin und her geraten, was da los gewesen sein könnte, da es zuerst geheißen hatte, dass die Leute wegen der Frontnähe nach Scheibbs abgeschoben würden, weil sie, wie Irschik meinte, politisch unzuverlässig waren.

Ob sie denn zum Kaiserhof gegangen seien, um die Leichen zu besichtigen, fragte der Vorsitzende. Der Zeuge Heiderer verneinte. Ob ihnen das nicht als Mord erschienen sei? Er bejahte. Warum dann nicht sofort im Kaiserhof von ihnen erhoben worden sei, was geschehen war und in wessen Auftrag, insistierte der Richter. Heiderer antwortete, sie seien um halb, dreiviertel zwölf Uhr ins Hotel Kaiserhof essen gegangen, und da habe er Plechard gefragt, was hier vorgegangen sei und warum man die Frauen erschossen habe. Plechard, der wohl wusste, dass sie erschossen worden waren, habe ihm gesagt, dass er nicht wisse, warum.

Doch warum habe er nicht weiter erhoben, wieso es zu den Erschießungen gekommen war? Eine Frage von ihm hätte ihm doch nicht sofort den Kopf gekostet. Heiderer erwiderte, sie alle seien so, er könne es nicht ausdrücken, deprimiert gewesen. Keiner habe sich ein Wort über diesen Terror zu sagen getraut. Sie seien selbstverständlich der Ansicht gewesen, dass es im Auftrag des Kreisleiters geschehen sein musste, und dabei sei ihnen noch der Gendarmeriebeamte, der in Schwarzau gehangen war, vor Augen geschwebt. Die Leichen habe er nicht gesehen, und ob sie sonst ein Gendarm sah, wisse er nicht. Die Beerdigung der Leichen sei zur Nachtzeit erfolgt. Irschik habe nachmittags die Nachricht auf den Posten gebracht, dass sie als Gendarmen mithelfen müssten. Daraufhin sei er zu Plechard gegangen und habe Einspruch erhoben, dass es nicht Sache der Gendarmerie sei, bei einer Beerdigung mitzuhelfen. Plechard habe geantwortet, ob er vielleicht auch umgelegt werden wolle.

*

Ortsgruppenleiter Plechard habe ihnen schließlich mitgeteilt, dass Frau Wammerl auf telefonischen Auftrag von Pauspertl auf freien Fuß zu setzen sei. Die übrigen Personen seien dann noch ein, zwei Tage im Keller geblieben. Dann habe der gleiche SS-Mann, der den ersten Transport geholt hatte, auch den zweiten abgeholt, doch das könne er nicht mit eindeutiger Bestimmtheit sagen. Er, Irschik, sei damals mit dem Kollegen Benesch Posten gestanden. Da im Hotel Kaiserhof mehrere Personen ein und aus gingen, habe er nicht sehen können, dass die Frauen des zweiten Transports in den Keller des Hotels geschafft worden seien. Plötzlich hätten sie dumpfe Schläge gehört, und Benesch hätte sehr betroffen gemeint, ihm scheine, sie erschössen die Leute.

Die Frage des Vorsitzenden, ob das, was in dem Keller vorging, für ihn Mord gewesen sei, bejahte Irschik. Die Frage, warum er die Erschießungen nicht verhindert habe, beantwortete er damit, dass dies nicht möglich gewesen sei. Zuerst sei die Erschießung auch nur Vermutung gewesen, die Wahrheit hätten sie erst nachträglich erfahren. Er habe aber dem Postenkommandanten über den Vorfall Meldung erstattet, welcher ebenfalls empört war und meinte, das werde sich bitter rächen. Daraufhin seien sie wieder zum Hotel Kaiserhof und dort auf einen SS-Mann gestoßen, bei dem es sich möglicherweise um Steinmetz gehandelt habe.

Erst dieser habe ihnen eindeutig mitgeteilt, dass die Leute im Keller erschossen worden seien. Warum aber habe er dann den SS-Mann nicht verhaften lassen, fragte der Vorsitzende nach. Irschik antwortete, das habe er nicht gekonnt, irgendjemand habe ihm mitgeteilt, es liege ein Antrag des Sondergerichts vor. Allerdings habe es dafür keine schriftliche Bestätigung gegeben. Heute sehe er ein, dass er ihn festnehmen hätte sollen.

*

Sie seien nun auf eine Wiese geführt worden, erzählte Karasek, wo seine Frau noch lauter weinte und bat, sie nicht zu erschießen, sie habe doch ein Kind. Darauf habe einer der Burschen gerufen, sie solle *die Goschn* halten, sonst erschlage er sie sofort. Sie seien nun zirka hundert Meter von Schloss Wartholz entfernt gewesen, seine Frau sei in der Mitte gegangen, Thaller rechts von ihr, er links von ihr, die Burschen seien in einem Abstand von drei bis vier Metern gefolgt. Als er sich einmal umdrehte, hätten sie die Pistolen aus den Pistolentaschen genommen, dann aber wieder eingesteckt. Überdies hätten sie im Auftrag von Steinmetz vier Schaufeln mitgenommen. Er habe sich nun leise an seine Frau gewandt, sie müssten versuchen davonzulaufen, da sie sonst umgebracht würden. Seine Frau habe ihm weinend erwidert, dass das nicht möglich sei, sie seien doch noch nicht einmal verhört worden. Zuerst habe man sie nun in Richtung eines Gartens geführt, anscheinend sei dort das Terrain aber nicht geeignet gewesen, um ein Grab zu schaufeln, weshalb die Burschen erklärten, sie hätten sich verlaufen. Nachdem man sie nun ein paar Schritte in eine andere Richtung geführt hatte, habe einer das Kommando *Fertig!* gegeben, worauf sie auf seine Frau schossen. Der erste Schuss sei gegen ihre Hüfte gegangen, worauf sie zusammenbrach. Die Burschen hätten mit lachendem Gesicht zwölf Schüsse auf seine Frau abgegeben, während Dr. Thaller, der nicht mehr bei sich war, laut schrie, die Hände hob und betete, nur wenige Schüsse bekommen habe, dann aber gleichfalls tot zusammengebrochen sei.

Dann hätten sie sich mit den Worten *So, Schwein, jetzt* – an ihn gewandt. Die letzten Worte habe er nicht mehr abgewartet, sondern sei ihnen entgegen gesprungen, habe zwei von ihnen mit der Faust ins Gesicht geschlagen und sei geflüchtet. Sie hätten ihm nachgefeuert, sodass er einen Oberschenkeldurchschuss am rechten Bein und einen Kopfstreifschuss abbekam. Er habe einen Fichtenzaun überklettert und sei über den Kreuzberg geflüchtet, wo er von den Alpenjägern beschossen wurde, habe in Orthof den Rosenmayer ersucht, ihn zu verstecken, was dieser nicht wagte. Er habe nun weiter gemusst, sei einmal beinahe einer SS-Patrouille in die Hände gefallen und einmal von einem Oberfeldwebel angehalten und schließlich von einem Bekannten am Heuboden versteckt worden, sodass es ihm gelang, seinen Verfolgern endgültig zu entkommen.

*

Am nächsten Tag in der Früh, so Aloisia Kubesch, habe sie wieder das Frühstück gebracht, und zeitig am Vormittag sei ihre Schwester auch noch da gewesen, weil sie Stiegen wusch, um sich irgendwie zu beschäftigen und abzulenken. Als sie um fünf Minuten vor dreiviertel zwölf Uhr wieder in das Zimmer hinunter kam, sei sie nicht mehr da gewesen, das heißt, es seien alle fort gewesen und das Zimmer leer. Sie habe sich nun nicht mehr zu fragen getraut, was geschehen war und wohin man sie gebracht hatte, und habe daher nichts gehört und nichts gesehen. Nur Frau Hausner habe ihr nachmittags gesagt, sie habe ihre Schwester mit Irschik gesehen, als er sie in den Kaiserhof führte. Ihre Schwester habe sie gegrüßt und sehr ernst dreinschaut.

Warum sie denn nicht zum Gendarmerieposten fragen gegangen sei, erkundigte sich der Vorsitzende nun bei ihr. Sie habe sich nicht getraut. Niemand habe etwas geredet und jeder habe sich vor der Partei gefürchtet. Ob Irschik bei der Partei war, wisse sie nicht. Sie habe sich Irschik nicht zu fragen getraut, weil sie fürchtete, ebenfalls weggeschleppt zu werden. Bis Kriegsende habe sie von ihrer Schwester nichts gehört, obwohl alle im Ort wussten, was passiert war, aber es habe sich niemand etwas darüber zu sagen getraut. Die Grabstätte ihrer Schwester sei dann gefunden worden. Bei der Exhumierung sei sie nicht dabei gewesen, weil sie von Wiener Neustadt nicht in die Prein hinauf habe kommen können. Sie glaube nicht, dass ihre Schwester bei der Verhaftung Schmuck bei sich gehabt habe.

*

Plastikspielzeug auf einem winzigen Wiesenflecken. Niedrig und eng an den Hang gedrückt steht bis heute das kleine Haus in der Jägerzeile, in dem Marie Landskorns Kinder zurückblieben. Drei Eingänge, die wie damals zu drei kleinen Wohnungen führen. Kein Mensch hier, doch im Gras liegt Kinderspielzeug in gelben, roten und orangen Plastikfarben.

Acht

Auf die Frage, wieso er überhaupt mit der Überstellung von Leuten nach Wartholz beauftragt worden sei, sollte Anton Steinmetz, der gelernte Schlosser und Schmied, der stets abstritt, Ausbildner im Wehrertüchtigungslager gewesen zu sein, vor dem Volksgericht antworten, er sei vom Materiallager in Schwarzau, dem er als Kriegsversehrter zugeteilt war, lediglich mit Zigaretten und Tabak für die einzelnen Kompanien hinausgefahren. Drei, vier jüngere Burschen seien als Volkssturmleute noch im Wagen gewesen, der als geschlossener LKW einem Feuerwehrwagen glich. In Prein angekommen, habe er nur getrachtet, die Zigaretten so schnell wie möglich abzuliefern, um wieder nach Hause zu kommen. Da habe ein Parteimann, dessen Namen er nicht kannte, der aber möglicherweise Kreisamtsleiter Klammer war, Leute antreten lassen und gefragt, ob jemand den Weg zum Schloss Wartholz wisse. Da alle verneinten, habe er ihn gefragt, Steinmetz, worauf er es bejahte. Der Parteimann sagte, er habe politisch unzuverlässige Leute, die nach Oberösterreich zwangsevakuiert werden müssten, dafür sollten sie dem SS-Offizier Schuhmann auf Schloss Wartholz gemeldet werden. Diese Leuten hätten sich im Postgebäude in einem Raum befunden, zu dem man drei bis vier Stufen hinuntergehen musste. Er sei nicht mitgegangen, habe aber Gendarmeriebeamte gesehen, von denen einer die Leute zum Herausgehen aufforderte. Einer von ihnen sei Herr Karasek gewesen, den er über seinen Beruf von der Firma Schöller & Bleckmann kannte. Er habe sich gewundert und ihn gefragt, wieso er hier sei. Karasek habe erwidert, er wisse es selbst nicht. Auf die Frage, was mit ihm und den anderen geschehen werde, habe er ihm gesagt, was Klammer ihm über die Zwangsevakuierung gesagt habe. Karasek habe daraufhin zu erwirken versucht, dass er gemeinsam mit seiner Frau evakuiert werde, und Klammer habe die von ihm weitergegebene Frage positiv beantwortet. Wer von der Bewachungsmannschaft auf das Auto gestiegen sei, wisse er nicht genau, darauf habe er nicht geachtet.

Auf den Vorhalt, Karasek habe bereits Blutspuren am Wagen gesehen, als er einstieg, erwiderte Steinmetz, Blutspuren könne er sich nicht erklären, da sie nur Gerät und Material geladen hatten. Auf Wartholz habe er auch nur gemeldet, dass er politisch unzuverlässige Leute bringe, habe sie hineingeführt, sei wieder ins Auto gestiegen und gefahren. Auf die Korrektur des Vorsitzenden hin, es seien aber nur drei der zu Evakuierenden ausgestiegen und drei zurückgeblieben, benannte er nun zwei alkoholisierte Volkssturmmänner auf den Kotflügeln als Grund. Sie hätten gesagt, die eine Frau sei eine Wirtin in Reichenau und werde ihnen Schnaps verschaffen. Dass die drei Personen wie die anderen gleich danach umgebracht wurden, habe er ebenso wenig gesehen wie Frau Fischer, die tot an ihrem Zaun aufgehängte Wirtin. Auch könne es nicht stimmen, dass er beim Aussteigen vor Schloss Wartholz die Volkssturmleute an die Schaufeln erinnerte, denn auf dem Wagen hätten sie gar keine Schaufeln gehabt.

Anstatt ihn nun aber weiter nach den laut Karasek hinter einer Hütte in der Schlosseinfahrt lagernden Schaufeln zu befragen, wandte sich der Vorsitzende jener letzten Hinrichtung in Schwarzau zu, bei der Steinmetz am 23. April, also zwei Tage davor, laut Zeugen mitgeholfen hatte. Der Richter wollte von ihm wissen, warum er überhaupt zur Hinrichtung des auf feindlichem Gebiet von einem Spähtrupp aufgegriffenen Ignaz Sommer gekommen sei? Es sei so gewesen, sagte Steinmetz, dass er, soweit er sich erinnere, wegen einer Kochgeschirrbeschaffung am Nachmittag vom Lager in den Ort zum Kreisleiter um die Unterschrift sollte, da ohne dessen Genehmigung nichts hätte bezogen werden können. Da sei der Kreisorganisationsleiter Gosch gekommen und habe ihm gesagt, er könne mit seinem amputierten Bein nicht bis Schwarzau zu Fuß gehen. Also habe er Gosch das Fahrrad gegeben, sei selbst zu Fuß in die Ortschaft, habe der Hinrichtung beigewohnt und dann das Rad von ihm wieder zurückbekommen.

Er sei aber nicht mit dem Fahrrad gefahren, sondern mit einem Auto, entgegnete nun Roman Gosch vor dem Volksgericht, mit seinem Fuß hätte er gar nicht Radfahren können. Am Tag davor sei er ziemlich müde von einer Besorgungsfahrt zurückgekommen, habe Waffen, Rucksäcke und Schuhe gebracht und dem Kreisleiter darüber am nächsten Tag erst spät Meldung erstattet, da er länger geschlafen habe. Als er sich entfernen wollte, habe Braun ihm gesagt, er müsse das Urteil gegen Sommer verlesen, der zum Tode verurteilt worden war. Warum gerade er dazu auserwählt wurde, wisse er nicht, sagte er auf die Nachfrage des Vorsitzenden. Als er dann auf den Hauptplatz kam, sei das Sonderkommando schon angetreten gewesen. Es habe aus HJ-Burschen bestanden. Wer das Kommando befehligt habe, wisse er nicht.

Steinmetz räumte daraufhin ein, er habe Gosch weder auf dem Fahrrad wegfahren gesehen noch habe es ihm dieser persönlich zurückgegeben, stattdessen habe er es später beim Gemeindeamt angelehnt wiedergefunden. Er glaube auch nur, dass es Gosch war, der nach dem Fahrrad fragte, da nur von draußen ins Materiallager herein gefragt worden sei, wem das Fahrrad gehöre, gesehen habe er Gosch nicht. Die Begründung habe aber gelautet, dass er nicht so weit gehen könne, weil er fußinvalide sei. Er habe das Fahrrad hergeborgt und sei selbst zu Fuß nach Schwarzau hineingegangen. Ungefähr hundert Meter vor ihm sei eine Kolonne Volkssturmleute marschiert, doch habe er nicht gesehen, wer sie kommandierte. Als ihm der Richter vorhielt, spätestens in Schwarzau müsse er den Kommandierenden der Hinrichtung erkannt haben, sagte Steinmetz lediglich, es sei einer der Volkssturmleute gewesen. Ein anderer habe eine ziemlich große Latte an einen A-Masten der Telegrafenleitung genagelt, es seien ziemlich viele Leute herumgestanden. Er sei, bevor er um die Unterschrift zum Kreisleiter ging, am Eingang des Gemeindehauses stehen geblieben und habe gesehen, wie Gosch das Urteil verlas. Ob Sommer noch etwas sagen wollte, wisse er nicht. Sommer sei aber selbst auf den Sessel gestiegen, und der Gruppenführer, der auch die Latte angenagelt hatte, habe ihm die Schlinge um den Hals gelegt und den Sessel weggestoßen.

Als der Vorsitzende anlässlich der Erwähnung eines Gruppenführers nachfragte, welcher es gewesen sei, er müsse das doch wissen, da es davon doch nur zwei im Lager gab, Rohringer und Hofer, wich Steinmetz erneut aus, indem er angab, er glaube, es habe sich um einen Ternitzer gehandelt, ungefähr 18 Jahre alt, brünett und so groß wie er selbst.

Als nun Wallner befragt wurde, wer das gewesen sein könne, gab dieser an, er wisse keinen zu dieser Beschreibung. Grundsätzlich in Frage gekommen wären für solche Einsätze nur Volkssturmkompanieführer wie Langecker, Diabl oder Steinmetz. Wäre es also theoretisch möglich gewesen, fragte der Vorsitzende, dass Steinmetz das Kommando befehligte? Möglich wäre das gewesen, antwortete Wallner, ob er dazu bestimmt wurde, wisse er nicht. Während Gosch, der sich an dieser Stelle einmischte, dezidiert sagte, Steinmetz habe das Kommando nicht geführt, den Mann, der es geführt hätte, habe er vom Sehen gekannt. Er sei ziemlich groß gewesen, zirka 20 bis 22 Jahre alt, wobei Gosch weiter nicht angeben konnte, ob dessen Haarfarbe blond oder schwarz gewesen sei. Und Wallner wusste außer Langecker und Steinmetz wiederum keinen, der älter als 20 war.

*

Als am 22. April immer mehr feindliche Nester in ihrer Nähe, vorne und seitwärts, aufgetaucht seien, habe Paul zu ihm gesagt, das seien die Anfänge eines größeren Angriffs. Was tun? Ruhig bleiben, die Situation abwarten? Gefangennehmenlassen, damit sei Paul nicht einverstanden gewesen, er wollte nicht mehr nach Russland zurück. Kurz darauf habe sich das Herz wieder gemeldet, erinnerte sich Spielbichler. Er sei umgefallen, habe um sich geschlagen, aus dem Nebenloch der Stellung sei der Gruppenführer zu ihm gekommen. Dann sei es wieder vorbeigegangen. Nachmittags habe es sich wiederholt, er brauche Herztropfen, er sei ja vom Arzt schon länger als nur bedingt einsatzfähig geschrieben gewesen. Doch wer kümmert sich im Graben um einen Arzt?

Abends habe ihn der Gruppenführer wieder zum Essenholen kommandiert, da konnte er noch einmal seinen Zustand melden. An dem Abend sei der Leutnant nicht betrunken gewesen und habe ihm erlaubt, sich vom Arzt untersuchen zu lassen. Um 23 Uhr sei er in das Krankenrevier gekommen, es habe sich um ein Bauernhaus in Puchberg gehandelt. Fünf oder sechs Männer seien dort gewesen, auch ein SS-Unteroffizier. Er habe sich zu einem kranken Volkssturmmann auf den Erdboden gelegt, wo man Matratzen aufgelegt hatte. Er habe geschlafen, doch sein Gehirn habe immer weiter gearbeitet, er habe blühende Gärten und seinen Heinzi spielen gesehen. Doch in der Stube habe es gestunken, alle hatten Durchfall, die Ruhr, und alle Augenblicke sei ein anderer hinausgelaufen: *Das ist die Wirklichkeit.*

*

Bei Sommer habe es sich um einen besonderen Fall gehandelt, da er auf der Gegenseite mit der Waffe in der

Hand und einer roten Armbinde mit der russischen Aufschrift *Polizei* aufgegriffen worden war. Beim Verhör in Kaiserbrunn habe er zugegeben, für die Russen Polizeidienst gemacht zu haben, daraufhin sei er zur Exekution nach Lilienfeld überstellt worden. Nach einigen Tagen habe man ihn mit einem Schreiben der Lilienfelder Kreisleitung rücküberstellt, da er zum Kreis Neunkirchen gehöre. In Schwarzau habe man ihn erneut vernommen, er habe alles zugegeben und ihm sei mitgeteilt worden, dass sein Todesurteil hier vollstreckt werde. Ob damit ein neuerliches Urteil ausgesprochen wurde, fragte der Richter, und Braun bestätigte es. Die Frage jedoch, wen er damit beauftragt habe, wehrte er zuerst ab, die Durchführung selbst sei Sache von Kreisstabsführer Weninger gewesen. Ob seine Vorgabe, Sommer zu hängen, nicht näher erörtert worden sei, wollte der Richter weiter von ihm wissen, nachdem er Weninger und Wallner davor aus dem Saal führen hatte lassen. Immerhin habe Wallner derartige Exekutionen abgelehnt: Braun blieb dabei, er habe Weninger nur mit dem Aufhängen beauftragt, alles andere sei dessen Sache gewesen. Erst als der Richter nachfragte, ob Weninger selbst ihm auch den Vollzug gemeldet habe, gab Braun preis, dies sei Gosch gewesen, dem er wiederum den Befehl gegeben habe, vor der Hängung Sommers das Urteil über ihn für die anwesende Bevölkerung zu verlesen. Dass Gosch diesen Befehl bekam, sei dem Umstand geschuldet gewesen, dass dieser gerade bei ihm in der Stabsbaracke war, um Meldung über eine Versorgungsfahrt zu erstatten. Die Durchführung der Exekution habe er Gosch nicht befohlen, dieser habe danach aber den Vollzug gemeldet, da er Sommer einen Gnadenschuss gegeben hatte. Warum ein solcher notwendig geworden ist, habe er Gosch nicht gefragt, auch mit Weninger oder Wallner habe er danach über die Exekution Sommers nichts mehr gesprochen, wie Braun noch hinzufügte.

Darauf wurde Weninger wieder in den Saal geführt und zu der Weigerung Wallners befragt, Erhängungen zu vollziehen. Nachdem im Fall Sommer bestimmt worden sei, ihn öffentlich zu hängen, doch weder Wallner noch Novotny als Offiziere dafür in Frage kamen, stelle sich die Frage, wer für die Hinrichtung Sommers denn bestimmt worden sei?

Darüber sei mit ihm, Weninger, nicht gesprochen worden. Er habe überhaupt nicht gewusst, dass Sommer in den Ort hineingeführt werden sollte. Weder habe jemand zu ihm gesagt, dass er gehängt werden solle, noch habe er selbst einen Befehl dazu gegeben. Es müsse doch, entgegnete der Richter, die Durchführung erörtert worden sein. Weninger bestritt dies. Das Urteil habe lediglich auf Tod gelautet. Auch Braun war sich nicht mehr sicher und räumte ein, es könne auch nach der Verhandlung die Rede darauf gekommen sein. Ob er vielleicht Gosch mit der Durchführung beauftragt habe, fragte ihn der Richter. Braun hielt es zumindest für möglich. Worauf der Richter Weninger fragte, ob er dabei gewesen sei, als Gosch von Braun diesen Auftrag bekam. Weninger verneinte auch dies.

Der Richter konfrontierte Gosch mit der Mutmaßung Brauns. Gosch behauptete zuerst, zu dem Zeitpunkt ebenfalls nicht im Zimmer gewesen zu sein. Als der Richter ihn warnte, er solle nicht abwarten, bis Zeugen ihm ins Gesicht sagen würden, welch aktive

Rolle er bei der Hinrichtung Sommers gespielt habe, sondern jetzt schon die Wahrheit sagen, gab er lediglich zu, das Urteil verlesen und mit der Meldung der Gnadenschüsse nach der Hängung Sommers wieder zurückgebracht zu haben, wies aber jede Verantwortung für die Durchführung selbst von sich. Weshalb ihn der Richter nur noch fragte, ob unter Gnadenschuss zu verstehen sei, dass Sommer nach der Hängung noch lebte. Gosch verneinte, seine dementsprechende Angabe aus der Voruntersuchung widerrief er. Was der Richter mit der Bemerkung quittierte, warum man ihm heute glauben solle, wenn er damals also gelogen habe, um danach Braun zu fragen, warum von ihm eigens jemand zur Verlesung des Urteils bestimmt worden sei. Braun wies darauf hin, dass es sich, wie gesagt, um einen besonderen Fall gehandelt habe, aber er bestätigte auch, dass es Anweisungen von oben gegeben habe, dass gerade in außergewöhnlichen Fällen ein Ranghöherer dabei sein müsse.

Als Letzter wurde nun Wallner hereingeführt, der bereits in den Vorerhebungen angegeben hatte, er sei am Sonntag, dem 22. April, im Auftrag Weningers nach Tirol gefahren. Waffen habe er vom dortigen Truppenübungsplatz keine mehr mitgebracht, sondern nur 40 Paar Bergschuhe, wie er ungefragt ausführte. Jedenfalls sei er mit dem Einverständnis Weningers insgesamt eine Woche aus Schwarzau abwesend gewesen, nachdem er in Tirol erfahren habe, dass sein vor Wochen in Verlust geratener Wagen in Bayern aufgefunden worden war.

*

Vergesst die Schaufeln nicht! Steinmetz behauptete vor Gericht, er könne das auf Schloss Wartholz so wenig befohlen haben wie sonst irgendetwas. Er habe die Leute auch nicht abzuliefern gehabt, sondern nur zu melden, und das habe er auch getan. Ob alle ausstiegen, wisse er nicht, das heißt, er wisse, dass eine Frau im Wagen geblieben sei. Warum er Frau Fischer nicht abgeliefert habe, beantwortete er erneut mit dem Hinweis, sein Auftrag habe lediglich in der Meldung der Leute, nicht in deren Ablieferung bestanden, darum wisse er das natürlich nicht. Auch er selbst sei von Schwarzau weg nur als Gast mitgenommen worden und fügte hinzu, dass er in Reichenau allein ausgestiegen sei, während die HJ-Burschen mit Frau Fischer im Auto blieben.

Anna Finzinger, die damals in der Wartholzstraße 15 lebte, gab wiederum zu Protokoll, dass ihr Bub sie an dem Tag auf jene HJ-Burschen aufmerksam gemacht habe. Sie seien mit zwei Männern und einer Frau an ihrem Fenster vorbeigegangen und hätten Gewehre und Spaten gehabt. Sie habe den Eindruck gehabt, sagte sie, dass sie probierten, ob sie eine Grube graben könnten. Dann hätten sie sich entfernt, aber plötzlich habe sie Schüsse gehört.

Später habe sie gesehen, wie von zwei anderen HJ-Burschen wieder eine Frau vorbeigeführt wurde, die schon vorher im Garten mit dabei war. Sie habe sie an einem grünen Mantel und einem blauen Hut wiedererkannt. Als sie dann wieder Schüsse hörte, sei sie weggelaufen. Erst später sei sie nochmals hinaufgegangen und habe den Hut des Dr. Thaller gefunden. Die Grube sei damals schon zugeschüttet gewesen.

Franz Karasek wurde daraufhin noch einmal zu der von Finzinger zwei Mal gesehenen Frau befragt. Dieser meinte, seine Schwiegermutter, die anhand der Leichenfunde nachweislich dort erschossen worden sei, habe einen Mantel von der gleichen Farbe wie seine Frau getragen, seine Frau sei Schneiderin gewesen. Tatsächlich sei es zuerst seine Gattin und dann seine Schwiegermutter gewesen. Später habe er die Stelle gefunden, wo man seine Frau sowie die Leichen von Dr. Thaller, von Frau Czuba und seiner Schwiegermutter, Frau Reifböck, verscharrt habe. Seine Schwiegermutter und Frau Czuba habe man wohl zuerst ein Stück weiter geführt, sie aber dann auch zur Kletschka-Höhe gebracht. Auch seinen Schwiegervater habe man aus Hirschwang geholt und rechts von der Prein erschossen und eingescharrt. Auch diese Stelle habe er gefunden. Und dort auch die Leichen von Hoschek und Frau Koch.

*

Als der Gendarmeriebeamte Franz Zenz am 25. April mit seinem Vorgesetzten Gendarmeriemeister Gehring in Reichenau zum Streifendienst kommandiert wurde, hätten sie beide beschlossen, sich nicht weit zu entfernen, die Russen seien bereits in unmittelbarer Nähe gewesen. Gehring habe auch gemeint, sie sollten sich Zeit lassen, um nicht neuerlich zu einer Streife eingesetzt zu werden. Da sei ein jüngerer Mann auf sie zugetreten, habe einen schriftlichen Befehl vorgewiesen und sie zum Mitkommen aufgefordert. Er habe sich dabei an Gehring als den Rangälteren gewandt. Er,

Zenz, habe noch gefragt, ob sie denn wirklich mitkommen müssten, habe aber keine Antwort mehr in Erinnerung.

Ganz ähnlich sagte Johann Gehring vor dem Volksgericht aus und präzisierte, sie seien gerade an dem Haus der Fischer vorbeigekommen, als der junge Mann auf sie zutrat. Dieser habe eine Uniformbluse getragen, doch könne er nicht mehr angeben, was für eine Uniform dies gewesen sei. Nachdem Gehring nun Steinmetz gegenübergestellt wurde, meinte er, er glaube nicht, dass der junge Mann Steinmetz gewesen ist, während Steinmetz selbst ganz sicher war, den Zeugen Gehring noch nie gesehen zu haben.

Jener junge Mann jedenfalls habe daraufhin zu ihnen gesagt: *Ois Wochleit', kummt's her!* Im Keller liege eine tote Frau, sie sollten sie herauftragen helfen. Gehring habe ihm darauf erwidert, er solle sich jemand anderen suchen, dazu seien sie nicht hier. Darauf habe er ihnen einen schriftlichen Sonderauftrag vorgewiesen, in den er aber nicht weiter hineinsah, denn er sei nervenleidend und habe sich über den Auftrag bereits sehr aufgeregt.

Zenz bestätigte, Gehring sei nicht weniger aufgeregt gewesen wie er und habe gemeint, es bliebe ihnen nichts anderes übrig, sie müssten eben mitgehen. Es sei ihnen sofort klar gewesen, dass es sich um eine Hinrichtung handelte. Zenz gab an, er habe sich gefürchtet, vielleicht noch hinzugezogen zu werden, und als sie in den Keller geführt wurden, hätten sie dort bereits die Leiche von Frau Fischer in einer großen Blutlache liegen gesehen.

Greift's nur zu!, hätten die beiden HJ-Burschen zu

ihnen gesagt, fügte Gehring hinzu. Und außerdem, dass sie recht gut aufgelegt gewesen seien. Auf Nachfrage des Gerichts, warum sie derartige Befehle von weit Jüngeren entgegengenommen und befolgt hätten, erklärte Gehring, sie hätten seit dem Vorfall mit Wammerl Angst gehabt. Auch weil sie nicht genau gewusst hätten, wie weit deren Sonderauftrag ging.

Zenz beschrieb deutlich, dass ihnen die Hände und Füße gezittert hätten, als sie aufgefordert wurden, die Leiche anzupacken und vor ihrem Haus aufzuhängen, besonders deshalb, wie er ergänzte, weil sie beide die Frau Fischer gut gekannt hätten. Die Burschen hätten darüber gelacht und ihn einen alten Schlappschwanz genannt, als ihm bei ihrem Anblick übel wurde. Schließlich hätten sie es mit Hilfe der Burschen doch geschafft, die Leiche an einer Gartensäule aufzuhängen, und sich danach entfernt. Erst nachträglich hätten sie erfahren, dass ihr die Aufschrift *Ich bin eine Verräterin!* umgehängt wurde. Sie sei dazu in eine rote Fahne gehüllt worden. Später habe Zenz gehört, dass Frau Fischer angeblich eine rote Fahne vorbereitet hatte und verraten worden sei.

*

Er habe das Urteil für die Bevölkerung verlesen, sagte Gosch über die Hinrichtung von Ignaz Sommer am 23. April, es seien Leute herumgestanden. Er hätte die Absicht gehabt, nach der Urteilsverlesung gleich wieder zu verschwinden. Der Vorsitzende hielt ihm vor, bekanntermaßen sei er geblieben, befragte ihn jedoch nicht nach den Gründen, sondern blieb beim Vorgang selbst und wollte wissen, ob er gesehen habe, wie Sommer auf den Sessel gestellt wurde. Gosch bestätigte und fuhr in der Beschreibung fort, wie ein HJ-Bursche ihm die Schlinge um den Hals gelegt und ihm dann den Stuhl weggezogen habe. Zuerst habe er nicht gesehen, dass Sommer mit den Fußspitzen am Boden angestanden ist, erst später, als er zu ihm hinging, habe er das wahrgenommen. Er habe in seiner Aufregung dann einen Schuss auf Sommer abgegeben, warum, wisse er selbst nicht so genau. Der Vorsitzende hielt ihm vor, Zeugen hätten ausgesagt, der Mann sei noch nicht tot gewesen. Gosch entgegnete, das stimme nicht. Sommer sei lediglich mit einer Fußspitze unten an einem Grabenrand angekommen. Er, Gosch, sei deshalb auch nicht eigens um Sommer herumgegangen, sondern habe ihn gedreht beziehungsweise ihm eine Kopfwendung gegeben.

Wie sei er aber auf die Idee gekommen, einem Aufgehängten einen Genickschuss zu geben, wollte der Vorsitzende von Gosch wissen. Gosch bestritt, dass es sich um einen Genickschuss handelte, er habe nur auf den Kopf geschossen. Der Vorsitzende beharrte auf dem Genickschuss und fragte nach, wer ihm das denn beigebracht habe und ob das im Deutschen Reich so üblich gewesen sei. Niemand, antwortete Gosch, er habe auf den Kopf geschossen, die Kugel sei bei den Augen herausgetreten, und den Kopf habe er so gedreht, dass der Schuss nicht durch ein Fenster ging, sondern ins Freie. Die Straße laufe quer über den Hauptplatz, daher habe er in der Straßenrichtung geschossen.

Warum habe er dann bei der Voruntersuchung geleugnet, überhaupt anwesend gewesen zu sein? Gosch erklärte, dass der Untersuchungsrichter ihm vorgeworfen habe, er sei der Anführer der Exekution gewesen, und er wisse, was darauf stehe, wenn er sich vor einem Volksgericht dafür verantworten müsse. Später habe er seine Anwesenheit zugegeben und nur den Schuss geleugnet, aber es stimme, er habe auf einen Mann geschossen, obwohl er überzeugt gewesen ist, dass er tot war. Da das Standgericht tagte, habe er befürchtet, vielleicht auch einmal das Exekutionskommando führen zu müssen. Er habe sich gedacht, wenn ich einen Schuss abgebe, kann ich sagen, dass ich schon einmal geschossen habe und es nicht mehr zu tun bräuchte.

Der Vorsitzende entgegnete, Gosch habe im Pflichtverhör viel plausiblere Gründe angegeben, nämlich dass er an seinen Bruder gedacht habe, der von Partisanen erschossen wurde. Ob er vielleicht aus Rache auf Sommer geschossen habe? Gosch verneinte, denn wenn er Rache hätte üben wollen, hätte er das bereits im Jahr 1944 machen können. Mitgespielt habe es nur insofern, als er durch sein Nervenleiden erregt gewesen sei.

*

Nachdem Sommer zwei bis drei Minuten gehangen war, habe Gosch einen Schuss auf ihn abgegeben, sagte Steinmetz. Auf die Füße des Aufgehängten habe er nicht genau hinsehen können. Dass Gosch an dem hängenden Leib erst eine Wendung vollzog, daran könne er sich nicht erinnern. Gosch habe Sommer von hinten in den Kopf geschossen. Er glaube nicht, dass durch den Schuss dort herumstehende Personen gefährdet wurden.

Was habe er sich gedacht, als Gosch auf den hängenden Körper einen Schuss abgab? Nichts, antwortete Steinmetz, er habe Gosch auch im Lager nicht danach gefragt, warum er das gemacht habe. Die Volkssturmleute seien jedenfalls wegmarschiert, und er sei zum Kreisleiter gegangen.

Daraufhin fragte der Staatsanwalt Gosch, wann er den Entschluss gefasst habe, auf Sommer zu schießen. Es sei schon gewesen, bevor er zu ihm hinging. Der Staatsanwalt erwiderte, nach dieser Schilderung habe Gosch nur eine Leichenschändung begangen. Das bejahte Gosch sofort, ja, diese Strafe müsse er büßen.

Der Verteidiger ließ sich von Gosch noch bestätigen, dass Steinmetz das Kommando nicht geführt habe. Gosch bejahte und führte noch aus, Steinmetz sei viel schmächtiger als jener, der das Kommando führte, er könne fast ausschließen, das es Steinmetz gewesen sei. Nun wandte der Vorsitzende ein, Steinmetz habe zugegeben, dass er dort gewesen sei, ob er ihn nicht gesehen habe? Gosch verneinte, nein, er habe ihn nicht gesehen.

*

Seine Frau, Marie Czuba, sei in einer von zwei jüdischen Familien bewohnten Villa schon zwölf Jahre vor dem Einmarsch Hitlers Köchin gewesen, und er selbst Verwalter, gab Franz Czuba vor dem Volksgericht als Zeuge an. Nach der Annexion Österreichs hätten beide Familien, an denen sie sehr hingen, auswandern müssen. Später habe Ortsgruppenleiter Klammer eine der Wohnungen bezogen. Seine Frau sei diesem schon allein wegen ihrer Anhänglichkeit an die Vorgänger verhasst gewesen. Sie beide hätten sich anfangs geweigert, Klammer die Schlüssel auszuhändigen, und als man sie dazu zwang, habe er Klammer erklärt, sie wichen nur der Gewalt. Überdies sei bekannt gewesen, dass sie sozialdemokratisch eingestellt waren, das Zusammenleben zwischen der Familie Klammer und ihnen sei deshalb immer unleidlicher geworden. 1943 habe er einrücken müssen. Eineinhalb Jahre vorher habe man seine Frau ersucht, für die umgesiedelten Bessaraber zu kochen, und er habe seiner Frau damals selbst geraten, diese Aufgabe zu übernehmen, obwohl Klammer dann ihr Vorgesetzter sein würde, weil er gehofft habe, dass sich das Verhältnis zwischen ihnen bessern würde. Schon damals sei aber über Konsequenzen gesprochen worden, es seien Äußerungen gefallen wie, seine Frau komme auch noch dran.

Ehe er eingerückt sei, habe er sowohl Klammer als auch seine Frau gebeten, sich gegenseitig nichts in den Weg zu legen und sich zu vertragen. Vorher sei seine Frau einmal zur Gestapo vorgeladen worden. Nach der Rückkehr habe sie ihm erzählt, sie habe in die Anzeige Einblick genommen, als der Gestapobeamte kurz nicht anwesend war, und habe im Nachtrag gelesen: *Ich bitte, dieses bösartige, raffinierte Weib auf irgendeine Art zu fassen*. Unterschrieben gewesen sei die Anzeige von Klammer.

Nach seiner Heimkehr habe er dann erfahren, dass sich seine Frau sehr der flüchtenden Ungarn, insbesondere der Mütter angenommen hatte, indem sie ihnen Milch brachte und erlaubte, in ihrer Wohnung zu nächtigen. Damals habe Frau Klammer ihr Dienstmädchen mit dem Auftrag geschickt, seiner Frau zu verbieten, die Leute bei sich aufzunehmen. Seine Frau solle ihr sagen haben lassen, sie lasse sich das nicht verbieten, vielleicht werde die Frau Klammer einmal froh sein, wenn sie mit ihren vier Kindern ein solches Quartier bekomme.

Auch von der Erschießung seiner Frau habe er erst nach seiner Rückkehr aus der Gefangenschaft erfahren. Man habe ihm erzählt, sie sei auf der Kletschka-Höhe erschossen worden.

*

Nach Vorhalt von Zeugenaussagen fragte der Vorsitzende Steinmetz erneut, wie er dazu komme, der Volkssturmabteilung den Befehl zu geben, Sommer zur Hinrichtung zu führen. Weil ihm gesagt worden sei, so Steinmetz nun, dass Gosch nicht marschieren könne. Er glaube, Gosch selbst habe gesagt, er, Steinmetz, solle das Exekutionskommando nach Schwarzau nachschicken. Daraufhin habe er den Jungens der HJ, die schon angetreten waren, den Auftrag gegeben hinzumarschieren.

Der Vorsitzende beharrte auf den genauen Verantwortlichkeiten und erkundigte sich, wieso er überhaupt gewusst habe, dass Gosch mit der Durchführung der Exekution beauftragt war? Steinmetz erwiderte, Gosch habe ja zu ihm ins Materiallager hereingesprochen und gesagt, dass er zur Exekution müsse und mit dem Fahrrad fahren möchte.

Der Vorsitzende kam auf den Abmarsch zurück und wollte wissen, wer die Abteilung dann hinuntergeführt habe? Dem Patera habe er es gesagt, erwiderte Steinmetz und nannte damit plötzlich einen Namen. Woher er das auf einmal wisse? Steinmetz antwortete nur, Patera habe er gekannt, er habe ihn beauftragt, mit der Gruppe hinunterzumarschieren, und habe ihm gesagt, dass Gosch mit dem Fahrrad fahre. Patera sei aber nicht derjenige gewesen, der dem Sommer die Schlinge um den Hals legte, er habe den Zug nur geführt.

Der Richter wiederholte daraufhin die Frage, wie er dazu gekommen sei, diesen Auftrag zu geben. Und Steinmetz erzählte nun, er sei dann zu Gosch herausgekommen, um ihm das Fahrrad zu übergeben, vom Materiallager habe man ja ins Freie treten können. Gosch habe, als er kam, die Tür aufgemacht, sei im Türrahmen stehen geblieben und habe gefragt, wem das Fahrrad gehöre. Er habe ihm erklärt, dass es dem Volkssturm gehöre, aber zur Benutzung zur Verfügung stehe. Daraufhin habe Gosch gefragt, ob er es sich ausborgen könne, er müsse mit der Mannschaft den Sommer nach Schwarzau eskortieren. Also sei er hinausgegangen und habe es ihm übergeben.

Er habe also, so der Richter, Gosch in voller Lebensgröße vor sich gesehen? Steinmetz bejahte, ergänzte nun aber, Gosch habe das Fahrrad stehen gelassen und sei fort. Im Weggehen habe er ihm gesagt: *Sag denen, sie sollen marschieren!* Die Leute seien angetreten gestanden, er sei zu ihnen hin und habe gesagt, Gosch habe gesagt, sie sollten marschieren, er fahre mit dem Rad. Daraufhin seien sie losmarschiert.

An der Stelle widersprach Gosch, weder habe er etwas befohlen noch wisse er von dem Fahrrad etwas! Auch das wollte der Vorsitzende genauer wissen: Er, Gosch, habe doch gehört, dass er bei der Baracke mit Steinmetz gesprochen und ihm gesagt habe, er solle den Leuten sagen, sie sollten nach Schwarzau marschieren. Gosch daraufhin nur: *Ich habe nichts gesagt.*

Als der Vorsitzende daraufhin wieder zu der Schlüsselfrage zurückkam, wer der Kommandant des Exekutionskommandos gewesen sei, antwortete Steinmetz mit einer Beschreibung, wie Gosch am Hauptplatz das Urteil verlesen und Verschiedenes gefragt habe, insbesondere, ob Sommer noch etwas zu sagen habe. Sinngemäß habe Gosch Sommer wahrscheinlich auch gesagt, er solle auf den Stuhl steigen. Einer von den Burschen habe mit dem Strick schon gewartet, und nachdem Sommer hinaufgestiegen war, habe ihm dieser, ohne dass Gosch etwas sagte, die Schlinge herumgegeben. Wer nach der Exekution den Befehl zum Rückmarsch gegeben habe, wisse er nicht. Nachdem er gesehen hatte, dass Gosch auf den Hängenden geschossen habe, sei er zum Kreisleiter gegangen.

Gosch erwiderte, er habe Sommer nicht aufgefordert, auf den Stuhl zu steigen, und der Vorsitzende wiederum hielt Steinmetz vor, dass er beim Untersuchungsrichter angegeben habe, den Gosch gar nicht zu kennen. Was Steinmetz damit erklärte, er habe keinen *Kosch* gekannt, wie damals buchstabiert, sondern nur den *Gosch*. Er sei nun vier Mal vernommen worden, resümierte der Richter, und jedes Mal habe er etwas anderes gesagt. Steinmetz wiederholte, er könne nicht sagen, dass Gosch die Kommandogewalt ausgeübt habe. Auf dem Hauptplatz sei er weit weg gestanden und habe nur einzelne Wörter gehört. Zwischen ihnen sei die ganze Straßenbreite gewesen und dann noch vier bis fünf Meter Entfernung bis dorthin, wo er gestanden ist.

Der Verteidiger fragte ihn, ob er das Urteil verstanden habe. Gosch verneinte, er habe Dinge gesagt, die er nicht begriffen habe. Der Verteidiger wollte wissen, ob er außer der Urteilsverkündigung noch etwas gesprochen habe. Nein, meinte Gosch, er habe Sommer nur noch gefragt, ob er etwas wolle. Dieser habe darauf geantwortet: *Grüßen Sie meine Frau. Ich muss für die Schuldigkeit büßen ...*

*

Am Morgen des 23. April sei ein neuer Arzt gekommen, schrieb Spielbichler. Was ihm fehle, sei er gefragt worden. Er habe gemeldet, es gehe mit dem Herzen nicht so, er brauche Tropfen. Darauf habe es geheißen, er werde ihn später noch einmal untersuchen, und sei wieder gegangen. Er, Spielbichler, habe sich daraufhin nach acht Tagen wieder einmal gewaschen, aber nicht rasieren können, denn sein Rucksack sei in der Volkssturmunterkunft gewesen. Wenn er sich den jetzt nur holen könnte, habe er sich gedacht. Auch ein Stück Selchfleich und Wäsche waren noch darin gewesen, doch niemand habe das Krankenrevier verlassen dürfen. So sei es Mittag geworden. Plötzlich habe es außergewöhnlich schweres Artilleriefeuer gegeben, samt Granatwerfern. Der SS-Unteroffizier sei nervös geworden: *Er scheint nicht sehr tapfer zu sein. Die Volkssturmleute zeigen mehr Ruhe. Jetzt ruft jemand draußen im Hof: Die Russen kommen vom Steinberg herunter! Sie sind schon bei den ersten Häusern, von allen Seiten kommen sie. Befehl zum Aufpacken, wir fahren weg, ein Pferdewagen steht bereit, alle Kranken sitzen auf, großer Durcheinander, alles läuft, keiner sieht auf den andern, der Schnellere gewinnt. Ich eile aus der Stube. Wo ist ein Klo – im Hof rückwärts. Dort bleibe ich, jetzt oder nie. Die laufen können, sind schon weg. In der Nähe fallen Schüsse, der Kampf kommt näher.*

*

Das alte Gemeindeamt von Schwarzau ist heute rosa, das schwere Doppelflügeltor dasselbe wie damals. Wo der A-Mast am Hauptplatz stand, zeigen vielleicht die nachträglichen Asphaltbahnen am Hauptplatz, unter denen nun die Leitungen liegen. Ob an der Stelle des Mastens oder an dem Mahnmal auf der anderen Platzseite, kein Buchstabe erinnert an Ignaz Sommer.

Neun

Mit achtzehn Jahren trat der Tischlerlehrling Peter Königshofer als Zeuge vor das Volksgericht. Er sei bei der HJ am Semmering gewesen und am 28. März 1945 zum Volkssturm nach Neunkirchen einberufen worden. Damals sei er noch nicht 16 Jahre alt gewesen. Am 7. April sei er nach Schwarzau gekommen, dort seien drei Gruppen gebildet worden. Gruppenführer seien Sepp Rohringer, Rudi Schwarzer und Franz Hofer gewesen. Die Älteren seien zur Gruppe Hofer gekommen, er sei bei Rohringer in der zweiten Gruppe gewesen. Die Unteroffiziere Langecker und Diabl vom Volkssturm hätten so eine Art führende Stellung gehabt, Steinmetz, auf den er dabei zeigte, sei Zugführer gewesen, ebenfalls in führender Stellung, in welcher, wisse er nicht mehr. Alle drei Gruppen hätten das Sonderkommando gebildet, Wallner sei der Kommandant gewesen.

Einmal, als sie von der Gruppe Rohringer gerade Freiwache hatten und in der Stube waren, habe Steinmetz sie antreten lassen. Zu welcher Aufgabe sie bestimmt waren, habe er ihnen nicht gesagt. Auch nicht, auf wessen Befehl. Sie seien hinunter zu der Baracke, wo die Häftlinge untergebracht waren. Als sie dort ankamen, habe man Sommer herausgeführt. Von Steinmetz sei nun bekannt gegeben worden, dass Sommer gehängt werden solle. Beim Abmarsch habe Steinmetz das Kommando gegeben.

Den Strick für die Hinrichtung, sagte Königshofer, habe er selbst getragen. Steinmetz habe ihn davor in eine Baracke links vom Lagereingang geschickt, wo irgendwelches Gerümpel, Tornister, Fahrräder und sonstige alte Sachen lagen, dort müsse auch ein Strick zu finden sein. Der Strick sei ungefähr zwei Meter lang gewesen und stärker als eine Wäscheleine, den habe er zu tragen gehabt. Am Hauptplatz angekommen, habe sich der Verurteilte etwas abseits von ihnen aufstellen müssen, damit ihn alle Leute sehen konnten. Steinmetz habe sodann jemanden um Hammer, Nägel und den Querbalken geschickt, den er dann in ungefähr drei Meter Höhe annagelte. Danach habe er den Strick befestigt, und Gosch habe das Urteil verlesen. Gosch habe Sommer auch gefragt, ob er noch einen Wunsch habe, worauf Sommer antwortete: *Grüßen Sie Frau und Kind, die wissen, wie unschuldig ich bin!* Gosch habe gesagt: *Abführen, aufhängen!*

Sommer sei zum Galgen geführt worden und musste den Stuhl besteigen. Wer ihm das befohlen hat, wisse er nicht mehr. Auch nicht, ob es Rohringer oder Steinmetz gewesen sei, der ihm die Schlinge um den Hals legte. Rohringer habe jedenfalls, wie Königshofer auf Nachfrage bestätigte, damals nicht älter als seine neunzehn oder zwanzig Jahre ausgesehen. Wer den Stuhl weggezogen hat, wisse er auch nicht mehr, es habe entweder von Gosch oder Steinmetz die Anweisung dazu gegeben. Genauer könne er es nicht sagen, da sie in Reihen standen und er in der Mitte, er habe aber gesehen, wie Gosch gleich nach der Urteilsverkündung die Pistole aus dem Halfter nahm und in die Manteltasche steckte. Durch die Unachtsamkeit, mit der man den Strick am Galgen befestigt hatte, sei Sommer so heruntergefallen, dass er mit den Fußspitzen am Boden anstand. Er sei dabei auch hin und her gependelt. Soweit er, Königshofer, dies beurteilen kann, habe Sommer noch Nervenzuckungen gehabt.

Wann Gosch den Schuss abgegeben habe, wollte der Vorsitzende wissen. Der Zeuge Königshofer antwortete, Sommer sei heruntergefallen und Gosch sei etwas näher herangegangen. Dann hätten sie etwas zurücktreten müssen und einer von den beiden, die Sommer bewachten, habe hingehen und ihn umdrehen müssen. Gosch habe ihm darauf einen Schuss ins Genick gegeben. Seiner Einschätzung nach habe das alles keine Minute gedauert, da dazwischen außer dem Beschriebenen nichts anderes mehr geschehen sei.

Steinmetz, vom Vorsitzenden konfrontiert, dass der Zeuge Königshofer den Ablauf der Geschehnisse völlig anders wiedergebe, bestritt alles, vom Eintreten in die Baracke der HJ-Gruppe über den Auftrag, den Strick zu holen, bis zum gemeinsamen Abmarsch. So wie Gosch bestritt, den Befehl zum Aufhängen gegeben zu haben, die Pistole bereits frühzeitig aus dem Halfter genommen und in die Manteltasche gesteckt und Sommer binnen kurzer Zeit ins Genick geschossen zu haben.

Der Verteidiger befragte Königshofer, warum er nicht schon in den ersten Vernehmungen im Jahr 1945 geschildert habe, dass er von Steinmetz nach dem Strick geschickt wurde. Königshofer erwiderte, er habe nur auf die Fragen des Beamten geantwortet und sei von diesem auch so angewiesen worden. Ob er aber in einer jeden Zweifel ausschließenden Weise sagen könne, dass Steinmetz und nicht ein anderer den Balken befestigt hat? Königshofer antwortete, das könne er mit Bestimmtheit sagen, da es niemand anderen gab, der Steinmetz ähnlich sah. Daraufhin erinnerte sich Steinmetz plötzlich doch an den Namen desjenigen, der den Balken angenagelt haben soll, und nannte dafür Blümel, einen Volkssturmkollegen Königshofers, verhedderte sich aber sogleich in einer Schilderung darüber, dass dieser Sommer auch bewacht hätte. Außerdem musste er zugeben, dass ihm Blümel keineswegs ähnlich sah, was auch Königshofer bestätigte, der keinen Zweifel hatte, dass es Steinmetz war.

Auch bei Gosch blieb Königshofer bei seiner Aussage, nachdem ihn der Vorsitzende noch einmal gefragt hatte, ob dieser nach der Urteilsverlesung den Befehl zum Aufhängen gegeben habe. Gosch bestritt das nicht nur erneut, sondern unterstellte nun, Königshofer wolle nur seinen Gruppenführer Rohringer schützen, indem er zu ihm sagte, er solle keine Rücksicht nehmen. Königshofer entgegnete, das tue er nicht, und wiederholte noch einmal, er, Gosch, habe nach der Verlesung des Urteils gesagt: *Abführen, aufhängen!* Gosch appellierte noch einmal, er solle nicht seine Kameraden schützen, doch Königshofer meinte, er sage nur, was er selbst gehört und gesehen habe, er schone niemanden.

*

Er sei eine Stunde im Abort gesessen und habe gewartet. Die anderen seien fort gewesen, sie hätten ihn nicht mehr gesehen, so habe er das auch gewollt. Sie hätten nicht erfahren dürfen, wo er hingekommen ist. Wahrscheinlich sei er liegen geblieben, vielleicht sogar gefallen, Granatsplitter hätten die Luft durchschwirrt, es sei nur zu leicht möglich gewesen. Der Krieg sei an dem Bauernhaus vorbeigezogen, die deutschen MGs hätten schon weiter hinten geknattert, und die langsamen russischen seien immer näher gekommen. Was sollte er jetzt machen? Er musste bald hinaus. Er habe noch gewartet, es sei still geworden im Haus. Die zivilen Bewohner seien im Keller gewesen, dort habe er nicht hin dürfen, wenn noch SS käme, die verstünden keinen Spaß. Verstecken musste er sich, aber wo? Er sei über eine Leiter auf den Heuboden gestiegen, dort habe er viel Stroh gefunden, in einer Ecke gepresst. Er habe sich zwei Meter tief eingegraben, das Loch zugemacht und gewartet. Nach und nach habe der Kampf nachgelassen, das Feuer sich immer weiter entfernt. Die Russen waren in Puchberg und sie gingen weiter. Er habe durch die Dachbodenbretter geschaut und auf zirka 300 Schritt russische Soldaten gesehen, sie hätten Pelzmützen getragen. Wann würden sie zu ihnen kommen? Hoffentlich würden sie nicht noch zurückgeschlagen.

Er sei wieder in sein Versteck gekrochen, es sei Abend geworden, er sei müde gewesen und habe geschlafen. Plötzlich ein Pochen am Tor, fremde Stimmen, jetzt musste er sich melden. Er habe hinuntergerufen: *›Dawarisch Russky, Austrizky Sozialist, net strylei.‹ Es fällt noch ein Schuss, ich höre die Kugel pfeifen, lege mich hin, rufe noch einmal. Ich habe nicht vergessen, wie mein Freund Iwan aus Schwarzau mir die Worte vorsagte, die ich am Weg nach Puchberg oft wiederholte.*

Dann sei er über die Leiter in den Hof gestiegen.

Vier Soldaten. Er habe eine Taschenlampe gehabt, man habe sie ihm abgenommen und seine Taschen durchsucht. Er sei Zivilist, er habe nicht auf die Russen schießen wollen. Ein Soldat habe ihn mit aufs Kommando genommen, dort sei ein Offizier gewesen, der gebrochen deutsch gesprochen habe. Mit ihm habe er geredet, und er sei korrekt gewesen, habe ihm sogar zu essen gegeben. Ein gefangener Ungar sei auch dort gesessen, er habe deutsch gesprochen und von seiner Familie erzählt und von den Grausamkeiten der SS. Ihm sei seine eigene Familie wieder eingefallen: *Vielleicht ist jetzt der Krieg bald aus.*

*

Josef Rohringer, der HJ-Gruppenführer, stand ebenfalls als Zeuge vor dem Volksgericht. Zum Zeitpunkt der Ermordungen in Schwarzau, Reichenau und Prein war er gerade sechzehn Jahre alt geworden. Er habe, sagte er, gemeinsam mit Blümel, einem seiner HJ-Burschen, Sommer auf Befehl von Steinmetz am 23. aus seiner Zelle holen müssen. Sommer habe noch seine rote Armbinde mit der russischen Schrift getragen. Den Rest der Gruppe habe Steinmetz in der Zwischenzeit antreten lassen und den Befehl zum Abmarschieren erteilt, als sie mit Sommer ankamen. Dass Königshofer im Auftrag von Steinmetz währenddessen einen Strick geholt habe, habe er nicht gewusst. In Schwarzau habe Gosch das Todesurteil verlesen und den Befehl zum Annageln der Querleiste am A-Mast gegeben. Ob Steinmetz diese angenagelt hat, wisse er nicht, auch nicht, wer den Stuhl gebracht habe. Gosch habe gesagt: *Los, hängen!*, und Sommer sei selbst hinaufgestiegen. Blümel sei dazugestiegen und habe Sommer die Schlinge um den Hals gelegt. Sommer sei von Gosch gefragt worden, ob er noch einen letzten Wunsch habe, worauf Sommer gesagt habe: *Grüßt mir meine Frau und meine Kinder, die wissen, wie unschuldig ich bin!*

Als Gosch den Befehl zum Wegziehen gab, hätten Blümel und er den Sessel bei der Lehne weggezogen. Ob Gosch bereits die Pistole aus seiner Tasche gezogen hatte, wisse er nicht, doch Gosch sei gleich danach näher herangetreten. Sommer sei nicht gehangen, sondern mit den Fußspitzen am Boden angestanden. Man habe sein Genick krachen gehört, seine Hände hätten noch gezuckt. Darauf sei Gosch zu ihm hingegangen und habe ihm ins Genick geschossen. Ob Gosch diesen vorher noch gedreht hat, wisse er nicht. Vom Wegziehen des Stuhls bis zum Hinzutreten von Gosch seien ungefähr zwei Minuten verstrichen. Als nun der Vorsitzende wissen wollte, warum er all das bei der Gendarmerie anlässlich seiner Vernehmung nicht angegeben habe, meinte Rohringer, er habe eine Ruhe haben wollen.

Nachdem Rohringer auf weiteres Befragen antwortete, sich an keinen Kommandanten außer Steinmetz zu erinnern, insbesondere nicht an einen gewissen Patera, bestätigte Gosch seine Aussagen im Großen und Ganzen, er bestritt lediglich den Befehl, den Stuhl wegzuziehen. Rohringer korrigierte, indem er meinte, Gosch habe zu ihnen *Los!* gesagt, worauf er mit Blümel den Stuhl weggezogen habe. Wer Blümel den Befehl gegeben hatte, Sommer die Schlinge um den Hals zu legen, wisse er nicht mehr. Beim Rückmarsch ins RAD-

Lager sei jedenfalls Steinmetz mit ihnen marschiert. Auf Nachfrage des Vorsitzenden, ob Steinmetz während der Hängung nur unter den Zusehern gewesen sei, gab er an, Steinmetz sei auch beim Galgen gewesen. Als ihm dazu die Aussage Königshofers vorgelegt wurde, Steinmetz habe auch beim Aufstellen des Galgens mitgewirkt, erinnerte er sich nicht mehr genau, bestätigte aber ein weiteres Mal, dass es Steinmetz gewesen sei, der sie für den Abmarsch zur Hängung antreten ließ, nachdem er davor aus der Führerbaracke zu ihnen gekommen war. Die Möglichkeit, dass sich noch ein Zugsführer außer Steinmetz dort befunden habe, verneinte er.

Steinmetz bestätigte daraufhin zwar, dass die beiden anderen Zugsführer, Langecker und Diabl, zu dem Zeitpunkt nicht in Schwarzau gewesen seien, betonte aber, bei seiner bisherigen Verantwortung zu bleiben, insbesondere, dass er nicht in die Baracke der HJ-Burschen gegangen sei und sie antreten habe lassen. Rohringer hingegen nannte Steinmetz, als er gefragt wurde, auf wessen Befehl er sich bei der Arrestzelle berufen habe, um Sommer ausgefolgt zu bekommen.

Mit Ende der Befragung beantragte der öffentliche Ankläger die Verhaftung Josef Rohringers.

*

Es schneite ein wenig, wie Heinrich Spielbichler über den 24. April 1945 festhielt. Vor dem Kommandogebäude seien russische Panzer gestanden, sie hätten Richtung Schober geschossen. Die Soldaten seien angetreten, für sie ging der Kampf weiter, für ihn würde er vielleicht aus sein. Ein Soldat sei gekommen, habe ihn und andere mitgenommen, durch eine Tür sei es in den Keller gegangen, und sie seien eingesperrt gewesen. Draußen ein Posten. Im Keller sei ein Verwundeter gelegen, er habe erzählt, er sei am Vortag von einem Granatsplitter getroffen worden. Die Russen sähen ihn nun sicher als feindlichen Kämpfer an, er sei aber vom Volkssturm desertiert. Auch am Fuß sei er verwundet gewesen. Im Keller habe es viele Erdäpfel gegeben, aber nichts zu trinken, und der Verwundete habe Durst gehabt. Er, Spielbichler, habe den Posten um Wasser für ihn gebeten. Er habe es gebracht, auch Zucker in einem Glas und ein Stück Brot. Äpfel hätten sich genügend gefunden. Sie hätten gegessen. Der Ungar habe gemeint, sie würden alle erschossen. Auch wenn er es nicht geglaubt habe, habe er nach einem Loch gesucht, durch das man hinauskönnte. Es sei alles stark vergittert gewesen, und die Fenster sehr klein. Granaten seien auf der Straße eingeschlagen, ihr Keller sei aber gewölbt gewesen, vielleicht waren sie hier sicherer als oben. Ein Strohsack sei auf den Erdäpfeln gelegen, er habe sich hingelegt und gewartet. Dann seien zehn oder zwölf Männer in Zivil zu ihnen gekommen. Sie hätten erzählt, dass sie am Schober Straße gebaut haben, dort seien sie heute erwischt worden. Gegen Mittag habe ein Soldat eine Kerze gebracht. Er, Spielbichler, habe sich angesichts der übrigen Männer im Keller die Kappe ins Gesicht gezogen. Es durfte ihn niemand erkennen, noch könne es zu Eventualitäten kommen. Um zirka zwölf Uhr dreißig habe ein Soldat gerufen: *Volkssturm Puchberg, kommen!* Sie seien nach oben gegangen, dort seien viele russische Soldaten gestanden, und sie seien durch ein Spalier hindurch. Am Ende seien die Ersten unentschlossen stehen geblieben. Die Soldaten hätten gelacht, er sei weitergegangen und habe zu den anderen gesagt, sie sollten nicht stehen bleiben. Dann seien sie ebenfalls gegangen. Mitten in Puchberg seien sie gewesen und frei, konnten nach Hause gehen. Er habe sich nach einem Wegweiser umgesehen, einen gefunden und sei die Straße Richtung Ternitz gegangen, über den Wald sei es ihm zu unsicher gewesen. Russische Truppen seien vorbeimarschiert, er habe sie gegrüßt, sie hätten ihn nicht beachtet.

So sei er nach St. Johann gekommen. Hie und da habe er vereinzelte Zivilisten gesehen, alle verschüchtert, die Häuser zerschossen, Fahrräder seien an der Straße gelegen, aufgeblähte Pferdeleiber. Im Ort sei er in ein Bauernhaus gegangen und habe um Wasser gebeten und welches bekommen. Dann habe er von Ternitz mit der Bahn nach Gloggnitz fahren wollen. Naiv, es sei ja gar kein Zug gegangen. In Pottschach habe er rote Fahnen gesehen und sei über Buchbach in den Gloggnitzer Ortsteil Stuppach. Viele Umwege habe er in den 23 Tagen machen müssen, um dorthin zu gelangen, wo er damals seine Kameraden hätte treffen sollen. Er sei in Stuppach zu seinem Freund Höllerbauer gegangen, es sei zugesperrt gewesen, doch eine Tafel mit der Aufschrift *Bürgermeister* ... Also doch, habe er sich gedacht und sich gefragt, was er sagen werde, ob sie ihm alles glauben würden?

Er sei in die Stadt hinein, unrasiert sei er in Richtung Zentrum geschlichen, hie und da habe ihn jemand erkannt, niemand sei stehen geblieben. Er habe Eile gehabt. Im Bürgermeisteramt seien sie alle zusammengesessen, Höllerbauer, Mayerhofer, Grettler und noch einige.

Höllerbauer sagt: ›Lang hast Du gebraucht, wo warst Du?‹ Ich erzähle in kurzen Worten und man glaubt mir. Dann geht Höllerbauer mit mir zum Kommando, dort sagen wir ihnen, wo die Faschisten ihre dunklen Gänge in die Umgebung von Gloggnitz machen – über dem Bergrücken des Gans. Es muss abgeriegelt werden! Das Kommando sagt zu, weil es hört, mit welchen Plänen die Nazis sich tragen. Ich frage dann Höllerbauer, wo Dr. Renner ist: Er sagt, sein Aufenthalt ist jetzt geheimzuhalten. Er ist außer Gefahr. Ich bin befriedigt. Mein Freund Mayerhofer ladet mich ein, bei ihm zu schlafen. Ich freue mich hierüber. Man hat mich nicht ausgestoßen.

*

Der Vorsitzende des Volksgerichtshofs erinnerte den Gerichtsmediziner Prof. Dr. Schwarzbacher an seinen Sachverständigeneid und umriss Angaben, Fakten und den zugrunde liegenden Vorwurf: An einem A-Mast habe sich quergenagelt eine Latte befunden, an die ein Strick gebunden wurde, und darunter ein Stuhl, auf den sich der Delinquent habe stellen müssen. Die herabhängende Schlinge sei ihm um den Hals gelegt und der Stuhl weggezogen worden. Weil der Strick zu lang gewesen sei und nachgegeben haben dürfte, sei Sommer mit den Fußspitzen, einzelne Zeugen sagten sogar mit der Sohle, am Boden aufgestanden. Er habe den Kopf schräg gelegt, die Knie eingebogen und etwas geöffnete Beine gehabt. Manche Zeugen sagten, beim Heruntersacken seien noch gewisse Zuckungen zu sehen gewesen, und einer sagte, er habe Reflexbewegungen an den Händen wahrgenommen. Einer der Angeklagten sei hinzugetreten, manche sprachen von fünf bis sechs Minuten, andere von ein bis zwei, und habe Sommer noch einen Genickschuss gegeben. Die Anklage behaupte, dass er ihn dadurch getötet habe. Die Frage sei nun, ob der Mann in dem Augenblick, als er den Schuss erhielt, gelebt habe, ob dies mit Sicherheit auszuschließen sei, ob die Möglichkeit bestehe oder ob auch eine solche auszuschließen sei.

Wenn er diese Situation betrachte, meinte der Sachverständige Schwarzbacher, so sei im Allgemeinen und in Hinblick auf den besonderen Fall zu sagen, dass in dem Augenblick, wo auch nur ein Teilgewicht des Körpers von der Schlinge getragen werde, sofortige Bewusstlosigkeit eintrete. Wenn man das Körpergewicht beispielsweise auf sechzig Kilogramm schätze, würden fünfzig Kilogramm vom Strick und zehn von der Unterlage getragen. Es würde daher genügend Last vom Strick getragen, dass es zum Abschluss der Blutgefäße und sofortiger Bewusstlosigkeit komme. Der Tod trete aber erst nach verhältnismäßig langer Zeit ein, da die Herztätigkeit andauere und erst nach fünfzehn Minuten ausgesprochen werden könne, dass der Betreffende tot sei. Eine wichtige Rolle spiele die Frage, ob er in das Leben zurückgeholt werden könne, wenn Wiederbelebungsversuche gemacht würden. Die Zeit sei dafür verhältnismäßig kurz. Bei zwei, drei, vier und auch fünf Minuten habe es Fälle gegeben, in denen jemand wieder voll zum Leben habe erweckt werden können. Bei Abgabe des Schusses könne man sagen, dass er ihn zu Lebzeiten erhalten habe. Ab sechs

Minuten sei es aber fraglich, ob er wieder zum Leben erweckt hätte werden können. Er müsse deshalb aussagen, dass er in dem Moment, als er den Schuss erhielt, noch gelebt habe.

Ob es nicht Fälle gab, wo der Tod schon nach fünf Minuten eingetreten sei, wollte der Vorsitzende nun wissen. Denkbar sei das, gab der Sachverständige dazu an, aber nicht die Regel. Es seien ausnahmsweise Fälle bekannt, wo bei Verwendung von Strangwerkzeugen der Tod nicht durch Abschnürung, sondern Herzstillstand eingetreten sei. Doch die Zitterbewegungen der Hand deuteten darauf hin, dass es nicht ein derartiger Reflextod war, sondern ein Erhängsungsakt, und erfahrungsgemäß dauere die Herztätigkeit bis zu 15 Minuten an. Er sei deshalb der Meinung, dass der Mann den Schuss zu Lebzeiten bekommen habe.

In der Folge beantragte der öffentliche Ankläger die Ausscheidung des Verfahrens bezüglich des Angeklagten Steinmetz und Rückleitung an den Untersuchungsrichter. Der Gerichtshof zog sich zur Beratung zurück. Nach seinem Wiedererscheinen verkündete der Vorsitzende den Beschluss auf Ausscheidung des Verfahrens gegen den Angeklagten Steinmetz und Rückleitung an den Untersuchungsrichter zur Durchführung der vom Verteidiger und vom öffentlichen Ankläger beantragten Erhebungen zur Vermeidung von Verzögerungen.

Roman Gosch sollte hingegen im Verfahren gegen Braun und Genossen am 24. Mai 1947 zu lebenslangem schwerem Kerker verurteilt werden, *verschärft durch ein hartes Lager vierteljährlich und einsame Absperrung in dunkler Zelle an jedem 23. April*. Bereits mit 18. Dezember 1953 wurde Gosch aber im Zuge der jährlichen Weihnachtsamnestie des Bundespräsidenten begnadigt und entlassen, obwohl die Bedingungen für eine bedingte Entlassung laut Männerstrafanstalt Garsten erst im Mai 1962 erfüllt gewesen wären.

*

Am 25. April habe er in der Gemeinde zu arbeiten begonnen, schreibt Spielbichler. Höllerbauer habe ihn mit der Organisation der Verwaltung, so weit notwendig, beauftragt. Er habe sich in die Arbeit gestürzt, viel sei zu machen gewesen. Die Front sei bei ihnen, Schanzer würden alle Tage gebraucht, auch in der Nacht. Er habe zunächst eine rote Armbinde bekommen, wie sie alle trugen, die seit dem Einmarsch der Roten Armee in der Behörde arbeiteten.

Mittags sei er zu seinen Eltern gegangen, sie seien gesund gewesen. Um seine Familie seien sie besorgt gewesen, in Schwarzau dürfe man von ihm hier nichts erfahren. Seine Mutter habe gemeint, er solle besser nicht öffentlich hervortreten, aber er habe das abgelehnt, jetzt heiße es mitzuarbeiten. Drückeberger dürfe es nicht geben, und er habe viel nachzuholen. Tagsüber habe er auch nicht viel an solche Sorgen gedacht, aber abends, wenn er im Bett lag, seien seine Gedanken bei ihnen in der Schwarzau gewesen. Aber vielleicht waren die Russen ja schon durchgebrochen, auch wenn aus Payerbach immer noch Widerstand gemeldet wurde. Vielleicht kämen sie ja über St. Pölten in die Schwarzau. Er habe sich irgendwie zu beruhigen versucht, doch es wollte ihm nicht gelingen. Er sei nervös gewesen, habe schlecht ausgesehen, alle hätten ihn gefragt, ob er krank sei. Er habe verneint, er konnte ja nicht jedem sein Leid klagen, er musste es selber tragen. Doch nachts sei ihm häufig der Gedanke gekommen, er müsse zu ihnen gehen. Schwere Träume hätten ihn geplagt, aber alle Tage habe er vergebens aufs Kriegsende gewartet. Fast habe er nicht mehr weitergekonnt, doch Höllerbauer, der von allen verehrte Bürgermeister und Mensch, habe ihn verstanden, ihm hatte er sich anvertraut. Er habe ihm alles von Schwarzau erzählen müssen. Mit einem durchdringenden Blick habe ihn Höllerbauer gefragt, ob er die Wahrheit sage. Dann habe er ihm die Hand gegeben und gesagt: *Tue Deine Pflicht*. Auch Mayerhofer und Grettler hätten ihn verstanden, auch sie hatten alles von ihm erfahren, und trotzdem sei er ihnen der Alte geblieben. Die Tage seien schnell vergangen, die Nächte nicht. Er habe nicht schlafen können, habe Pulver genommen und sich gedacht, wenn sie seiner Familie etwas tun, habe er immer noch eine Pistole.

*

Als der Gendarm Franz Appel am 26. April seinen Kollegen Knabl als Bewacher der im Keller des Postgebäudes festgehaltenen Personen ablösen wollte, habe dieser ihm mitgeteilt, sie könnten beide zum Posten zurück, inzwischen seien alle abgeholt worden. Appel sprach zu diesem Zeitpunkt von sieben Personen, Marie Wammerl sei mit Rücksicht auf ihre Krankheit kurz davor enthaftet worden, sie habe nach eigener Aussage Fürsprache eines Kapfenberger Volkssturmoffiziers gehabt. Laut der Verhaftungslisten, der Aussagen der verhaftenden Gendarmen und des überlebenden Karasek habe es sich bei den sieben Verbliebenen um Theresia Weitzbauer, Elisabeth und Olga Waissnix, Maria Habietinek, Johanna Eggl, Anna Frindt und Marie Landskorn gehandelt.

Auch Kollege Irschik sprach vor Gericht davon, dass nach der Enthaftung Marie Wammerls noch sieben Personen in dem Keller verblieben seien. Wie man sie in das Hotel Kaiserhof brachte, habe er jedoch nicht sehen können. Der Holzarbeiter Monl, der nach Ostern als ortskundiger Melder zum Kapfenberger Volkssturm eingezogen worden und in diesen letzten Apriltagen im Hotel Kaiserhof stationiert gewesen war, erklärte hingegen vor Gericht, von einem Fenster des ersten Stockwerks habe er gesehen, wie die Frauen von Irschik einzeln in den Kaiserhofkeller gebracht wurden. Da er sich die Sache näher anschauen wollte und nicht wusste, was mit den Frauen geschehen sollte, habe er sich in den Hof begeben, wo er auf Irschik stieß, der ihm den Befehl gab, die Straße abzusperren und niemanden vorbeizulassen. Als er ihn fragte, warum er die Straße absperren solle, habe Irschik ihm geantwortet, das gehe ihn einen Dreck an. Er habe dem Befehl nachkommen und die Straße absperren müssen.

Also modifizierte Irschik seine Aussage und gab zu, die Inhaftierten seien nach und nach hinübergeschafft worden. Den Befehl zu diesem Morden hätten aber die Vorgesetzten gegeben.

Monl berichtete, er habe von der Straße in den Keller des Kaiserhofes sehen können und sei Augenzeuge geworden, wie die Frauen, darunter Frau Frindt aus

Edlach, die beiden Schwestern Waissnix aus Reichenau, Frau Eggl und Frau Habietinek aus Prein sowie eine ältere Frau, mit der er Theresia Weitzbauer meinen musste, von dem Sonderkommando, das an diesem Tag nur aus einigen HJ-Angehörigen unter der Führung von Feldwebel Langecker bestand, erschossen worden seien. Die HJ-Angehörigen seien ihm nicht bekannt gewesen. Auf jede Frau seien fünf bis sechs Schüsse aus einer Pistole 08 mit einem Schalldämpfer abgegeben worden.

Wie Irschik angab, habe er darüber beim Postenkommandanten Meldung erstattet und sei dann zurück zum Hotel Kaiserhof. Dort sei er wieder auf jenen SS-Mann gestoßen, der bereits den ersten Abtransport geleitet hatte und ihn fragte, ob die Inhaftierten Effekten im Arrest zurückgelassen hätten. Sie hätten nun den Befehl erhalten, die Leichen ohne Aufsehen wegzuschaffen, wobei er wieder nicht sagen konnte, ob es Steinmetz war. (Nachdem Irschik daraufhin Steinmetz nochmals gegenübergestellt wurde, gab er an, er glaube, der SS-Mann sei rotblond gewesen, während Steinmetz dunkelbraun war.) Als er sich dann, so Irschik weiter, auf Befehl jenes SS-Mannes in den Keller begab, habe er dort sechs Frauenleichen nebeneinander liegen gesehen, berichtete Irschik weiter. Seiner Ansicht nach habe keine mehr ein Lebenszeichen gegeben. Auf die Art ihrer Verletzungen habe er bei der schlechten Beleuchtung nicht geachtet. Inzwischen seien Einheiten der 3. Armee gekommen, und Plechard habe ihm befohlen, sich um ein Quartier für diese zu kümmern. Er habe noch gefragt, warum die Verhafteten erschossen worden seien, und Plechard habe erwidert, sie seien unzuverlässig gewesen. Seiner, Irschiks, Ansicht nach habe es sich durchwegs um persönliche Feinde von Klammer gehandelt. Beim Vergraben der Leichen, das Plechard, wie er später hörte, eigenhändig vornahm, sei er nicht mehr dabei gewesen.

*

Heiderer berichtete, er sei mit Vogt in der Nacht auf den 27. April dem Wagen schließlich entgegengegangen, nachdem sie vor dem Kaiserhof schon eine Zeitlang auf die von Irschik für Mitternacht angekündigte Abholung der Leichen gewartet hatten. Ein Volkssturmmann, der dem Wagen der Wehrmacht vorausging, habe ihnen gesagt, er bringe einen Mann aus Hirschwang, der dort auf dem Gendarmerieposten festgehalten worden sei. Dieser Mann sei Reifböck gewesen. Auf die Frage, in wessen Auftrag die Festhaltung erfolgt sei, habe der Volkssturmmann gesagt, dies sei vom Kommando ausgegangen.

Auf dem Posten habe ihm der Mann gesagt, er sei E-Werkmeister, was er denn angestellt habe, worauf er, Heiderer antwortete, er wisse es selbst nicht. Reifböck sei glaublich sechs bis sieben Tage auf dem Posten Hirschwang gewesen, in der Nacht vom 26. auf den 27. sei er gebracht worden. Da die Morgenmeldungen in der Früh immer telefonisch an Pauspertl durchgingen, habe er ihm gemeldet, dass nachts mit dem Wehrmachtswagen der E-Werkmeister gebracht worden sei, was mit ihm zu geschehen habe. Pauspertl habe erklärt, wenn der Mann zum Festhalten gebracht worden sei, so sei er festzuhalten. Auf seine Frage, wie lange, habe er geantwortet, bis er abgeschoben würde. Er habe, so Heiderer, auch mit Plechard gesprochen und gefragt, ob mit dem Mann *das sein wird,* was mit den anderen geschehen ist, und er habe gesagt, oh nein, der komme nach Oberösterreich, der werde abgeschoben.

Ob nicht auch Frau Koch gebracht worden sei, fragte der Vorsitzende nach. Heiderer bestätigte, Irschik habe sie gebracht und gesagt, er habe den Auftrag dazu durch Plechard von Kreisleiter Braun übermittelt bekommen. Auch darüber sei Pauspertl gemeldet worden, und der habe gesagt, dass die Frau ebenfalls festzuhalten sei. Ausser Frau Koch sei davor auch noch ein junger Tscheche gebracht worden. Er sei zu der Zeit nicht am Posten gewesen, habe ihn aber gesehen, als er zurückkam, und ihn gefragt, warum er hier sei. Er habe erklärt, dass er es nicht wisse, HJ-Burschen hätten ihn geholt und hierher mitgenommen. Auf die Frage, was er denn angestellt habe, habe er geantwortet, man werfe ihm vor, geplündert zu haben, und beteuerte, nichts getan zu haben. Auch dieser Mann sei Pauspertl gemeldet worden. Die drei Leute seien in dem Schlafraum am Gendarmerieposten untergebracht gewesen, weil kein anderer Raum zur Verfügung stand. Er habe Strohsäcke für alle auflegen lassen, weil es keine Betten gab.

*

So sei eine Woche vergangen, eine zweite, dann sei der 8. Mai gekommen. Die deutsche Regierung habe kapituliert, der Krieg sei zu Ende gegangen. Am 9. schon habe er in die Schwarzau gewollt, aber wie? Noch sei alles abgesperrt gewesen. Kein Fahrzeug, nur zu Fuß sei es gegangen, alle Brücken waren angeblich gesprengt worden. Seine Mutter habe mitgehen wollen. Am 10. Mai sei ein Ungar aus Schwarzau gekommen, er habe bei seiner Familie gewohnt und ihm Grüße von ihnen gebracht. Sie lebten und seien gesund. Er wäre mehr als glücklich gewesen, sei zum Bürgermeister gegangen und habe um einen Tag frei gebeten: *Morgen hole ich sie.*

Jehle, mein alter Freund von der Polizei, hat schon ein Auto zusammengesteckt, und mit dem fahren wir los. Die Rechenbrücke ist gesprengt, ein Notsteg, wir riskieren die Überfahrt, der Steg hält, auch zurück wird er halten. Jehle ist ein mutiger Bursche. Ohne Zwischenfall kommen wir nach Schwarzau, aber bevor ich zur Wohnung meiner Familie fahre, erkundige ich mich bei meinem Freund Ottersböck nach meiner Familie. Er sagt, sie sind gesund und wohlauf. Jetzt noch zwei Kilometer und dann bin ich bei ihnen. Ich finde sie gesund und glücklich vor. Meine Frau erzählt, dass der Ungar ihr Karten aufschlug, dass ich dort sei, wo viel Schnaps ist, und er hat es erraten.

*

Er sei einmal, es sei gegen Ende April gewesen, so schilderte es der Knecht Hermann Wallner, zwischen Mitternacht und eins, halb zwei Uhr zu einem grausigen Geschäft geholt worden, und zwar von Plechard und zwei Gendarmen, von denen der eine Irschik war. Plechard habe von ihnen Pferde angefordert, ihm aber gesagt, dass er ihn nicht benötige. Er, Wallner, habe ihm die kleineren Pferde geben wollen, weil bei den anderen ein schlimmes dabei gewesen sei. Plechard habe gesagt, dass er die kleinen nicht gebrauchen könne, denn mit solchen sei er bereits stecken geblieben. Daraufhin habe er ihm die anderen gegeben, aber weil der eine Hengst auf den Kutscher losgegangen war, sei Plechard wieder gekommen und habe ihm gesagt, er müsse mitfahren. Auf seine Frage, was es zu fahren gebe, habe er gesagt, sie hätten eine Geheimwaffe zum Wegführen.

Der steckengebliebene Wagen sei vom Volkssturm gewesen. Er habe seine Pferde eingespannt, dann seien sie gefahren. Einer der beiden Gendarmen sei vorausgegangen. Er habe die Pferde führen müssen, weil es stockfinster war, ein Gendarm und Plechard seien hinten gegangen. Beim Friedhof, außerhalb desselben, habe er stehen bleiben müssen. Er habe ausspannen dürfen, und dabei habe er gesehen, wie ein Fuß aus dem Wagen herausschaute. Er sei mit den Pferden fort, doch Plechard habe ihn noch einmal geholt und gesagt, er müsse den Wagen auf die Straße stellen. Das habe er auch getan. Plechard habe außerdem gesagt, er dürfe über die Fahrt nichts verlauten lassen, sonst würden sie ihn holen kommen und erschießen. Er habe am nächsten Tag nicht nachgesehen, was vergraben worden war, das habe er sich nicht getraut. Später, als die Grube geöffnet wurde, habe er gehört, dass man Frauenleichen gefunden habe.

*

Josef Weinzettl, der Totengräber von Prein, gab vor dem Volksgericht an, er habe von Irschik den Auftrag bekommen, hinter der Friedhofsmauer für sechs Personen eine Grube auszuheben. Daraufhin habe er bis zum Abend gegraben, aber am nächsten Tag sei sie zugeschüttet gewesen.

Ob er nicht gefragt habe, wer in die Grube hineinkommt, wollte der Vorsitzende wissen. Nein, antwortete er, er habe es sich denken können, auch wenn er von den Erschießungen im Kaiserhof erst nachträglich hörte. Er habe den Auftrag bekommen, eine zweite Grube auszuheben, auch diesen Auftrag habe ihm Irschik erteilt, und zwar einen Tag später. Irschik habe gesagt, sie müsse so groß sein wie die erste, nur tiefer. Daran habe er einen Tag gearbeitet. Die Grube sei leer geblieben. Die Erschossenen, für die die Grube wahrscheinlich bestimmt war, seien auf der Sonnleiten eingegraben worden. Beim Aufmachen dieser Grube sei er dabei gewesen. Drinnen seien Frau Koch, der Reifböck und Hrozek gewesen.

Ob er gesehen habe, wie man die im Postgebäude eingesperrten Personen geholt hat? Er verneinte, er sei nicht viel auf die Straße gekommen. Bei der Exhumierung der Leichen, die in der ersten von ihm ausgehobenen Grube lagen, habe man agnosziert: Frau Habietinek, Anna Frindt, Frau Eggl und die beiden Waissnix und Weitzbauer. Wohin Frau Landskorn gekommen sei, wisse er nicht.

*

Plastikspielzeug in der Jägerzeile. Kein Name, keine Tafel, keine Erinnerung. Nicht anders am Postgebäude in der Prein oder an den Fassaden des Hotel Kaiserhof.

Erst bei genauem Hinsehen zeigt sich, die Öffnungen der Kellerfenster sind aufgrund des Gehsteigs vor dem Kaiserhof kleiner als damals.

*

Rudolf Pauspertl, der, nachdem ein erstes Verfahren gegen ihn eingestellt worden war, bis zum Volksgerichtsprozess gegen Braun und Genossen im Mai 1946 weiter Dienst als Gendarmeriebeamter versah, wurde zwei Tage nach seiner Zeugeneinvernahme vom Dienst suspendiert. Erst ein Jahr später entschied die Ratskammer des Landesgerichts für Strafsachen, das Verfahren gegen ihn wieder aufzunehmen und Haftbefehl zu erlassen.

Am 2. Dezember 1948 wurde Pauspertl angeklagt, aus politischer Gehässigkeit und unter Ausnützung dienstlicher Gewalt Franz und Maria Karasek, Anna Fischer, Maria Czuba, Olga Waissnix und Elisabeth Waissnix, Maria Reifböck, Dr. Josef Thaller, Marie Habietinek, Maria Wammerl, Theresia Weitzbauer, Marie Landskorn, Johanna Eggl und Anna Frindt in einen qualvollen Zustand versetzt zu haben. Er habe hiedurch das Verbrechen der Quälerei und Misshandlungen nach § 3 Absatz 1 Kriegsverbrechergesetz 1947 begangen und sei hierfür nach § 3 (1. Strafsatz) Kriegsverbrechergesetz zu bestrafen. Nachdem ihm die Anklageschrift am 10. Dezember 1948 kundgemacht wurde, setzte man ihn gegen Gelöbnisleistung noch am selben Tag auf freien Fuß. Am 27. Jänner 1949 wurde Rudolf Pauspertl wegen des begangenen Verbrechens der Quälerei nach § 3 Absatz 1 Kriegsverbrechergesetz zu fünf Jahren schweren Kerkers, verschärft durch hartes Lager vierteljährlich, Verfall des Vermögens zu Gunsten der Republik Österreich und Ersatz der Kosten des Strafverfahrens verurteilt. Nach Anrechnung seiner bereits in Haft verbrachten Zeit hätte Pauspertl bis zum 16. Jänner 1952 in Haft verbleiben müssen. Mit Beschluss der Strafvollzugsbehörde beim Kreisgericht Krems wurde er am 24. Mai 1950 bedingt aus der Haft entlassen.

Zehn

Beschluss: Die Ratskammer beim Landesgericht für Strafsachen Wien hat im Strafverfahren gegen N.N. den Beschluss gefasst: Die Wiederaufnahme des mit Beschluss vom 29.8.1946 gegen Franz Langecker, geb. 26.3.1923, eingestellten Verfahrens wird über Antrag der Staatsanwaltschaft Wien vom 9.10.1948 bewilligt.

Begründung: Das Strafverfahren gegen Franz Langecker, in welchem dieser als Führer eines SS-Sonderkommandos beschuldigt wurde, im April und Mai 1945 in Schwarzau im Gebirge mehrere Männer verhaftet und der Kreisstabsführung zur Aburteilung überstellt zu haben, wurde mit Beschluss des Gerichtes vom 18.9.1946 eingestellt.

Im Zuge eines späteren Strafverfahrens wurde Franz Langecker durch die Aussage eines Augenzeugen namens Johann Monl belastet, als Führer eines SS-Sonderkommandos an der Erschießung mehrerer Frauen in Prein an der Rax teilgenommen zu haben.

Der Zeuge Johann Monl ist im Strafverfahren gegen Langecker noch nicht vernommen worden. Dem Antrag der Staatsanwaltschaft Wien auf Wiederaufnahme des Verfahrens war daher stattzugeben, da die Strafbarkeit der Tat noch nicht durch Verjährung erloschen ist und ein neues Beweismittel beigebracht wurde, welches geeignet erscheint, die Überführung des Beschuldigten Langecker zu begründen.

*

Sie sei mit Ladislaus Hrozek verlobt gewesen, sagte die 23-jährige Hermine Rigler vor dem Volksgericht. Hrozek sei im NS-Protektorat Böhmen und Mähren Justizbeamter gewesen und seit 1941 oder 1942 in ein Lebensmittelgeschäft in Gloggnitz, wo sie lebte, dienstverpflichtet worden. Am 31. März 1945 sei sie mit ihrer Mutter, der Schwester und Hrozek zu Verwandten in die Großau geflüchtet. Einen Monat später, Ende April, sei er dort von zwei SS-Männern verhaftet worden, die sie nicht kannte.

Woran sie gemerkt habe, dass es SS-Männer waren? Sie meinte zuerst, an der Uniform, musste sich aber korrigieren, es seien nur die beiden Sigrunen am Kragenspiegel gewesen. Jedenfalls seien auch ihre Mutter und sie einige Stunden später von drei SS-Männern mitgenommen worden. Einer davon sei Langecker aus Gloggnitz gewesen.

An dieser Stelle mischte sich Wallner ein und entgegnete, Langecker sei kein SS-Mann gewesen und habe auch keine Sigrunen getragen. Bei Langecker habe sie das auch nicht wegen der Uniform angenommen, sondern sie habe es in Gloggnitz von dessen Eltern gehört. Aber auch deshalb, weil Langecker zu ihnen sagte, sie müssten zum Bannführer Wallner. Daraufhin habe er sie und ihre Mutter in eine Villa in der Prein geführt. Wallner sei nicht anwesend gewesen, also habe es geheißen, sie müssten am nächsten Tag um neun Uhr wiederkommen.

Das hätten sie auch gemacht. Wallner habe auf ihre Frage, warum Hrozek verhaftet worden sei, gesagt, er habe Lebensmittel gestohlen, sei zu den Angestellten grausam gewesen und hätte überdies politische Äußerungen gemacht. Sie habe Wallner gesagt, dass das alles nicht wahr sei, worauf Wallner meinte, er sei auf alle Fälle ein verwegener Bursche und sie würden mit ihm nicht viel Geschichten machen. Sie habe ihn, Wallner, dann ersucht, er möge sich doch bei Bürgermeister Hafner oder dem Ortsgruppenleiter Ganser erkundigen, und er habe gemeint, das könne er machen. Er sei hinausgegangen, und als er wieder kam, habe er gesagt, der Bürgermeister habe für ihn gesprochen und das beste Zeugnis für alle ausgestellt, die Sache sei erledigt, sie könne gehen.

Er habe dann jedoch nur sie hinausgeschickt und ihre Mutter zurückbehalten, um sie zu fragen, wie ihre Tochter zu Hrozek gekommen sei und sogar verlobt, immerhin sei der Verkehr mit Ausländern doch verboten. Die Mutter habe ihm dann ein bisschen erzählt, und abschließend habe er gemeint, der Fall sei erledigt, doch Hrozek müsse aus dem Kriegsgebiet weg, er solle nach Oberösterreich kommen. Ihre Mutter habe Wallner gefragt, wo sich Hrozek befinde, er habe geantwortet, auf der Gendarmerie. Die Bitte, ihn vor dem Abtransport noch nach Hause zu lassen, habe er abgeschlagen. Daran, ihn gleich um eine Besuchserlaubnis zu bitten, hätten sie dabei nicht gedacht.

Sie seien dann von Wallner weggegangen und bei der Gendarmerie vorbei und hätten Hrozek aus einem Fenster herausschauen gesehen. Er habe ihr gewinkt, zu ihm hinaufzukommen. Irschik, der beim Tor stand, habe es nicht erlaubt und gesagt, sie müsse zum Bannführer Wallner um eine Sprecherlaubnis gehen. Statt ihr sei ihre Schwester sogleich zu Wallner, der ihr sagte, er werde die Erlaubnis telefonisch durchgeben. Sie habe daraufhin gleich zu Hrozek hinauf wollen, doch die Gendarmen hätten gemeint, es sei kein Anruf gekommen. Also sei sie selbst zu Wallner und er habe in ihrer Gegenwart angerufen. Sodann sei sie wieder zur Gendarmerie zurück und habe mit Hrozek sprechen können.

Wallners Verteidiger wollte noch von Hermine Rigler wissen, wann sie zum ersten Mal zu Wallner gekommen sei. Sie antwortete, es sei am 1. oder 2. Mai gewesen. Daraufhin meinte Wallner, am Tag, nachdem er erfahren hatte, dass ihn jemand zu sprechen verlangte, habe er mit der Zeugin gesprochen. Es sei so gewesen, wie sie es geschildert habe. Ihn sei die Sache direkt aber eigentlich nichts angegangen, und Herr Koch sei auch nicht bei ihm gewesen.

*

Gendarmerie-Hochgebirgsposten Prein, 22.8.1945:
An die Staatsanwaltschaft Wien

Zur Anzeige Betreff Plechard und Genossen wegen Teilnahme an Morden in Prein wird gemeldet, dass sich die 2 Geflüchteten, Franz Plechard und Karl Samek – wie in Erfahrung gebracht wurde, im Hotel Faschina bei Fontanella über Bludenz, Vorarlberg, aufhalten, falls diese mittlerweile von dort nicht in das Flüchtlingslager Lambach bei Wels zurückgezogen sein sollten.

<u>*Gendarmerieposten Reichenau, 25.9.1945:*</u>
<u>*An das Landesgericht für Strafsachen Wien*</u>

Bannführer Johann Wallner ist zur Zeit des Waffenstillstandes unbekannt wohin geflüchtet, dessen Ausschreibung wegen Kriegsverbrechen (Mord) im Fahndungsblatt der Staatspolizei Wien veranlasst.

<u>*Gendarmerieposten Reichenau, 27.9.1945:*</u>
<u>*An die Staatsanwaltschaft Wien*</u>

Kreisleiter von Neunkirchen Johann Braun und Kreisamtsleiter Paul Klammer sind seit dem Waffenstillstand flüchtig und derzeit unbekannten Aufenthaltes. Die Ausschreibung wegen Kriegsverbrechen wurde im Fahndungsblatt der Staatspolizei Wien veranlaßt. Gegen den Gruppenführer des Erschießungskommandos HJ-Ausbildner und Volkssturmführer Anton Steinmetz aus Ternitz wird nach Abschluss der Erhebungen eine separate Anzeige erstattet werden.

*

Er habe Plechard zwar gekannt, sagte NSDAP-Mitglied Karl Samek aus Prein in seiner Zeugenbefragung vor dem Volksgericht zunächst, was dieser in der Partei gewesen ist, wisse er aber nicht, nur dass er Vizebürgermeister gewesen sei. Auf Nachfrage, ob Plechard Zellenleiter oder Ortsgruppenleiter gewesen sei, antwortete Samek, er glaube, Zellenleiter, und fügte hinzu, er sei mit ihm gut gewesen, wie man das in der Nachbarschaft halt ist. Auch mit Irschik sei er gut gewesen und Irschik und Plechard auch miteinander. Dass Plechard ein scharfer Nationalsozialist gewesen sei, wie vom Gericht erkundigt, könne er nicht sagen. Nach Vorhalt des Vorsitzenden musste Samek jedoch einräumen, er selbst sei Zellenleiter der Partei gewesen. Als ihm daraufhin eine Zeugenaussage vorgelegt wurde, er sei mit Irschik und Plechard im Ort als dreiblättriges Kleeblatt bezeichnet worden, entgegnete er, das könne man nicht sagen, und ergänzte nun wiederum, mit Irschik sei er selten zusammengekommen. Warum er dann aber nach dem Zusammenbruch gemeinsam mit Plechard und Irschik aus Prein abgefahren sei? Samek erwiderte, Plechard habe gesagt, er gehe seine Familienangehörigen suchen, worauf er mit ihm gegangen sei. Bei seiner Schwägerin in Bruck habe er erfahren, dass seine Familie in Bludenz sei.

*

<u>Gendarmerie-Hochgebirgsposten Prein, 15.11.1945:</u>
<u>An die Staatsanwaltschaft Wien</u>

Zur Anzeige betreffend Franz Plechard und Genossen wegen Teilnahme an den Morden in Prein wird angezeigt, dass der in dieser Anzeige genannte und im Fahndungsblatt der Staatspolizei Wien beschriebene Karl Samek, 3.11.93, in Gloggnitz geboren, Bäckermeister, der bisher flüchtig ist, laut Angabe seiner zurückgekehrten und sich derzeit im Anhaltelager Neunkirchen befindlichen Ehegattin, Maria Samek, derzeit in Bruck a.d. Mur, Wienertor 2, im Aufenthalte sei und dort angeblich in einem Bäckerbetrieb arbeiten soll.

Wie der am 14.11.45 aus der engl. Kriegsgefangenschaft zurückgekehrte Josef Eggl, ein Sohn der in der gleichen Anzeige als ermordet angeführten Johanna

Eggl, angab, hat er bei seiner Heimreise den Karl Samek in Bruck a.d. Mur besucht. Bei dieser Gelegenheit hat Samek dem Josef Eggl mitgeteilt, dass sich der im gleichen Fahndungsblatt beschriebene Franz Plechard, derzeit in Seefeld, Tirol, aufhalten soll.

Der drittbeschuldigte Thomas Irschik, 4.9.93 geb. (Polizeireservist, Hauptamtsleiter), im gleichen Fahndungsblatt beschrieben, macht beim Landesgendarmeriekommando für Oberösterreich in Linz, auf der Gedarmerieexpositur Weng, Bezirk Braunau, Oberösterreich, Dienst.

*

Am 1. Mai nachmittags gegen fünf Uhr, so begann Hugo Koch seinen im April 1946 für das Volksgericht abgefassten Bericht, sei der Kreisleiter Braun mit dem Ortsgruppenleiter Plechard und einigen Herren des Landratsamtes Neunkirchen in die Villa Rosenzweig gekommen, in der er mit seiner Frau Perlja zwei Zimmer bewohnte, um zu besichtigen, ob dort eventuell die Geschäfts- und Unterkunftsräume für den Landrat unterzubringen wären. Nach kurzem Rundgang sei der Kreisleiter wieder erschienen und habe ihnen befohlen, innerhalb einer halben Stunde die Wohnung zu räumen. Ortsgruppenleiter Plechard habe versprochen, einige Volkssturmmänner und ein Fuhrwerk zum Hinunterführen des Gepäcks zu schicken. Es hieß, sie sollten beim Kaiserhof vorbeikommen, dort werde ihnen eine andere Wohnung in der unteren Prein zugewiesen. Als sie zum Kaiserhof kamen, habe sie der Ortsgruppenleiter zum *Unteren Eggl* geschickt, wo sie im Nebengebäude ein Zimmer bekamen, das furchtbar aussah, nachdem dort bereits Volkssturm und SS gehaust hatten. Eine Nacht seien sie notgedrungen geblieben, am anderen Morgen sei ihnen ein Zimmer in der Villa Hofmann angeboten worden. Sie hätten beschlossen, dorthin zu ziehen, also habe er ein Fuhrwerk zum Hinaufbringen der Sachen besorgt. Als sie gerade beim Aufladen waren, sei der Gendarm Irschik mit einigen jüngeren Kollegen erschienen, habe nach seiner Frau gefragt, die gerade im Zimmer gewesen ist, sei auch gleich hineingegangen und habe sie verhaftet. Sie sei von einem jüngeren Gendarmen abgeführt worden. Ihm habe man verwehrt, mitzugehen oder auch nur zu folgen, weil er sehen wollte, wohin sie gebracht würde. Er habe den Rest der Habe verladen, das Fuhrwerk zur Villa Hofmann hinaufgeschickt und sei den Kreisleiter oder einen anderen Herrn suchen gegangen, um zu erfahren, weshalb seine Frau verhaftet worden sei. Kreisleiter Braun habe seine Geschäftsräume in einer Liegenschaft der *Semperit* gehabt, er selbst sei nicht anwesend gewesen, er sei mit dem Auto fortgefahren, seine Rückkehr ungewiss. Die Beamten hätten nichts gewusst oder wollten vielleicht auch nichts wissen, sie hätten ihm empfohlen zu warten. Gegen halb sieben habe man ihm erklärt, es könne wohl sehr spät werden, er solle nach Hause gehen und am anderen Morgen um halb neun wiederkommen.

Als er am Morgen pünktlich zur Stelle war, sei der Kreisleiter noch nicht anwesend gewesen. Nach längerem Warten habe man ihm geraten, in seine Wohnung ins Haus Geyschläger zu gehen. Dort habe er ihn auch angetroffen. Braun habe aber nur kurz und barsch behauptet, er wisse von nichts, er solle sich an den Bannführer wenden. Also sei er zurückgegangen und habe nach dem Sturmbannführer gefragt, der aber zu der Zeit nicht anwesend war, er habe also wieder warten müssen. Gegen halb zwölf habe er den Bannführer zu sprechen bekommen, der ihm erklärte, seine Frau werde im Laufe des Nachmittags in eine Strafanstalt in Oberdonau überführt. Wenn er sie noch einmal sprechen wolle, so könne er das auf der Gendarmeriestation tun. Einen Grund, weshalb sie verhaftet worden war, habe er ihm nicht angegeben.

*

Sicherheitskommissär f.d Bezirk Zell a. See, 4.2.1946
Klammer Paul, 14.9.1906 in Werning geb, zuletzt in Obsmarkt, Gemeinde Saalfelden, Bezirk Zell am See, Land Salzburg, hat lt. Meldung des Gendarmerieposten Saalfelden vom 5.12.1945, gegen 16.30 Uhr in einem Heustadl in Obsmarkt Selbstmord durch Erschießen verübt. Als Selbstmordgrund ist anzunehmen, dass er aus der Zeitung Kenntnis erhielt, dass sein Name in der Liste der österreichischen Kriegsverbrecherliste aufschien. Seine Festnehmung sollte am gleichen Abend erfolgen.

*

Bezüglich der Räumung der Villa Rosenzweig erwiderte Braun, er sei bei der Beschlagnahme des Gebäudes durch das Landratsamt nicht dort gewesen, sondern Dr. Müller habe ihm davor gesagt, er wolle die

Villa beschlagnahmen, und ihn eingeladen mitzukommen, um sie anzusehen. Das Ausziehen der Parteien habe er nicht verfügt. Dafür bestätigte er, dass Koch zu ihm in seine Privatwohnung gekommen sei, die er in einer Holzhütte hatte. Er habe ihm gesagt, er müsse sich an Plechard oder den Bannführer wenden, er sei ja die meiste Zeit nicht da gewesen.

Wallner wiederum meinte vorerst lediglich, er könne sich an Herrn oder Frau Koch nicht erinnern. Auf Vorhalt, er habe laut Hugo Koch die Erlaubnis gegeben, dass dieser seine Frau sprechen dürfe, gab Wallner an, dies könne möglich sein, aber er erinnere sich nicht, es seien viele Leute wehrmachtsmäßig zu ihm gekommen. Daraufhin erwiderte ihm der Richter, das sei nichts Wehrmachtsmäßiges gewesen.

*

Landesgericht für Strafsachen Wien
VIII. Bezirk, Landesgerichtsstraße 11, 20.4.1946:
An die Rechtsabteilung beim Hauptquartier der USFA, Wien IX, Nationalbankgebäude

Beim gefertigten Gerichte ist ein Strafverfahren gegen Johann Braun, den Kreisleiter in Neunkirchen, NÖ, Johann Wallner, ehem. Bannführer der HJ, und Josef Weninger, SA-Standartenführer in Neunkirchen, wegen Verbrechens nach § 1 Kriegsverbrechergesetz und § 134StG anhängig. Diese haben in Schwarzau im Gebirge, NÖ, im April 1945 ein Standgericht gebildet und nachweislich 20 Personen, wahrscheinlich jedoch viel mehr, teils mit, teils ohne Gerichtsverfahren ermordet. Johann Braun und Johann Wallner wurden von der amerikani-

schen Besatzungsbehörde dem gefertigten Gericht ausgeliefert, doch der Dritte, Josef Weninger, ist in Glasenbach zurückbehalten worden. Josef Weninger ist nicht nur als Zeuge ungeheuer wichtig, er gehört auch in gleicher Weise wie die anderen zwei zur Vollständigkeit des Verfahrens vor Gericht gestellt. Es wird daher die Bitte ausgesprochen, Josef Weninger zumindest auf 2 bis 3 Monate den österreichischen Justizbehörden zur Verfügung zu stellen und dessen Überstellung von Glasenbach an das hiergerichtliche Gefangenenhaus zu genehmigen. Nach diesem Zeitraum würde Weninger dann verläßlich an die amerikanische Besatzungsmacht rücküberstellt werden. Das gefertigte Gericht gibt auch die Versicherung ab, daß alle Weisungen bezüglich der Behandlung des Weninger während seiner Haft, falls solche von Ihnen gegeben würden, genau eingehalten werden. In Hinblick auf die große Bedeutung, welche speziell diesem Gerichtsverfahren beigemessen ist, wird um dieses Entgegenkommen gebeten.

*

Auf der Gendarmerie sei seine Frau mit zwei Männern in einem Raum gesessen, schrieb Koch in seinem Bericht weiter, mit einem Herrn Reifböck aus Reichenau und einem anderen, dessen Namen er vergessen habe. Sie hätten alle drei nicht gewusst, was mit ihnen geschehen würde und weshalb man sie verhaftet habe. Er habe seine Frau in einem Nebenraum unter Aufsicht eines fremden Gendarmen sprechen dürfen. Er habe ihr gesagt, was ihm der Sturmbannführer mitgeteilt hatte, und das sei wohl eine kleine Beruhigung gewesen. Sie hätten einander versichert, dass sie bald wieder zusammen sein würden, sie hätten das Kriegsende als unmittelbar bevorstehend angesehen. Seine Frau habe ihn noch gebeten, ihr einige Wäsche- und Toilettesachen zu besorgen, was der Gendarm erlaubte. Er habe ihr auch noch Geld gegeben, damit sie sich, sobald sie frei war, gut helfen würde können, und habe ihr dann bei einem zweiten Besuch die gewünschten Dinge gebracht. Sie hätten sich noch einige Zeit unterhalten, und als sie sich verabschiedeten, sei das in der Hoffnung geschehen, bald wieder vereint zu sein. Zu Hause angekommen, sei dann ihr Hausarzt erschienen, der sie in der Zwischenzeit untersucht hatte, und habe gemeint, er solle ihr noch ein Medikament und ein Rezept bringen. Doch zurück bei der Gendarmerie seien die Häftlinge bereits abgeführt gewesen. Die anwesenden Gendarmen, die alle fremd waren, hätten nichts gewusst. Und er habe geglaubt, sie sei nach Oberdonau gebracht worden.

*

Gendarmeriepostenkommando Prein a.d. Rax, 20.5.1946: An das Gendarmeriepostenkommando in Mürzzuschlag

Der in der hierortigen Zuschrift vom 10.1.1946 genannte Franz Plechard befindet sich laut Mitteilung des Stadtpolizeiamtes Bruck a.d. Mur, Kriminalabteilung, und laut Mitteilung des Gendarmeriepostens in Saalfelden seit 5.9.45 im amerikanischen Lager in Glasenbach bei Salzburg im Aufenthalte.

Der Zweitbeschuldigte Thomas Irschik wurde laut Mitteilung des Gendarmeriepostens Weng, Oberöster-

reich, im Dezember 1945 verhaftet und dem Bezirksgericht in Braunau eingeliefert.

Der drittgenannte Karl Samek wurde laut Mitteilung des Stadtpolizeiamtes Bruck a.d Mur am 28.12.1945 dem bezirksgerichtlichen Gefangenenhaus in Bruck a.d. Mur eingeliefert. Detaillierte Erhebungen gegen diese drei Vorgenannten sind noch im Zuge und wird nach Abschluss dieser Erhebungen der Gesamtakt an die zuständige Staatsanwaltschaft in Wiener Neustadt weitergeleitet.

*

Am 3. Mai seien die drei Festgehaltenen geholt worden, erklärte der Gendarm Heiderer als Zeuge vor dem Volksgericht, und zwar von dem gleichen SS-Mann, der die ersten zwei Partien geholt hatte. Zumindest dem Aussehen nach sei es derselbe gewesen, und dazu noch einer in SA- oder Parteiuniform.

Ob er die Nahkampfspange kenne, wurde er vom Vorsitzenden in Hinblick auf Langecker gefragt. Er erwiderte, dafür habe er sich nie interessiert. Der Vorsitzende fragte ihn nun konkret, ob der Mann die goldene Nahkampfspange getragen habe, und Heiderer bejahte, worauf Wallner, ohne dass der Name Langecker gefallen wäre, korrigierte, dieser habe keine SS-Uniform getragen. Jedenfalls, so Heiderer, habe es geheißen, die Leute würden im Auftrag der Kreisleitung geholt.

Nun wollte der Vorsitzende wiederum wissen, wann die Kreisleitung und die Kreisstabsführung in die Prein übersiedelt seien? Er könne das Datum nicht mehr angeben, blieb Heiderer vage, doch der Vorsitzende konterte, Kreisleitung und Kreisstabsführung seien jedenfalls zwei bis drei Tage davor in die Prein gekommen, es sei der Kreisleiter also längst vor Ort gewesen. Habe er denn bei diesem nicht rückgefragt? Er habe öfters bei Pauspertl gefragt, erklärte Heiderer, dieser sei ja auch sein Vorgesetzter gewesen und nicht der Kreisleiter. Doch warum habe er das nicht getan, als Leute angeblich im Auftrag des Kreisleiters abgeführt wurden? Auch da verwies Heiderer auf Pauspertl, der ihm versichert habe, sich mit dem Kreisleiter ins Einvernehmen gesetzt zu haben. Übergangslos fragte der Vorsitzende nun, ob die Inhaftierten nicht Besuche von Verwandten bekommen hätten. Heiderer bestätigte das, woraufhin der Vorsitzende wissen wollte, von wem in diesen Fällen die Sprecherlaubnis gekommen sei? Bei dem jungen Tschechen sei die Geliebte gekommen und habe gesagt, sie habe die Sprecherlaubnis vom Kreisstabsleiter bekommen, und er sei von diesem auch angerufen worden, gab Heiderer an. Der Vorsitzende setzte nach, dann hätte er doch gleich fragen können, was mit den Leuten geschehen werde. Doch darauf meinte Heiderer allgemein, für ihn sei Pauspertl maßgeblich gewesen. Warum er dann aber im Fall der Sprecherlaubnisse angenommen habe, dass der Kreisstabsleiter zuständig sei? Das habe ihn ohnedies weniger gekümmert, so Heiderer nun, er hätte die Sprecherlaubnis auch aus eigener Befugnis gegeben. Aber er habe doch die Braut des Hrozek zurückgeschickt, als sie nur mit einer mündlichen Sprecherlaubnis gekommen sei. Dafür könne er keine Erklärung geben, so Heiderer.

Der Vorsitzende resümierte, er habe also die Kreisleitung im Ort gehabt, aber selbst dann nicht rückgefragt, als die ersten umgelegt worden seien? Er habe schon nachgefragt, wohin sie gebracht würden, als die zwei Männer auf den Posten kamen, um die drei Verhafteten zu holen. Es habe geheißen, sie kämen in die Kreisleitung, damit habe er schon alles gewusst. Dass sie erschossen werden würden, schlussfolgerte der Vorsitzende. Nun verneinte Heiderer und fügte hinzu, er habe ihnen noch nachgesehen, sie seien in Richtung Kaiserhof und Kreisleitung davongegangen. Ihre Habseligkeiten hätten sie mitnehmen müssen. Er habe nichts mehr von ihnen gehört. Am nächsten Tag sei er nachmittags nach Breitenstein versetzt worden.

*

Haftbefehl an Franz Plechard, auch Plecharty, geb. 2.4.1903, in Lager Glasenbach bei Salzburg, 25.6.1946

Es ergeht hiemit der Auftrag, Sie in Haft zu nehmen, weil Sie verdächtig sind, das Verbrechen nach §1,3 Kriegsverbrechergesetz dadurch begangen zu haben, dass Sie den Tod der Frau Marie Habietinek und anderer Frauen durch Erschießen verschuldet oder unmittelbar veranlasst haben.

Der im § 175, Z.2,3,4 und § 180/2 bezeichnete Haftgrund liegt vor, weil Verabredungs- und Verdunkelungsgefahr, Fluchtgefahr und außerdem in Hinblick auf die Höhe der zu erwartenden Strafe Pflichthaft gemäß § 180/2 StPO besteht.

*

Sie, Hermine Rigler, habe ihrem Verlobten gesagt, dass alles erledigt sei, nachdem sie die beruhigende Auskunft Wallners erhalten hatte, dass er lediglich evakuiert werde. Hrozek habe sie nur gefragt, ob sie ihm etwas zum Rauchen und Essen bringen könne. Der Gendarm, der dabei war, habe gemeint, das sei nicht nötig, zum Rauchen könne er auch etwas von ihm haben. Sie habe sich gedacht, er könne noch Wäsche benötigen, und sei nach Hause gegangen. Unterwegs habe sie Langecker getroffen und ihm erzählt, dass sie nach Hause gehe, Zigaretten, Essen und Wäsche holen, aber auch Langecker habe gesagt, dass sie das nicht tun müsse, Zigaretten könne Hrozek von ihm haben. Sie sei dennoch nach Hause gegangen, um alles zu holen, habe es ihm gebracht und noch einige Minuten mit ihm sprechen können. Seit dieser Zeit habe sie ihn nicht mehr gesehen. Ende August 1945 erst habe sie erfahren, dass er erschossen worden sei. Sie hätten ihr gesagt, dass sein Grab auf der Sonnleiten gefunden wurde.

*

Sicherheitsdirektion für das Land Salzburg, 6. 5.1946: An die Amerikanische Militärregierung, C.I.C, in Salzburg
Die Sicherheitsdirektion für das Bundesland Niederösterreich hat mit Note vom 25.3.1946 anher das Ansuchen gestellt, die Auslieferung des Franz Plechard, am 2.4.1903 in Wien geboren, an das Landesgericht Wien I wegen § 1,3 und 4 Kriegsverbrechergesetz und § 134 StG (Ermordung von 52 Personen) zu veranlassen.

Plechard wurde am 5.9.1945 vom Gendarmeriekommando Saalfelden verhaftet und dem C.I.C. in Salzburg überstellt und ist derzeit in einem Lager in Salzburg interniert.

Hievon beehrt sich die Sicherheitsdirektion für das Bundesland Salzburg mit der Bitte Mitteilung zu machen, die Auslieferung des Plechard an das Landesgericht Wien I in die Wege zu leiten.

*

Er habe noch das Zimmer für den Empfang seiner Frau eingerichtet und in Geduld gewartet, schrieb Hugo Koch in seinem Bericht. Man habe ja gehört, dass die Amerikaner in Oberdonau unaufhaltsam vorrückten, und er habe gewusst, dass seine Frau, wenn sie befreit werden würde, sich gut mit ihnen verständigen könnte, da sie perfekt Englisch sprach. Als am 8. Mai die Rote Armee hier einrückte, sei ihm klar gewesen, dass bei dem Durcheinander auf den Straßen zunächst noch nicht an ein Durchkommen seiner Frau zu denken war. Als es aber nach einiger Zeit ruhiger wurde, habe er Tag für Tag ihre Rückkunft erwartet und jeden Morgen neu darauf gehofft. Manche Einwohner hier hätten ja gewusst, dass dies nie mehr der Fall sein würde, dass seine Frau erschossen worden war, aber niemand habe sich getraut, ihm die Wahrheit zu sagen. Am 23. Mai habe ihn der hiesige Pfarrer zu sich bitten lassen. Er sei hingegangen, habe aber keine Ahnung gehabt, was er von ihm wollte. Dieser habe ihm dann sehr schonend und teilnahmsvoll die schreckliche Wahrheit enthüllt, die ihn sehr, sehr schwer getroffen habe. Die Leichen seien noch nicht gefunden worden, aber man habe dauernd danach gesucht, bis sie Ende Mai entdeckt wurden. Am 6. und 7. Juni seien sie exhumiert worden, am 8. Juni sei seine Frau dann ordnungsgemäß und feierlich auf dem hiesigen Friedhof beerdigt worden. Er selbst habe die Leiche seiner Frau, die fast fünf Wochen in der Erde lag, nicht mehr sehen wollen. Der hiesige Totengräber Weinzettl, der seine Frau persönlich gekannt hatte, habe ihm gesagt, sie habe einen großen Blutfleck im Genick gehabt, Ringe, Schmuck, eine Tasche mit Geld seien verschwunden gewesen.

*

Landesgericht für Strafsachen Graz, 13.6.1946:
An die Staatsanwaltschaft in Wien
In der Anlage wird der Übernahmebericht des Johann Wallner der StA. Wien übersendet, weil laut Mitteilung der StA. Graz der Strafakt gegen den genannten am 9.3.1946 der Staatsanwaltschaft Wien abgetreten wurde.

*

Dass die Leute in der Prein erschossen worden sind, habe er erst in der amerikanischen Haft erfahren, behauptete Wallner vor dem Volksgericht. Langecker habe ihm nichts darüber berichtet, und er habe mit den Häftlingen nichts zu tun gehabt. Daraufhin entgegnete der Richter, es sei wenig glaubhaft, dass man ohne seine Erlaubnis Leute erschossen habe, während die Zeugin Rigler ohne seine Erlaubnis nicht einmal mit ihrem Verlobten sprechen durfte.

*

Amtsvermerk Staatsanwaltschaft Wien, 12.7.1946

Die Staatsanwaltschaft Salzburg gibt um 14 Uhr 30 fernmündlich bekannt, dass sich der Häftling Franz Plechard, gegen den ein Verfahren beim Volksgericht Wien anhängig ist, in der Nacht vom 11. zum 12. Juli 1946 entleibt hat.

Die Leiche wird, da fremdes Verschulden auszuschließen ist, zur Beerdigung freigegeben.

*

Zu dem Vorwurf der Plünderung wollte Hermine Rigler noch sagen, dass ihr eine Frau erzählt habe, dass damals offenbar eine Anzeige gegen Verwandte des Irschik gelaufen sei, die dieser mit der Familie Rigler in Verbindung gebracht habe, wie Irschik in der oberösterreichischen Haft wiederum einem anderen Rigler-Verwandten deutlich gemacht hätte: *Wegen Eurer Paula haben wir auch ein Quirx gehabt, aber das haben wir fallen gelassen, wir haben uns den Behm geholt!* Das könne dann nur Hrozek gewesen sein, den sie sich aus Rache holten, folgerte Hermine Rigler, weil Irschik angenommen hätte, wegen ihrer Familie angezeigt worden zu sein.

Ich habe von Hrozek ein Kind. Wallner muss das damals gesehen haben, denn ich war schwanger. Deshalb wird er wahrscheinlich meine Mutter ohne mein Beisein ausgefragt haben. Bisher habe ich für das Kind noch keinerlei Unterstützung bekommen.

*

Protokoll, aufgenommen im landesgerichtlichen Gefangenenhaus Salzburg am 12.7.1947 mit dem Aushilfsaufseher Ernst Kindlinger

Ernst Kindlinger, geb. am 9.4.1908, gibt zur Wahrheit ermahnt über Befragen in der Sache des Selbstmordes des Gefangenen Plechard Franz an:

Ich hatte in der Nacht von 11.7. auf 12.7. Nachtdienst, wo ich als Wachkommandant eingeteilt war. Um 3 Uhr 55 kontrollierte ich den im Gefangenenhaus seinen Dienst versehenden Aushilfeaufseher Georg Perlinger, der ordnungsgemäß seinen Dienst versah. Gleichzeitig machte ich Stichproben mit ihm, indem ich verschiedene Zellen durch das Guckloch kontrollierte. Ich fand alles in Ordnung. Ich begab mich daraufhin wieder in das Wachlokal zurück. Unmittelbar darauf wurde ich vom Hilfsaufseher Perlinger verständigt, dass in der Zelle 77 etwas los sein müsse, da die Alarmglocke geläutet hätte. Durch das Guckloch sah Perlinger am Fußboden eine Blutlacke. Wir begaben uns beide sofort in die Zelle 77, wo wir den Gefangenen Plechard mit durchschnittenen Halsschlagadern vorfanden. Ob Plechard damals noch lebte, kann ich nicht sagen. Ich weckte sofort den inhaftierten Arzt Dr. Rißdorfer Karl sowie Krankenschwester Alberta Heckl. Beide begaben sich unmittelbar mit dem nötigen Verbandszeug in die Zelle. Der Arzt konnte jedoch nur mehr den bereits eingetretenen Tod feststellen. Ich versuchte sofort den Gefangenenhausarzt Dr. Gaube telephonisch zu erreichen, jedoch konnte ich ihn nicht erreichen. Sonst weiß ich nichts zu sagen.

*

In der Pfarrchronik Edlach heißt es zum 28. April, seit Tagen wüte ein SS-Mordkommando und erschieße und erhänge viele Leute, teils in Reichenau, teils in Schwarzau im Gebirge, wo gegenwärtig der Landrat von Neunkirchen seinen Sitz habe, teils in der Prein im Hotel Kaiserhof, also in unmittelbarer Nachbarschaft vom Pfarrhof. Als Opfer dieser zum Teil erst 17-jährigen Henker seien genannt: Frau Anna Fischer (erschossen und drei Tage zur Schau aufgehängt), Gendarmerieinspektor Wammerl (das gleiche), Frau Liesl Hofmann-Waissnix aus Gut Haaberg samt ihrem Mann und ihrer Schwester Olga Waissnix, Frau Hofrat Habietinek aus Prein, Familie Reifböck und Karasek aus Reichenau sowie noch andere, ihm weniger Bekannte, wie der zuständige Pfarrer festhielt.

Mit einigen Tagen Verspätung protokollierte er am 2. Mai: *Ein bedeutsamer Tag in der deutschen Geschichte! Der Rundfunk meldet, der Führer des großdeutschen Reiches, Adolf Hitler, sei in Berlin, im Kampf um die Reichshauptstadt, gefallen.*

*

<u>Protokoll, aufgenommen im landesgerichtlichen
Gefangenenhaus Salzburg am 12.7.1947
mit dem Aushilfsaufseher Georg Perlinger</u>

Georg Perlinger gibt zur Wahrheit ermahnt über Befragen in der Sache des Selbstmordes des Gefangenen Plechard Franz an:

Ich hatte in der Nacht vom 11. auf den 12.7.1946 Nachtdienst und war ab 3 Uhr morgens im Inneren des Gefangenenhauses zum Wachdienst eingeteilt. Um 4 Uhr wurde ich vom Wachdienst kommandierenden Aushilfsaufseher Ernst Kindlinger inspiziert. Kaum hatte sich Kindlinger entfernt, als die Alarmglocke aus der Zelle 77 geläutet wurde. Ich begab mich schnellstens zu dieser Zelle, schaltete das Licht ein, sah durch das Guckloch, worauf mir sofort der sich in dieser Zelle befindliche Gefangene Fischer zurief: ›Da hat sich einer etwas angetan, weil Blut da ist!‹ Daraufhin habe ich schnellstens Wachkommandant Kindlinger verständigt, und wir begaben uns raschestens wieder zur Zelle 77. Dort fanden wir den Gefangenen Plechard Franz mit durchschnittenen Halsschlagadern. Aushilfsaufseher Kindlinger verständigte sofort den Arzt und die Krankenschwester, während ich in der Zelle 77 verblieb. Der Gefangene gab kein Lebenszeichen, war jedoch, wie ich feststellen konnte, warm, sodass ich nicht wusste, ob er noch lebte. Aushilfsaufseher Kindlinger kam mit dem Arzt und der Schwester zurück. Der Arzt stellte jedoch nur mehr den eingetretenen Tod fest. Während dieser Feststellung war ich noch in der Zelle. Dann jedoch versah ich meinen Dienst im weiteren Gefangenenhaus weiter.

*

Immer gefährlicher habe der Kriegslärm um Reichenau getobt, wie es die Pfarrchronik Reichenau über die letzten Tage festhielt. Weit vor dem Orte, auf den Straßen nach Edlach und Hirschwang seien Absperrungen mit Tafeln errichtet worden: *Betreten lebensgefährlich, unmittelbares Kampfgebiet!* Schließlich sei man daran gegangen, den ganzen Ort in Etappen zu evakuieren. Auch Kirche und Pfarrhof seien darunter gefallen. Am

6. Mai sei ein Hauptmann in der Pfarrkanzlei erschienen und habe jeden weiteren Gottesdienst und Aufenthalt in der Kirche wegen der Gefahr für die Einwohner verboten. In der Früh des 8. Mai, so die Pfarrchronik weiter, hätten sich die deutschen Truppen über Edlach zurückgezogen. Es seien so gewaltige Detonationen erfolgt, dass es auch im Hirschwanger Ausweichquartier der dortigen evangelischen Kapelle nicht zu verantworten gewesen wäre, die heilige Messe ohne genügenden Schutz zu halten. So habe man das heilige Opfer katakombenartig im Luftschutzraum gefeiert.

*

Protokoll, aufgenommen im landesgerichtlichen Gefangenenhaus Salzburg am 12.7.1947 mit dem Justizwachkontrollor Heinrich Daller

Heinrich Daller gibt zur Wahrheit ermahnt über Befragen in der Sache des Selbstmordes des Gefangenen Plechard Franz an:

Ich habe die Aufsicht über den Zellentrakt. Auf der Zelle Nr. 77 befanden sich die Untersuchungsgefangenen Plechard Franz und Plechard wurde am 10.7.1946 vom Bezirksgericht Zell am See eingeliefert. Er war ein ruhiger Gefangener, dem keine besondere Erregtheit oder sonstige außergewöhnlichen Symptome anzusehen waren. Bei der Einlieferung wurde er genauestens visitiert. Unerlaubte Sachen wurden keine vorgefunden.

Am Mittwoch, dem 10. des Monats, war Rasiertag. Ich beauftragte den Aushilfsaufseher Lechner mit der Verteilung der Rasierapparate samt Klingen. Nach Beendigung des Rasierens wurde der Apparat mit den 2 Klingen vom Aushilfsaufseher Lechner wieder abgenommen und bei mir deponiert. Mehr kann ich nicht angeben.

*

Es sei die ganze Nacht keine Ruhe gewesen, wie die Pfarrchronik Edlach über den Morgen des 8. Mai festhielt, denn die Truppen der deutschen Wehrmacht hätten sich vom Feind gelöst und seien in den Nachtstunden Richtung Steiermark abgezogen. Viele Soldaten hätten schon ihren Stahlhelm und ihre Waffen weggeworfen. Der Rückzug der Deutschen habe bis 9 Uhr vormittags gedauert, dann sei Ruhe gewesen, unheimliche Ruhe. Edlach sei in diesen Stunden Niemandsland geworden. Um viertel zwölf habe dann ein furchtbarer Beschuss durch die russische Artillerie eingesetzt, Granaten seien über die Dächer geheult und mit Höllenlärm zerborsten. Man habe ein Krachen und Splittern gehört, als sänke das ganze Dorf in Trümmer. In einer Beschusspause seien die schweren Beschädigungen zu sehen gewesen. Danach habe es ein zweites Mal begonnen. Eine volle Stunde habe der Beschuss gewährt, dann sei es wieder still draußen geworden.

Der Pfarrer schrieb, er habe vorsichtig den Kopf hinausgestreckt und bereits den ersten Russen bei der Trafik Kobold stehen gesehen. Plötzlich sei es im Wald und auf der Adlbollerwiese lebendig geworden: zwanzig, dreißig Russen seien in Schwarmlinie heraufgekommen, das Gelände zu durchkämmen. *Wo Germanski, wo Soldat, wo Buschka?*. Man sei befangen dagestanden, eine weiße Fahne in der Hand und überwältigt von der Größe des Augenblicks.

Punkt halb eins sei es gewesen, als am 8. Mai 1945, einem Dienstag, die Russen in Edlach einmarschiert sind. Damit habe ein Durchmarsch von Fußtruppen, Pferdewagen, Kanonen, sogenannten *Stalinorgeln*, Autos, Lastautos begonnen, dass die Edlacher den ganzen Tag nichts anderes zu tun brauchten als zuzusehen. Obwohl gegen Abend ein ganzer Tross rings um die Kirche lagerte, habe er ungestört die Maiandacht halten können, die allerdings schwach besucht war, aber jedenfalls selbst an diesem Tage nicht ausgefallen sei.

*

Spital der Haftanstalt Salzburg, 12.7.1946:
An die Direktion der Haftanstalt Salzburg

Der Häftling Plechard Franz wurde am 12.7.46, 4.15 Uhr in seiner Zelle (77) mit folgenden Verletzungen aufgefunden:

An beiden Seiten des Halses je 10 cm lange und 1 cm tiefe, weit klaffende Schnittwunden mit Durchtrennen der Halsschlagadern beiderseits. Am 1. Handgelenk etwa 4 cm lange Schnittwunde an der Volarseite, ebenso am 2. Handgelenk eine seichtere, etwa 2 cm lange Schnittwunde. Die Unterlage des Verletzten war durch Blut stark durchtränkt. Der Tod ist infolge Verblutung in kürzester Frist eingetreten. In der Hand der Leiche wurde die als Werkzeug benutzte Rasierklinge aufgefunden.

*

Die Verluste, die der Gemeindebevölkerung von der SS beziehungsweise in ihrem Auftrage angetan wurden, seien groß gewesen, so protokollierte es die Reichenauer Chronik schon wenige Tage nach Kriegsende. Das erste Opfer sei der Gutsbesitzer vom Haaberg gewesen. Zunächst habe man sich von ihm bewirten lassen, dann habe man ihn an die Schwarza geschleppt, ihm den Genickschuss gegeben und ihn ins Wasser geworfen. Die Leiche habe sich bei der Wehr am elektrischen Werk in Reichenau verfangen, sei dort etliche Tage gelegen, bis man ihn endlich auf dem Friedhof beigesetzt hat. Einige Tage später seien auch die Frau und die Schwägerin des Umgebrachten verschleppt und mit noch anderen Frauen von Marmeladebrot essenden Burschen in einem Keller erschossen worden. Später seien ihre Leichen auf dem hiesigen Friedhof beigesetzt worden. Ferner sei eine Kaffeehausbesitzerin in ihrem Keller erschlagen oder erschossen und dann tagelang mit einer beschriebenen Tafel vor dem Haus hängen gelassen worden. In der Nähe der Matthiaskapelle am Waldrand seien noch sieben Menschen erschossen worden, darunter zwei Männer und drei Frauen aus Reichenau.

*

Der Zeuge Dr. Alois Kermer gibt an, 33 Jahre alt, Beamter und Reichenau Nr. 6 wohnhaft zu sein. Mit den Angeklagten weder verwandt noch verschwägert:

Ich habe Klammer gekannt. Ob dieser ein fanatischer Nationalsozialist war, weiß ich nicht. Er führte aber alle Verordnungen genau und streng durch. Zur Zeit des Zusammenbruches war ich im Krankenstand und am 1. April 1945 hielt ich mich auf der Rax auf. Ich war nicht dem

Volkssturm zugezogen worden. Von den Vorgängen zu dieser Zeit weiß ich gar nichts, nur daß ein Standgericht errichtet und der eine oder andere hingerichtet wurde. Davon habe ich aber nur vom Sprechen gehört.

Auf Befragen, ob ihm davon etwas bekannt sei, dass eine Leiche aufgehängt wurde:

Auch diesbezüglich habe ich nur gehört, dass eine Leiche von einem Soldat aufgehängt worden sei.

*

Beratungsprotokoll. Landesgericht für Strafsachen Wien als Volksgericht, Strafsache gegen Johann Braun und Gen. wegen § 1 ff Kriegsverbrechergesetz, 23.5.1947

Der Beschluss über Schuld, Strafe und Vermögensverfall bezüglich der Angeklagten Braun, Weninger, Wallner und Gosch wie im Urteilssatz aus den Urteilsgründen, unter Annahme der im Urteile angeführten Erschwerungs- und Milderungsgründe, über die Kosten des Strafverfahrens sowie deren Uneinbringlichkeit und die Anrechnung der Verwahrungs- und Untersuchungshaft, bei Braun, Weninger und Wallner für den Fall der Begnadigung, erfolgte einstimmig.

Der Beschluss über den Freispruch des Angeklagten Novotny aus den Urteilsgründen erfolgte einhellig.

Beratung am 24.5.1947

Der Staatsanwalt beantragt Abweisung einer Haftentschädigung an den Angeklagten Novotny

Beschluss und Aberkennung der Haftentschädigung an den Freigesprochenen Georg Novotny, da die Verdachtsmomente nicht restlos entkräftet sind, erfolgte einhellig.

Der Staatsanwalt beantragt, die Gnadenwürdigkeit der drei zum Tode verurteilten Angeklagten Braun, Weninger und Wallner zu verneinen, da die urteilsmäßig festgestellten Erschwerungsgründe die Tat der Angeklagten in einer abstoßenden Brutalität erscheinen lassen und besondere Gnadengründe nicht gegeben sind.

Die Frage einer allfälligen Gnadenwürdigkeit der drei zum Tode verurteilten Angeklagten Braun, Weninger und Wallner wurde sohin mit Stimmeneinhelligkeit verneint.

Elf

Du kennst den Fluss und seinen Kanal, du kennst die Brücke, das Wehr, du kennst das E-Werk und den Einlaufrechen. Die Kinder im Kurpark, auch deine beiden Mädchen waren darunter, die Flüchtlinge, die Verbote für die Kinder, erstes Geschützfeuer, Evakuierung und Krankenstand. Egal wie laut jeden Tag wieder Beschuss aus dem Talkessel heraufhallte, es geschah nichts. Der Hunger kam und blieb, doch keine Russen, kein Ende, den ganzen April nicht. Stattdessen suchst du Feuerholz jeden Tag, täuschst rechtzeitig kränkelnde Müdigkeit vor, ehe du wieder einmal deine Krankenstandsbestätigung einem Uniformierten auszuweisen hast, nie sicher über dessen Reaktion, mit jedem Tag weniger sicher, an dem dir so manches zu Ohren kam. Mit jedem dieser Tage, an denen dir die Gebrechlichkeit immer leichter fällt und die Hilfsarbeiten angesichts der stiller werdenden Kinder immer notwendiger werden. Also steigst du Tag für Tag den Wald vom Knappenhof zum Marienhof hinunter, hilfst im Stall, am Hof oder im Wald, für Brot, Eier und Milch, bringst manchmal Erdäpfel mit zurück, hie und da sogar ein kleines Stück Speck, und steigst den Wald wieder hinauf, wo die Kinder warten, an der Lichtung vor dem Knappenhof, wo sich das Geschützfeuer nicht nur einmal so laut anhört, als wäre den Russen nun der entscheidende Vorstoß gelungen. Aber nein, spätestens wenn deine Frau dir sagt, sie höre es schon gar nicht mehr, hat dich wieder nur der Wald getäuscht. Und es war wieder nichts geschehen. Es war nur Hall und Hoffnung. Jeden Tag wieder Hall und Hoffnung.

*

Landesgericht für Strafsachen Wien,
14.5.1948, 16.30 Uhr:

Vorgeführt erscheint Johann Braun und wird ihm eröffnet, dass das gegen ihn vom Landesgericht für Strafsachen Wien als Volksgericht am 24. Mai 1947 gefällte Todesurteil morgen den 15. Mai 1948 um 6 Uhr früh vollzogen werden wird, nachdem sein Wiederaufnahmeantrag abgewiesen wurde.

Der Verurteilte nimmt dies zur Kenntnis.

*

Du kennst die Waissnix, beide, du kennst die Reifböcks, den Karasek. Mit Frau Eggl hattest du beruflich ebenso zu tun wie mit Frau Wammerl. Du warst im Landrat für Gebäudefragen zuständig, deshalb kanntest du auch die Frau Kronich vom Knappenhof oder die Konried vom Marienhof. Für den Fall der Evakuierung hattest du genug Angebote zur Unterkunft, konntest vorsorgen und vorbereiten, da du alle größeren Häuser kanntest, die Hotels, die Sanatorien, die Villen und Gasthäuser. Alle Gebäude, die aufgrund des Reichsleistungsgesetzes zu militärischen Zwecken eingezogen werden konnten, wie das beim Thalhof der Waissnix der Fall war, für den du lediglich eine Enteignung verhindern konntest, während Frau Konried und Frau Kronich Glück hatten, die sich nicht einmal wehren mussten wie Frau Eggl oder wie Frau Wammerl einen Nazipächter als Eigentumsschutz akzeptieren mussten.

*

Landesgericht für Strafsachen Wien,
14.5.1948, 16.30 Uhr:

Vorgeführt erscheint Josef Weninger und wird ihm eröffnet, dass das gegen ihn vom Landesgericht für Strafsachen Wien als Volksgericht am 24. Mai 1947 gefällte Todesurteil morgen den 15. Mai 1948 um 6 Uhr früh vollzogen werden wird, nachdem sein Wiederaufnahmeantrag abgewiesen wurde.

Der Verurteilte nimmt dies zur Kenntnis.

*

Auch den Forstrat Baier hast du gekannt, der dich nicht nur vor dem Volkssturm bewahrte, sondern auch davor, von Braun als rechtskundiger Beisitzer für das Standgericht angefordert zu werden. Wie du auch den Plechard und den Klammer gekannt hast, obwohl du als Zeuge am Ende des Volksgerichtsprozesses gegen Braun und Konsorten nicht angeben konntest, ob Klammer ein fanatischer Nationalsozialist gewesen ist, und nur gesagt hast, dass er alle Verordnungen genau und streng durchgeführt habe. Von den Vorgängen aus dieser Zeit wüsstest du nichts, hast du hinzugefügt, und dass du dich ab dem 1. April im Krankenstand und auf der Rax befunden hast, als wäre das eine Erklärung dafür, nichts zu wissen. Was nicht stimmte, weil du im Zusammenhang mit deinem Krankenstand über Forstrat Baier genug erfahren hast, aber aus deinem Mund hieß es lediglich: *nur dass ein Standgericht errichtet und der eine oder andere hingerichtet wurde* – der eine oder andere, als würde es damit weniger bedeuten. Dass du genau dafür bereits angefordert warst, hast du vor jenem Gericht, vor dem du ohne den Forstrat Baier vielleicht selbst als Angeklagter gesessen wärst, nicht gesagt.

*

Landesgericht für Strafsachen Wien,
14.5.1948, 16.30 Uhr:

Vorgeführt erscheint Johann Wallner und wird ihm eröffnet, dass das gegen ihn vom Landesgericht für Strafsachen Wien als Volksgericht am 24. Mai 1947 gefällte Todesurteil morgen den 15. Mai 1948 um 6 Uhr früh vollzogen werden wird, nachdem sein Wiederaufnahmeantrag abgewiesen wurde.

Der Verurteilte nimmt dies zur Kenntnis.

*

Der Krankenstand, der Forstrat Baier und die Kletschka-Höhe, der Keller im Posthaus der Frau Eggl, der Keller im Kaiserhof gegenüber, die Hofwiese mit dem RAD-Lager, die Linde, der Wegweiser und der A-Masten in Schwarzau. Brücke, Wehr und Einlaufrechen, die spielenden Kinder, die Hauptkampflinie und der

Krankenstand. Tage und Wochen, Generalstabskarte und Geschützfeuer, Tage und Stunden, doch nur Hall, sonst nichts. Jeden Tag wieder nichts.

*

Stellungnahme des Verteidigers Dr. Rudolf Zawadil: *Als Verteidiger des Johann Braun bestätige ich den Empfang des Schreibens des Herrn Präsidenten des Landesgerichtes für Strafsachen Wien vom 14. Mai 1948, mit welchem er verständigt wurde, dass die Vollstreckung des Urteiles des Volksgerichtes Wien, ›nachdem ein gesetzliches Hindernis nicht mehr entgegensteht‹, am 15. Mai 1948 um 6 Uhr früh im Gefangenenhaus stattfindet. Als Verteidiger sehe ich mich veranlasst, das hohe Volksgericht davon in Kenntnis zu setzen, dass ich der in diesem Schreiben vertretenen Rechtsansicht, dass ein gesetzliches Hindernis zum Vollzuge nicht mehr entgegenstehe, nicht beipflichten kann.*

Nach meiner bescheidenen juristischen Ansicht beinhaltet die neuerliche Ansetzung des Exekutionsvollzuges eine Verschärfung der über den Angeklagten verhängten Todesstrafe aus folgenden Gründen:

Der erste Exekutionsvollzug war für den 12. Mai 1948 angeordnet. Der Angeklagte Johann Braun hat daher sowohl den 11. wie die Zeit vom 12. Mai, null Uhr angefangen, bis zu dem festgesetzten Termin, 12. Mai, 6 Uhr, die ganzen seelischen Qualen des zu erwartenden Todes ausgestanden. Die Erkenntnis, sterben zu müssen, die Minuten und Stunden bis zu der bestimmten Todesstunde zwangsläufig durchzuzählen, die immer kürzer werdende Lebensdauer erkennen zu müssen, das sind die

Momente, welche nach der Ansicht prominenter Gerichtsärzte und Psychiater das Qualvolle der bevorstehenden Hinrichtung darstellen. Demgegenüber ist nach wissenschaftlicher Ansicht prominenter Ärzte der eigentliche Vollzug der Todesstrafe nicht schmerzhaft, vielmehr soll der relativ schnell eintretende Tod durch Erhängen bisweilen Lustgefühle auslösen.

Da nun der Termin, 12. Mai, 6 Uhr, ohne Hinrichtung verstrichen ist, der Angeklagte jedoch vom Aufschub der Hinrichtung keine Kenntnis hatte, musste er die Qualen des zu erwartenden Todes bereits vom 11. Mai angefangen bis zum 12. Mai, 6 Uhr, durchmachen.

Durch die Anordnung des neuerlichen Exekutionsvollzuges stellt sich daher eine Wiederholung der bereits erlittenen Qualen als unumgänglich notwendig dar. Als Verteidiger gestatte ich mir pflichtgemäß die Bemerkung, dass darin eine Verschärfung der Todesstrafe zu erblicken ist. Gemäß § 50 Strafgesetz ist jedoch eine Verschärfung der Todesstrafe gesetzlich ausgeschlossen.

Ich beantrage daher die Absetzung.

Wien am 14.5.1948, 22.30 Uhr.

Dr. Rudolf Zawadil als Verteidiger des Johann Braun.

Handschriftlich: *Ich bitte aus diesen Gründen die Todesstrafe nicht zu vollziehen. Ich bitte um Gnade.*

Wien, 14.5. 1948, 23.55 Uhr.

Braun Johann

Als Verteidiger des Johann Braun verweise ich übrigens auch darauf, dass der 15. Mai 1948 ein kirchlicher Festtag ist. Am 15. Mai ist die Vigil von Pfingsten, eine vigilia privilegiata primae classis, an der der Priester bei dem heu-

te stattfindenden Hochamt (missa solemnis) bereits das rote Festgewand des Pfingstsonntags trägt. Die Vigil von Pfingsten ist kirchlich ein höherer Festtag als der 24. Dezember (Vigil von Weihnachten) und der Karsamstag (die Vigil von Ostern). Beim heutigen Hochamt wird auch das Gloria gesungen, das nur an kirchlichen Festtagen gesungen wird. Heute findet auch die Weihe des Taufwassers statt.

Beweis: Bestätigung des Seelsorgers, Vorlage des Directorium ecclesiasticum für 1948.

Es liegt daher im Sinne des Religionsbekenntnisses ein kirchlicher Festtag vor, so wie der lange Tag für die Israeliten ein Festtag ist. Gemäß § 403 Strafprozessordnung Absatz 1 darf an kirchlichen Festtagen eine Hinrichtung nicht stattfinden.

Dem Vorsitzenden des am 15.5.1948 5.30 früh zusammengetretenen Volksgerichtes persönlich überreicht.

Wien am 15. Mai 1948.

Dr. Rudolf Zawadil

*

Auch den Komposthaufen beim Marienhof der Konried hast du gekannt. Vielleicht hast du mit der Mistgabel beim Abladen das eine oder andere Mal hineingestochen. Und womöglich hat der Karasek dann darunter eine kleine Erschütterung gespürt oder ein Geräusch gehört, in einem der beiden Holzfässer unter dem Kompost. Versteckt von der Konried, nachdem er den Erschießungen auf der Kletschka-Höhe, mit Verletzungen zwar, knapp entronnen war. Davon hast du wirklich nichts gewusst. Nichts vom Karasek in den Fässern im Komposthaufen, nichts von dem versteckt ins Freie reichenden Rohr, das ihn mit Luft versorgte, nichts von seinen Schusswunden und der Flucht. Im Gegensatz zu den anderen Toten, denn auch die vor ihrem Café aufgehängte Frau Fischer hast du gekannt. Den Gutsbesitzer Hofmann genauso wie die beiden Schwestern Waissnix, den Wammerl, die Eggl, die Reifböcks und auch Karaseks Frau. Zumindest davon musst du damals gewusst haben. Wenn schon nicht von der Konried im Marienhof, die den Karasek versteckte, dann sicher von der Kronich, die dich, den Dr. Kermer, mitsamt deiner Familie zwar nicht verstecken musste, doch das Ihre tat, damit du nicht doch noch als Jurist angefordert oder gar als Simulant abgeholt wirst.

*

Antrag auf Hemmung des Vollzugs der Todesstrafe bzw. Antrag auf Vorlage an den Herrn Bundespräsidenten zwecks gnadenweiser Umwandlung der Todesstrafe in eine zeitlich begrenzte Strafe

Mit Beschluss des Präsidenten des Landesgerichtes wurde verfügt, dass ich am 15. Mai 1948, 6 Uhr früh, gemäß Urteil vom 24. Mai 1947 den Tod durch den Strang erleide.

Ich bin römisch katholisch und es darf zwingend gemäß § 403 1. Absatz Strafprozessordnung die Vollziehung der Todesstrafe niemals auf einen Sonn- oder Feiertag noch auf einen solchen Tag fallen, welcher nach dem Religionsbekenntnis des Verurteilten ein Festtag ist.

Für alle Christgläubigen ist der Pfingstsamstag ein wirklicher Festtag und ist daher die Anwendung des § 403 zwingend anzuwenden. Von dieser zwingenden Bestimmung, an die das Gericht gebunden ist, kann auch der Volksgerichtshof nicht abgehen.

Abgesehen von dieser zwingenden Bestimmung des § 403 Strafprozessordnung ist auch die Bestimmung des § 50 Strafgesetz zwingend. Nach der Bestimmung dieses Gesetzesparagraphen ist eine Verschärfung der Todesstrafe nicht möglich.

Ich bin aus Verschulden des Gerichtes neuerlich in die Todeszelle (Armensünderzelle) überstellt worden und habe alle Qualen der Stunden vor dem Tod miterleben müssen. Dies nunmehr aus Verschulden des Gerichtes.

Dass sich der Aufenthalt in der Armensünderzelle als eine Verschärfung nach dem Gesetz darstellt, ist wohl begreiflich, wenn schon der Aufenthalt in der Einzelzelle beziehungsweise die Verschärfung einer Strafe durch hartes Lager eine gesetzliche Verschärfungsart ist.

Ich stelle den Antrag auf Hemmung des Vollzuges der Todesstrafe beziehungsweise den Antrag auf Weiterleitung des Antrages an den Herrn Bundespräsidenten auf gnadenweise Umwandlung der Todesstrafe in eine zeitlich begrenzte Strafe.

Dem Vorsitzenden des am 15. 5. 1948 – 5.30 Uhr früh zusammengesetzten Volksgerichtes persönlich überreicht
Josef Weninger

*

Du kennst die Orte, du kennst die Leute, die Gesichter, die Stimmen. Das unaufhörliche Nichts zwischen 1. April und 8. Mai, den Geschützdonner und seine Echos, den Hunger und die Hoffnung, dass etwas geschieht, wie die Enttäuschung, wenn es am Ende doch wieder nur ein Wunsch war. So kennst du die Tage, in denen all das geschah, als Tage, in denen nichts geschah. Alles und nichts, von beidem zu viel. Bis zu dem Moment, als du Jahrzehnte später das erste Mal vor den Akten gesessen bist, vor hunderten von Seiten, von den ersten Einvernahmen, den Suchausschreibungen und Haftbefehlen bis zu den Anklagen, den Zeugen- und den Beschuldigtenaussagen, den Vorhalten und Fragen, den Anklageausdehnungen, der Ausscheidung mancher Stränge, den Wiederaufnahmen, den letzten Stellungnahmen, dem Urteil, seinen Schuldsprüchen und den Strafen, Gnadengesuchen und Wiederaufnahmeanträgen, Exekutionsaufschiebungen, Einwendungen und Hemmungsanträgen. Alles, von dem du ein Teil hättest sein können, und so viel Nichts, von dem du spätestens jetzt alles weißt.

*

Rechtsanwalt Dr. Felix Freund als Verteidiger des Johann Wallner erhebt Einwendungen gegen die Zulässigkeit des Vollzuges der Todesstrafe gemäß § 50 Strafgesetz und verbindet hiemit Gnadenantrag:

Als Verteidiger des Johann Wallner erhalte ich soeben (14. 5. 1948, 17 Uhr) die unerwartete Verständigung, dass der Vollzug der Todesstrafe am morgigen 15. Mai 1948 um 6 Uhr statthaben soll. Ich verweise vorerst darauf, dass am Dienstag mein Kanzleikollege als Substitut die Hemmung des Vollzuges der Todestrafe vor allem mit der Begründung beantragte, dass der Mitverurteilte Weninger einen Wiederaufnahmeantrag einbrachte und auf

Grund desselben die Hemmung des Strafvollzuges verfügt wurde. Diesem Antrag wurde stattgegeben und gleichzeitig ohne Stellung eines Antrages der Strafvollzug auch bezüglich Braun sistiert.

Auf Grund dieser Sach- und Rechtslage habe ich ernstliche juristische Bedenken, dass selbst nach Ablehnung der laufenden Anträge die Todesstrafe vollzogen werden könnte, da gewichtige Gründe dafür sprechen, dass aus dem Gesichtspunkt des § 50 Strafgesetzbuch der Vollzug der Todesstrafe unstatthaft ist. Um diese Frage in rechtlich einwandfreier Weise zu beantworten, erörtere ich die Zulässigkeit des Vollzugs des Todesurteils vorerst in Bezug auf den meist- und schwerst belastetsten Braun, wobei ich nicht erst zu betonen brauche, wie sehr jeder anständige Mensch die urteilsmäßig festgestellten Scheußlichkeiten verurteilt, aber selbst für den verkommensten Verbrecher gilt der Satz: Recht muss Recht bleiben!

Steht eine ausdrückliche gesetzliche Bestimmung selbst bei Braun dem Vollzug der Todesstrafe entgegen, muss diese eben respektiert werden und ich komme zu dem Ergebnis, dass aus den nachfolgend dargelegten Gründen allen Ernstes die Ansicht zutrifft, wonach die Wiederholung beziehungsweise Verlängerung der Todesangst über die in § 403 Strafprozessordnung vorgesehene Frist eine Verschärfung der Todesstrafe bedeutet und daher der Vollzug derselben gemäß § 50 Strafgesetz nicht zulässig ist.

§ 403 Strafprozessordnung schreibt verpflichtend vor, dass die Vollstreckung eines Todesurteils am nächsten Morgen nach dem Tag zu geschehen hat, an welchem dem Verurteilten eröffnet worden ist, dass die Strafe we-

gen nicht eingetretener Begnadigung an ihm vollzogen wird, wobei diese Eröffnung in dem in dieser Gesetzesstelle vorgeschriebenen Zeremoniell vorzunehmen ist, sodass die Todesangst eines zum Tod Verurteilten gesetzlich bis zum nächsten Morgen nach dem Tage begrenzt ist, an welchem der Verurteilte erfährt, dass der Gerechtigkeit freier Lauf gelassen wurde. Es ergibt sich nun die Frage, ob eine ohne Verschulden des Delinquenten herbeigeführte Wiederholung beziehungsweise Verlängerung dieser in § 403 Strafprozessordnung endgültig vorgesehenen Frist eine Verschärfung bedeutet und daher der Vollzug der Todesstrafe gemäß § 50 Strafgesetz unzulässig ist.

Es war vor allem Heinrich Lammasch, der in seiner bekannten Abhandlung »Über das Verbot der Verschärfung der Todesstrafe« unternommen hat nachzuweisen, dass durch die Bestimmung des § 50 Strafgesetz nur jene Verschärfungen beseitigt werden sollten, die nach der früheren Gesetzgebung mit der Todesstrafe verbunden werden konnten: zu verhüten und zu verbieten, dass durch richterlichen Spruch, also urteilsmäßig, die Todesstrafe verschärft wird.

Zur Natur der Todesstrafe aber gehört nach ständiger Übung und ausdrücklicher gesetzlicher Vorschrift, dass über jedes Urteil – auch ohne Antrag des Verurteilten – in einem formellen Verfahren darüber entschieden wird, ob der Verurteilte der Gnade des Bundespräsidenten empfohlen wird und erst nach dieser Entscheidung endgültig und unabänderlich dem Delinquenten kundgemacht wird, dass nunmehr die Gerechtigkeit freien Lauf habe und zu einer ihm angegebenen Stunde des nächsten Morgens der Henker den Strick um seinen Hals legen werde; von diesem Moment an befinde sich der zum Tod Verurteilte in der Armensünderzelle, ständig wohlbewacht, er nimmt die Tröstungen der Religion entgegen und bereitet sich auf seinen unabänderlichen Tod vor.

Ist es notwendig erst darzutun, dass solche Stunden der Qual mehr als körperliche Schläge, mehr als ein Zwicken und Zwacken bedeuten, womit früher die Todesstrafe verschärft wurde. Psychische Schmerzen seien ärger als physische und der Gesetzgeber anerkennt dies ausdrücklich in der Gesetzgebung und Rechtssprechung des Kriegsverbrechergesetzes, wonach das unberechtigte Versetzen in einen qualvollen Zustand als ein Verbrechenstatbestand qualifiziert wird. Es kann daher keinem Zweifel unterliegen, dass eine Wiederholung oder Verlängerung der Todesstrafe eine Verschärfung des Strafvollzuges der Todesstrafe bedeutet und daher der Vollzug der Todesstrafe aus dem Gesichtspunkte des § 50 Strafgesetz dort unzulässig ist, wo der Betreffende diese Verschärfung nicht verschuldete.

Braun aber habe gegenständlichenfalls überhaupt keinen Antrag auf Hemmung des Strafvollzugs eingebracht, dies wurde vielmehr vom Gericht von Amts wegen verfügt, weil sich das Gericht sagte, dass eine Auswirkung des dem Wiederaufnahmeantrages des Weninger stattgebenden Erkenntnisses auch auf Braun möglich sei. Um wie viel mehr aber muss nach natürlichem Rechtsgefühl dies bei dem im Verhältnis zu Braun weniger belasteten Wallner gelten! Besagt doch die Entscheidung des Gerichtes nicht mehr und nicht weniger, als dass die Vollstreckung von Amts wegen auch gegen Wallner hätte aufgeschoben werden müssen, sobald dem Hinrichtungssenat bekannt wurde, dass über einen Wie-

deraufnahmeantrag des Weninger die Vollziehung dessen Todesurteiles aufgeschoben wurde!

Wenn ich vorstehend zu begründen versuche, dass aus Rechtsgründen eine Verschärfung des Strafvollzuges der Todesstrafe ausgeschlossen ist, deckt sich dies mit eingewurzelter Rechtsauffassung, die wir am besten aus den schlichten und dabei großartigen Formen unseres Rechtslebens sehen. In dem Vollzug und der Art dieser Strafe wurde früher der Wille der Gottheit erblickt, und der Volksglaube wähnt, diesen Willen zu erblicken, wenn beim Vollzug der Todesstrafe beim Henken der Strick reisst, oder bei der Enthauptung das Richtschwert zerbricht; nach eingewurzelter Rechtsauffassung ein Beweis, dass die Gottheit das Opfer nicht wolle und die Todesstrafe nicht vollzogen werden dürfe, wie nach anderen Formen des Rechtslebens dann der Versuch der Tötung nicht wiederholt werden darf, wenn beispielsweise der zum Wassertod Verurteilte nicht untergeht, wenn also das Element ihn sinnbildlich dem Leben zurückgibt.

Niemand kann und wird die Scheußlichkeiten verkennen, die das Urteil rücksichtlich sämtlicher Verurteilter feststellt. Aber auch rücksichtlich des ärgsten Verbrechers und scheußlichster Verbrechen gilt im Namen der Gerechtigkeit der unabdingbare Grundsatz des § 50 Strafgesetz, und ich glaube beachtliche Gründe dafür beigebracht zu haben, dass selbst für Braun der nunmehrige Vollzug der Todesstrafe eine Verschärfung des Strafvollzuges bedeuten würde. Um wieviel mehr für Wallner, der nach den Urteilsfeststellungen in minderer Schuld steht.

Man sagt nicht, Wallner habe durch seinen Antrag die Verlängerung und Wiederholung der Todesangst selbst verschuldet, denn dieser Antrag wurde – wie aus der Sachverhaltsdarstellung hervorgeht – erst dadurch ausgelöst, dass der Verteidiger Weningers einen Wallner unbekannten Wiederaufnahmeantrag einbrachte, und es wäre im höchsten Maß unbefriedigend, Braun, nicht jedoch Wallner, die Wohltat des § 50 Strafgesetz zu gewähren.

Sollten jedoch meine rechtlichen Erwägungen nicht durchdringen, wird zuzugeben sein, dass in diesem besonders gelagerten Fall die dargelegten Umstände solcher Art und Schwere sind, dass es geboten erscheint, dass hiezu im Gnadenweg neu Stellung genommen wird. Ich mache daher die obigen Ausführungen auch zum Gegenstand dieses Gnadenantrages und bitte, denselben mit Begutachtung zur Entscheidung vorzulegen, wegen der Besonderheit des Falles und der Gewichtigkeit der vorgetragenen Gnadengründe aber die Hemmung des Strafvollzuges bis zur Entscheidung über diesen Gnadenantrag zu sistieren.

Dem Vorsitzenden des am 15.5.1948, 5.30 früh, zusammengetretenen Volksgerichtes persönlich überreicht.

Dr. Felix Freund

Null

Und du, wer bist du in dem Augenblick? Als Roman Kneissl, Leopoldine Landskorn, Elisabeth oder Olga Waissnix, Oskar Wammerl, Alfons Sterk oder Alois Kermer: Bist du Anmaßung, Ahnung oder notwendigerweise beides? Kaum endet jedes Ich hier zwischen Einvernahme, Denunziation, Zeugenaussage, Gnadenbitte, Hoffnung oder Angst, wo es an ein Du grenzt, das dich auf dem bloßen Papier nun anblickt und fragt, wer du bist.

*

Das Landesgericht für Strafsachen Wien als Volksgericht hat heute in nichtöffentlicher Sitzung nach Anhörung des Staatsanwaltes den Beschluss gefasst: Das Gesuch des Verurteilten Johann Braun um gnadenweise Umwandlung der über ihn mit dem Urteil des Volksgerichtes Wien vom 24. 5. 1947 verhängten Todesstrafe in eine Freiheitsstrafe wird mangels besonderer berücksichtigungswürdiger Gründe zurückgewiesen. Gegen den Beschluss findet gemäß § 411 Strafprozessordnung keine Beschwerde statt.

Gründe: Die Vollstreckung des Todesurteiles an Johann Braun wurde mit Verfügung des Präsidenten des Landesgerichtes für Strafsachen Wien vom 14. 5. 1948 für den 15.5.1948, 6 Uhr früh, angeordnet. Eine halbe Stun-

de vor der angesetzten Exekution überreichte der Verteidiger des Verurteilten Johann Braun ein Gnadengesuch. Abgesehen davon, dass ein in einem solchen Zeitpunkt überreichtes Gnadengesuch gemäß § 403 Strafprozessordnung die Vollstreckung der Todesstrafe nicht hemmen könnte, war dem Gnadengesuch aber auch inhaltlich mangels besonders berücksichtigenswürdiger Gründe ein Erfolg zu versagen.

Bezüglich des Verurteilten Johann Braun war bereits für den 12.5.1948, 6 Uhr früh, der Exekutionsvollzug angeordnet gewesen. Mit Rücksicht auf Wiederaufnahmeanträge, die von den beiden Mitangeklagten Weninger und Wallner eingebracht worden waren, die zur Aussetzung des Exekutionsvollzuges bezüglich der beiden Mitangeklagten geführt haben, wurde amtswegig auch der Exekutionsvollzug hinsichtlich des Johann Braun gehemmt. Der Verteidiger des Verurteilten Johann Braun vertrat nun die Ansicht, dass dieser seinerzeitig vereitelte Exekutionsvollzug im Falle einer nunmehrigen Vollziehung der Todesstrafe eine unzulässige Verschärfung desselben beinhalten würde. Diese Ansicht ist irrig.

Heinrich Lammasch schrieb hiezu in einem grundlegenden Artikel, »Über das Verbot der Verschärfung der Todesstrafe«, in Nummer 7 der Österreichischen Gerichtszeitung aus dem Jahre 1897, dass die Bestimmung des § 50 Strafgesetz bloß den Zweck habe, zu verhüten und zu verbieten, dass durch richterlichen Spruch, also urteilsmäßig, die Todesstrafe verschärft werden solle.

Diese Gesetzesbestimmung ist nur historisch zu erklären. Sie sollte verhindern, dass der zur Todesstrafe Verurteilte beispielsweise vor der Vollstreckung auf der Schandbühne ausgestellt werde. Nachdem dann die Aus-

stellung am Pranger durch die Entschließung vom 22. 5. 1848 grundsätzlich aufgehoben wurde, war das Verbot der Verschärfung der Todesstrafe eigentlich überflüssig geworden. Dass die Bestimmung des § 50 Strafgesetz dennoch in der Neuausgabe des Strafgesetzbuches mit hinübergenommen wurde, findet seinen Grund entweder in einem bloßen Übersehen oder vielleicht mit größerer Wahrscheinlichkeit darin, dass eine übelwollende Missdeutung seiner Hinweglassung vermieden werden sollte. Aus diesen Darlegungen ergibt sich, dass die Ausführungen der Verteidigung in Bezug auf § 50 Strafgesetz ins Leere gehen.

Was den auf die gleichen Gründe gestützten Gnadenantrag der Verteidigung und des Verurteilten Johann Braun selbst anlangt, so hat das Volksgericht angesichts des reichen Sündenregisters des Verurteilten in dem geltend gemachten Umstand keinen besonders berücksichtigungswürdigen Umstand erblickt, weshalb wie oben zu entscheiden war.

Sitzung am 15.5.1948, 5 Uhr 30 früh. Beschluss einhellig.
Wien, am 15.5.1948

*

Es habe nie aufgehört, sagte Leopoldine Landskorn zu dir, Alois Kermer, als du sie Ende der 1990er-Jahre in London das erste Mal getroffen hast. Du nickst, fragst nicht nach, es war bei dir nicht anders gewesen, auch wenn es lange gedauert hatte, bis es dir aufgefallen war. So seid ihr voreinander gesessen, das Mädchen von damals, unverkennbar selbst an der älter gewordenen Frau, und ihr gegenüber ein alter Mann. Sie zu finden, war nicht schwer gewesen. Ganz im Unterschied zu ihrer Mutter, deren Name in den Aufzählungen der Zeugen manchmal schon gefehlt hatte, als Marie Landskorn zweifellos noch in dem Preiner Keller eingesperrt gewesen sein musste.

Übereinstimmung gab es nur darin, dass sie unter den insgesamt 14 verhafteten Personen gewesen war, die am 24. April 1945 in den Keller des alten Posthauses der Eggl geführt worden waren. Darin deckten sich die Aussagen der beteiligten Gendarmen mit jener des ebenfalls dort festgehaltenen Karasek, der sie als Reichenauer Ortsbewohnerin gekannt hatte. Bei den meisten anderen Zeugenaussagen konnte man nur von den jeweils genannten Zahlen ausgehen. So sprach der Gendarm Irschik von 14 Leuten, die im Keller der Eggl verköstigt worden seien. Genauso wie Aloisia Kubesch, die die Suppen gekocht hatte. Am Abend des 25. April habe Irschik laut eigener Aussage die *ersten Fünf* zur Abholung aus dem Keller gerufen. Daraus wären schließlich sechs geworden, da Karasek noch seine Frau hinzureklamierte. Das stimmte mit der Aussage Aloisia Kubeschs überein, die inklusive der ebenfalls am 25. freigekommenen Marie Wammerl insgesamt sieben vorzeitig aus dem Keller *Entlassene* zählte. Dementsprechend wären, wie auch Kubesch und Irschik unabhängig voneinander anführten, sieben Menschen noch einen Tag länger in dem Keller verblieben. Doch nur sechs seien dann am nächsten Vormittag über die Straße in das Hotel Kaiserhof geführt worden, wie Aloisia Kubesch anhand einer Augenzeugin wusste, die darunter auch ihre Schwester Johanna Eggl gesehen hatte. Und sechs, nicht sieben, nannte auch der Holzarbeiter

Monl, der im Kaiserhof als Melder stationiert und Augenzeuge gewesen war, wie die Frauen im Abstand von jeweils wenigen Minuten über die schmale Straße zwischen dem Eggl-Haus und dem Kaiserhof gebracht und daraufhin im Keller erschossen worden seien. Sechs Frauenkörper waren es, wie Irschik bestätigte, der sie kurz darauf im Keller zählte, ohne noch ein Lebenszeichen an ihnen wahrzunehmen. Sechs Leichen, für die Plechard am selben Tag beim Totengräber von Prein eine Grube hinter der Friedhofsmauer in Auftrag gab, um sie zu begraben.

Als die Grube später geöffnet wurde, war der Totengräber Weinzettl dabei, wie er vor dem Volksgericht aussagte. Name für Name nannte der Totengräber die aus der Grube neben dem Friedhof exhumierten Leichen: *Frau Habietinek, Anna Frindt, Frau Eggl und die beiden Waissnix und Weitzbauer.* Und er fügte hinzu: *Wohin Frau Landskorn gekommen ist, weiß ich nicht.*

*

Das Landesgericht für Strafsachen Wien als Volksgericht hat heute in nichtöffentlicher Sitzung nach Anhörung des Staatsanwaltes den Beschluss gefasst: Das Gesuch des Verurteilten Josef Weninger um gnadenweise Umwandlung der über ihn mit dem Urteil des Volksgerichtes Wien vom 24.5. 1947 verhängten Todesstrafe in eine Freiheitsstrafe wird mangels besonderer berücksichtigungswürdiger Gründe zurückgewiesen. Gegen den Beschluss findet gemäß § 411 Strafprozessordnung keine Beschwerde statt.

Gründe: Der Verteidiger des Verurteilten Josef Weninger hat bereits vor der ursprünglich für 12.5.1948 angesetzten Vollstreckung des Todesurteils einen Wiederaufnahmeantrag eingebracht. Auf Grund des Wiederaufnahmeantrages ist es dann zur Vollstreckung des Urteils nicht gekommen. Der eingebrachte Wiederaufnahmeantrag hat sich inzwischen als unstichhaltig erwiesen, weshalb er abgewiesen wurde.

Die Verteidigung des Verurteilten Josef Weninger hat nun ein Gnadengesuch um Umwandlung der Todesstrafe in eine Freiheitsstrafe mit der Begründung eingebracht, dass es eine unzulässige Verschärfung der Todesstrafe bedeuten würde, Josef Weninger nochmals den Seelenqualen auszusetzen, die mit der Erwartung der Hinrichtung in der Armensünder-Zelle und der Verabschiedung von seinen nächsten Verwandten verbunden sind. Dieser Argumentation kann sich das gefertigte Gericht nicht anschließen. Auf diese Weise könnte jede Exekution durch die Einbringung eines ungerechtfertigten Wiederaufnahmeantrages illusorisch gemacht werden. Im übrigen irrt die Verteidigung auch in der Auslegung der Bestimmung des § 50 Strafgesetz.

Sitzung am 15.5.1948, 5h30 früh. Beschluss einhellig.
Wien, am 15.5.1948

*

Sie spüre bis heute den Windstoß, sagte Leopoldine Landskorn, mit dem die Tür vor den Gendarmen zugeknallt wäre, wenn ihre Mutter nicht so schnell mit dem Fuß dazwischengegangen wäre. Und sie spüre auch diesen Fuß, als wäre es ihre eigene Bewegung gewesen. Ihre letzte Bewegung, bevor die Mutter verschwand. Hinter der Tür, wie vor ihren Augen. So als wäre das die entscheidende Bewegung gewesen. Gefolgt von der Automatik, jetzt vor der kleinen Schwester ruhig zu bleiben wie Tage davor bereits im Kurpark. Als sei sie dort schon die Mutter gewesen. Allein deshalb habe sie sich auch keinerlei Hoffnung erlaubt, als an einem der ersten Tage nach Kriegsende auf einmal der Herr Karasek auftauchte, von dem es hieß, man habe ihn mitsamt seiner ganzen Familie, der Frau und den Schwiegereltern, umgebracht. Selbst von den Tagen und Wochen, in denen Karasek nicht aufhörte, nach den Toten zu suchen, die er nach und nach auch fand, seien ihr weder Hoffnung, Angst, nicht einmal Träume erinnerlich. Nur die Namen der Toten und die Angaben zu den Fundorten seien ihr bis heute geblieben. Die beiden Gruben außerhalb des Friedhofs von Prein. Die eine leer, die andere mit der Frau Habietinek, der Frau Frindt, Eggl, der Frau Weitzbauer und den beiden Waissnix. Auch die Grube auf der Kletschka-Höhe sei bald ausgeforscht und geöffnet worden. Einzig von jener an der Preiner Sonnleiten, Monate später sei das gewesen, hätte sie noch vor der Exhumierung erfahren. Hoffnung habe sich dennoch keine mehr gerührt. Bis es irgendwann Angst vor jeder weiteren Suche geworden war, Abwehr und Scheu, die erst verschwanden, als es Jahre später nur mehr um bürokratische Fragen nach dem fehlenden Totenschaubefund und der offiziellen Todeserklärung ihrer Mutter ging.

*

Das Landesgericht für Strafsachen Wien als Volksgericht hat heute in nichtöffentlicher Sitzung nach Anhörung des Staatsanwaltes den Beschluss gefasst: Das Gesuch des Verurteilten Johann Wallner um gnadenweise Umwandlung der über ihn mit dem Urteil des Volksgerichtes Wien vom 24. 5. 1947 verhängten Todesstrafe in eine Freiheitsstrafe wird mangels besonderer berücksichtigungswürdiger Gründe zurückgewiesen. Gegen den Beschluss findet gemäß § 411 Strafprozessordnung keine Beschwerde statt.

Gründe: Nur der Vollständigkeit halber sei noch bemerkt, dass alle Schlüsse, die die Verteidigung aus dem Umstand zog, dass allenfalls der Hauptbeschuldigte Braun begnadigt würde, während die nicht im selben Maße belasteten Mitangeklagten Weninger und Wallner hingerichtet werden sollten, sich dadurch erledigen, dass auch das Gnadengesuch des Verurteilten Johann Braun zurückgewiesen wurde.

Sitzung am 15.5.1948, 5h30 früh. Beschluss einhellig.
Wien, am 15.5.1948

*

Als du damals Leopoldine Landskorn getroffen hast, hattest du in den Akten bereits festgestellt, dass ihre Mutter auch für die zuständigen Behörden oft nicht einmal mehr ein Phantom gewesen war. Geschweige denn dass nach ihr gesucht wurde. Trotz der Aussagen des Gendarmen Irschik, des Melders Monl, der Aloisia Kubesch und des Totengräbers berichtete der Gendarmerieposten Prein noch im April 1946 an das Landesgericht für Strafsachen in Wien, dass keine Personen mehr abgängig seien, *die vom Blutgericht der NSDAP Braun ermordet wurden*. Und obwohl mit Franz Karasek ein Mitverhafteter von Marie Landskorn 1945 Bügermeister von Reichenau wurde, fehlte ihr Name auf der ersten, von der Gemeinde für das Gericht in Wien erstellten Liste mit von der SS ermordeten Personen, sie tauchte erst vor dem Prozess in einer vom Gendarmerieposten Prein nachgetragenen Liste auf. Doch auch das löste keine weiteren Recherchen aus, sie blieb verschwunden, als hätte es sie nie gegeben. Weshalb der Familie vorerst auch keine finanzielle Hilfe von Amts wegen zugesprochen werden konnte, bis Leopoldines Großmutter nach entsprechender Frist im Jahr 1955 ein Verfahren beim Bezirksgericht Wiener Neustadt beantragen konnte, um ihre Tochter Marie Landskorn für tot erklären zu lassen

*

Protokoll vom 15.5.1945 über den Vollzug der Todesstrafe an 1.) Josef Weninger, 2.) Johann Wallner und 3.) Johann Braun

Als Gerichtskommission anwesend O. L. G. R. Dr. Jellinek, O. L. G. R. Dr. Brik, R. Dr. Fiala, R. A. A. Dr. Harald Schwarz als Schriftführer, Dr. Liebisch als Staatsanwalt, Dr. Norbert Wölkart als Gerichtsarzt.

Gleichzeitig sind auch die Anwälte der drei zu justifizierenden Delinquenten, und zwar Dr. Josef Stürzenbaum, Dr. Felix Freund und Dr. Rudolf Zawadil erschienen, welche niedergelegt in einem Schriftsatz geltend machen, dass der Strafvollzug im Sinne des § 403 Strafprozessordnung nicht statthaben könnte, weil der Pfingstsamstag wegen der an diesem Tage nach der Liturgie der röm.kath. Kirche vorgeschriebenen Vigilien nach dem Glaubensbe-

kenntnis der zu justifizierenden 3 Delinquenten als Angehörige der röm.kath. Kirche als Festtag anzusehen sei.

Weiters wird festgestellt, dass der Pfingstsamstag wohl wegen der für diesen Tag vorgeschriebenen Vigilien nach der Liturgie der röm.kath. Kirche für diese ein Feststag, für die Angehörigen des röm.kath. Glaubensbekenntnisses aber kein gebotener Feiertag ist, an welchem der Besuch der hl. Messe vorgeschrieben und die Verrichtung knechtlicher Arbeiten verboten ist.

Da somit auf Grund dieser Feststellungen dem Strafvollzuge nichts im Wege steht, ordnet der in Vertretung des Präsidenten des Landesgerichtes für Strafsachen Wien, bei welchem das Urteil gefällt worden ist, mit dem Vollzug betrauten Vize-Präsident Dr. Fischer im Sinne des § 397 Strafprozessordnung den Vollzug der Todesstrafe an Josef Weninger, Johann Wallner und Johann Braun an.

*

Erkenntnis über den Beweis des Todes:

Auf Antrag der Mutter Anna Anner, wohnhaft in Payerbach, Hauptstraße 13, NÖ, wird nach amtlicher Untersuchung und fruchtlosem Verlauf der Aufgebotsfrist als bewiesen erkannt, dass Marie Anna Landskorn, geb. Anner, geboren am 18. Juni 1910 in Schmidsdorf, als eheliche Tochter des Florian Anner und der Anna, geb. Münster, eingetragen im Geburtenbuch des Pfarramtes Payerbach, Jahr 1910, Reihezahl 34, österreichische Staatsangehörigkeit (heimatberechtigt in Schlatten), verwitwet, Beruf Haushalt, zuletzt wohnhaft in Reichenau, Jägerzeile 2, am 26.4.1945 in Prein an der Rax von einem SS-Kom-

mando erschossen wurde. Gleichzeitig wird der 26.4.1945 als jener Tag bestimmt, den die Genannte nicht überlebt hat.

Begründung: Der Ausspruch gründet sich auf die durchgeführten Erhebungen, insbesondere auf die glaubwürdigen Angaben des Stefan Janda, Thomas Irschik, Franz Karasek als Auskunftspersonen aus den Urteilsgründen des Urteils des Volksgerichtshofes Wien, VG 1b Vr 1693/45, und den unbedenklichen Angaben der Antragstellerin. Hiedurch ist festgestellt und erwiesen, dass Maria Landskorn in der Nacht vom 24. auf den 25.4.1945 aus politischen Gründen (Umgang mit Kriegsgefangenen und Ostarbeitern) über Auftrag des Mordkommandos des ehemaligen Kreisleiters Braun von Gendarmeriebeamten aus ihrer Wohnung in Reichenau festgenommen, nach Prein an der Rax gebracht und am 26.4.1945 mit anderen Häftlingen von einem SS-Kommando erschossen wurde. Da der Todestag nicht eindeutig festgestellt werden konnte, wurde gemäß § 21 (7) Todeserklärungsgesetz der 26.4.1945 als jener Tag bestimmt, den die Genannte nicht überlebt hat.

Kreisgericht Wiener Neustadt am 10.10.1955

*

Sohin wird die Todesstrafe durch den Strang an den drei Vorgenannten in Vollzug gesetzt und zwar:
an erster Stelle an Josef Weninger.
Der Gerichtsarzt meldet den Eintritt des Todes um 6 Uhr 30;
an zweiter Stelle an Johann Wallner.
Der Gerichtsarzt meldet den Eintritt des Todes um 6 Uhr 35;
an dritter und letzter Stelle an Johann Braun.

Der Gerichtsarzt meldet den Eintritt des Todes um 6 Uhr 41. Hiemit ist der angeordnete Strafvollzug ausgeführt und beendet.

Wien, am 15.5.1948

*

Dann erzählte dir Leopoldine Landskorn noch etwas anderes: 1951/52 habe ihre kleine Schwester Ida als Dienstmädchen im Gasthaus Schiffauer in Nasswald unweit von Schwarzau gearbeitet. Ein Holzknecht, der dort Stammgast war, habe sie einmal in berauschtem Zustand bedrängt. Als er den Namen des Dienstmädchens erfuhr, habe er sich damit gerühmt, 1945 mit einem anderen gemeinsam eine Frau erschossen und mit Steinen erschlagen zu haben. Daraufhin sei nach einer Ermordeten gesucht worden, und tatsächlich habe man in der Nähe eines anderen Gasthauses, an der Kreuzung nach Schwarzau, eine Frauenleiche gefunden.

Ihrer Großmutter Anna Anner seien Kopf, Knochenstücke, Reste von Kleidern und ein Teppichstück vorgelegt worden, um ihre abgängige Tochter Maria Landskorn zu identifizieren, allerdings habe sie für die Gendarmerie, wie es hieß, *keine klärenden Feststellungen* treffen können. Zudem sei ihr nahegelegt worden, die Angelegenheit nicht weiter zu verfolgen, weil ihr sonst persönliche und finanzielle Schwierigkeiten erwüchsen.

All dies habe die Großmutter ihr, die sie seinerzeit bereits nach England übersiedelt war, in einem Brief geschrieben, der Jahre später bei einem Zimmerbrand vernichtet wurde. Dass zu diesem Vorfall weder bei der Gemeinde Schwarzau noch beim dortigen Gendarmerieposten oder bei Gericht irgendein Hinweis erhalten geblieben ist, sei kaum zu glauben. Da der besagte Holzknecht einer Bekannten in Payerbach aber in den 1990er-Jahren noch einmal erzählte, etwas über den Leichenfund zu wissen, hast du eine Sachverhaltsdarstellung verfasst und der Staatsanwaltschaft Wiener Neustadt übergeben, die Ermittlungen hätten jedoch kein Ergebnis gebracht, das Aufschluss über das wahre Schicksal von Marie Landskorn hätte geben können. Ein darauf folgendes Ersuchen an das Bundesministerium für Inneres, die im Zuge dieser Ermittlungen gemachten Angaben des ehemaligen Holzknechtes, er sei in einer SS-Freiwilligen-Division bis 5. September 1944 in Lüttich, danach als vermisst gemeldet und bis zu seiner Heimkehr am 28. Dezember 1945 in englischer Gefangenschaft gewesen, bei den englischen Behörden überprüfen zu lassen, sei nicht einmal beantwortet worden.

Leopoldine Landskorn habe daraufhin aus Eigenem Nachforschungen betrieben, doch keine weiteren Hinweise gefunden, die die Angaben des Holzknechts bestätigten. Auch Anfragen bei jenen, die noch als Zeugen hätten dienen können, blieben unbeantwortet. Jahrzehnte später wollte davon niemand mehr etwas wissen.

Nachbemerkung

Alois Kermers Recherchen befanden sich in einem spiralgebundenen Typoskript. Begonnen hatte er seine Nachforschungen im Jahr 1993, als er feststellte, dass die historische Reihe der Heimatbücher der Kurgemeinde Reichenau mit den Jahren des Nationalsozialismus abbrach. Obwohl es über Regime und Gesellschaft in der Sommerfrischenidylle zwischen Semmering und Rax genug zu erzählen gab, wie er als Einwohner von Reichenau aus eigener Erfahrung wusste.

Alois Kermer hatte sich nicht aufgedrängt, doch den für die Herausgabe der Heimatbücher Zuständigen mangelte es an Zeit, weshalb man ihn, den pensionierten Juristen, ersuchte, sich der Sache anzunehmen, die Geschehnisse zu recherchieren und zu dokumentieren. Kermer sichtete fortan Akten und Protokolle, er forschte nach Lebensdaten, Zeitzeugen, befragte Überlebende und Nachkommen der Toten, glich Dokumente und Aussagen ab, stellte Chronologien und Zusammenhänge her, überprüfte Befehlsketten und ordnete Verantwortlichkeiten. Nach jahrelanger Arbeit übergab er die abgeschlossene Dokumentation im Jahr 2002 der Gemeinde Reichenau. Dort reagierte man vorerst nicht, und selbst auf Nachfrage dauerte es Monate, bis man dem mittlerweile 89-Jährigen im November 2002 mitteilte, dass an die versprochene Veröffentlichung nicht mehr gedacht werden könne.

Die gesamte Dokumentation wäre wohl für immer Privatsache geblieben, hätte nicht ein Beamter in Person des Reichenauer Standesamtsleiters Hermann Scherzer an der unermüdlichen Arbeit Kermers Anteil genommen. Scherzer sicherte sich eine Kopie des Typoskripts, ehe Alois Kermer 2006 verstarb: jenes spiralgebundene Exemplar mit dem Titel *Erinnerungen an Reichenau a. d. Rax in schwerster Zeit*, das er mir wiederum Jahre später, im Dezember 2014, in die Hand drückte. Ob ich als Schriftsteller etwas daraus machen könne, fragte mich Scherzer. Doch so ungeheuer einprägsam Kermer anhand der gesammelten Fakten zum Vorschein brachte, was sich in einer Zeit zugetragen hatte, in der Niedertracht und Bosheit keine Befehle mehr brauchten, um aus Mitbürgern und Kollegen Täter zu machen, so anmaßend erschien es mir, *etwas daraus zu machen*. Keine Fiktion könnte dem je gerecht werden, was Kermer über die Schicksale der Opfer dokumentiert hatte. Entsprechend erleichtert war ich, als Scherzer die umfangreichen Ergebnisse von Kermers Arbeit im Jahr 2016 sorgsam ediert als Sachbuch herausgab.

Im Spätsommer 2023, also fast neun Jahre, nachdem ich das Typoskript gelesen hatte, saß ich auf einmal doch vor einem Roman. Wenige Wochen davor war ich auf eine geschichtswissenschaftliche Arbeit gestoßen, die einen Überblick über den Volksgerichtsprozess von 1947 gegen Braun und die anderen gab. 2008 von Martin Zellhofer, einem Journalisten und Buchautor, publiziert, hätte ich sie die gesamte Zeit über kennen können, während ich überzeugt gewesen war, dass Kermer alles zutage gefördert hatte, was sich über die Vorgänge in den letzten Wochen vor Kriegsende in Reichenau, Prein und Schwarzau erzählen ließ.

Nun stapelten sich die Akten in hohen Bündeln vor mir. Ich blickte auf das erste Deckblatt unter der festen Verschnürung, eingerissen und dünn, verblichenes

Aktenrosa, handschriftlich, in Blockbuchstaben und unterstrichen, darauf: AKTEN SIND AUFZUBEWAHREN! Es war ein schwüler Tag Ende August, im Leseraum des Archivs herrschte die übliche Stille, unterbrochen vom Klicken der Digitalkameras, die den meisten Forschenden nunmehr den Kopierapparat ersetzten, vom kaum hörbaren Geräusch umgeblätterter Seiten, in schneller Folge oder langsam, doch immer unter dem Eindruck einer Gebanntheit, mit einer Konzentration und Erwartung, die man nur an solchen Orten derart ruhig erlebt.

Ich löste den sorgfältig geknüpften Knoten des ersten Stapels, fotografierte das Deckblatt, blätterte um, überflog das nächste Blatt, fotografierte, überflog das übernächste, fotografierte und fotografierte, bis das Archiv an diesem Nachmittag zusperrte, kam am nächsten Tag wieder, um nichts anderes zu tun, kam einen dritten, einen vierten Tag, tat an keinem dieser Tage etwas anderes, konnte mir kaum etwas notieren, konnte kaum denken, sondern stand mit meiner Handykamera vor diesen Aktenbergen, legte leise Blatt um Blatt von der einen Seite auf die andere und hörte nichts als dieses Reden, aufgehoben in diesen Akten, das ich so nah noch nie gehört hatte.

Keine berühmten Nazis reden hier, keine der berüchtigten Namen. Zuerst bleiben sie lapidar, dann versuchen sie es harmlos, sprechen, als würden sie damit Normales beschreiben, dann schieben sie Verantwortung ab, die Größeren auf die Kleineren, die Kleineren auf die noch Kleineren und immer weiter, während durch alle Ränge abwärts nur zu deutlich wird, dass jeder die eigenen Taten auf andere schieben muss, weil sie alle abseits der Befehlsketten das Böse nicht nur zuließen, den Mord, die Denunziation, die Massakrierung, sondern jede Gelegenheit aus eigenem Antrieb nutzten.

Das ist ihre Sprache, dokumentiert auf über tausend Seiten von Einvernahme- und Prozessakten. Eine Sprache, die immer wieder in jenem Konjunktiv landet, der die Wirklichkeit jeder Tat zur bloßen Annahme aushöhlt. Mit einer Ausnahme: Heinrich Spielbichler. Er, der als einziger Widerstand zu leisten versuchte, beschreibt in einem noch 1945 verfassten Gedächtnisprotokoll auch all jene Momente, in denen er gehorchte, um nicht selbst auf der Stelle umgebracht zu werden. Während die Täter in ihren Aussagen ein ums andere Mal abbogen, als wäre alles lediglich ein theoretisches Planspiel. So sprachen sie bis zum Ende des Prozesses, der ihnen gemacht wurde, bis zum Galgen, an dem die drei Haupttäter landeten. Es ist ein Sprechen, das sich hämisch gegen andere richtet, die eigene Täterschaft bestenfalls erstaunt mit übergeordneter Notwendigkeit eingesteht, derart verdreht, als könnten gerade sie als Täter doch nichts anderes als Opfer sein. Es ist diese Sprache, die beim Wort genommen werden muss, die hörbar gemacht werden muss, damit sie in ihrer passiven Leideform nicht wieder zum Hinterhalt wird.

Martin Prinz,
der sich an dieser Stelle von ganzem Herzen bei Christiane, Fritz, Ylvie, Oscar, Hans, Elisabeth, Kathi, Ruth, Benjamin und Stefan bedankt!
Und bei Heinz Spielbichler (geb. 1941).

Florjan Lipuš
Schotter

aus dem Slowenischen von Johann Strutz

Der Schotter, den Florjan Lipuš hier beschwört, bedeckt die ansonsten leere Fläche zwischen den Baracken eines Frauenkonzentrationslagers. Es könnte das KZ Ravensbrück sein, wo seine Mutter ermordet wurde, nachdem sie als Partisanen verkleidete Gestapo-Männer bewirtet hatte. Es könnte aber auch jedes andere sein, wo die aussortierten, ausgemergelten Frauen Stunde um Stunde ihres schwindenden Lebens Appell stehen.

Jahre später stehen hier die »Gedächtnisgeher«, »Ausflügler « nachfolgender Generationen auf der Suche nach etwas, von dem es kaum noch Spuren gibt, in der Hoffnung, dass sich ihnen etwas offenbart. Die unbekannte Großmutter etwa: Sollen die Enkelkinder sie duzen oder siezen? Doch die Großmutter erscheint ihnen ohnehin nicht. Alles, was sie finden, ist Schotter.

»Florjan Lipuš' Meisterwerk ist Mahnmal, Erinnerungskunst, Klageepos, schwebende Poesie – ein Buch, das viele Bücher ist.«

Wolfgang Paterno, *Profil*

Florjan Lipuš
Seelenruhig

aus dem Slowenischen von Johann Strutz und mit einem Nachwort von Fabjan Hafner

Es sind nur hundert Seiten, aber was für welche! Florjan Lipuš bringt es fertig, darin nicht nur ein ganzes Leben, sondern vor allem das Leben als Ganzes unterzubringen: von den ersten Wahrnehmungen und den Nöten des Aufwachsens und den Schwierigkeiten, sich in der Welt der anderen zurechtzufinden, über die ersten Glücksmomente der Begierde und der Liebe bis zu dem letzten Blick der Augen auf eine Welt, die man, auch wenn sie nicht immer verlockend war, doch nur ungern verließe.

Der Autor berichtet mit erstaunlicher Gelassenheit von seiner Biografie, vom Aufwachsen in bäuerlicher Umgebung, gebunden in einer Familie, die von den Entsetzlichkeiten der Geschichte nicht verschont wurde. Und er erzählt auch vom Aufwachen unter den verstohlenen Blicken einer Jungen, mit der er noch als Alter das Leben teilt.

»Man möchte unablässig aus diesem Buch zitieren.«
Sebastian Fasthuber, *Falter*

Saskia Hennig von Lange
Heim
Roman

Die Geschichte von Tilda und Willem beginnt auf offenem Meer, Mitte der 1930er Jahre. Während Tilda eine Vergnügungsreise macht, ist Willems Mission eine mörderische: Als Mitglied der »Legion Condor« ist er mit dem Schiff unterwegs nach Spanien, wo der Krieg gegen alles, was anders ist, geprobt wird. Anders ist auch Hannah, die gemeinsame Tochter, geboren, als der Krieg längst vorbei ist: Wild und unbeherrschbar, lässt sie sich durch nichts zwingen, weder durch Strenge noch durch die unbeholfenen Versuche ihrer Eltern, sie zu lieben. Willem verkriecht sich im Keller des Hauses, um ungestört Jazz zu hören, nachdem er tagsüber als Chemiker daran arbeitet, künstliche Fruchtaromen herzustellen. In den Augen von Tilda ist der schneidige Held von einst eine lächerliche Figur geworden. Und Hannah eine Verrückte ...

»Literatur, die aufwühlt. Was an dem außerordentlichen Vermögen der Autorin liegt, mittels einer skalpellscharfen Sprache die Gedanken- und Gefühlslabyrinthe ihrer Figuren zu sezieren. Und unsere gleich mit.«
Thomas Plaul, *Saarländischer Rundfunk*

Ursula Krechel
Geisterbahn
Roman

Fast ein Jahrhundert umspannt der Bogen dieses Romans, mit dem Ursula Krechel fortsetzt, was sie, vielfach ausgezeichnet und gefeiert, mit »Shanghai fern von wo« und »Landgericht« begonnen hat. »Geisterbahn« erzählt die Geschichte einer deutschen Familie, der Dorns. Als Sinti sind sie infolge der mörderischen Politik des NS-Regimes organisierter Willkür ausgesetzt: Sterilisation, Verschleppung, Zwangsarbeit. Am Ende des Krieges, das weitgehend bruchlos in den Anfang der Bundesrepublik übergeht, haben sie den Großteil ihrer Familie, ihre Existenzgrundlage, jedes Vertrauen in Nachbarn und Institutionen verloren. Anna, das jüngste der Kinder, sitzt mit den Kindern anderer Eltern in einer Klasse. Wer wie überlebt hat, aus Zufall oder durch Geschick, danach fragt keiner. Sie teilen vieles, nur nicht die Geister der Vergangenheit.

»Was die Literatur der historischen Wirklichkeit schuldig ist, hat Krechel schon in ihrem mit dem Buchpreis ausgezeichneten Roman ›Landgericht‹ gezeigt, und auch in ›Geisterbahn‹ inszeniert sie es als ein virtuoses Zusammenspiel aus Fakten und Erfindung. Hinter den Figuren stehen Menschen, denen spätes Recht zuteil wird, weil es dieser Literatur um Richtigkeit geht.«

Paul Jandl, *NZZ*

Nenad Veličković
Nachtgäste
Roman

Maja ist achtzehn Jahre alt, sie sollte Besseres zu tun haben, als in einem Keller zu sitzen und zu schreiben. Aber draußen ist Krieg, ständig kracht es irgendwo, Granaten regnen auf Sarajevo. Und drinnen, im Untergeschoß eines Museums, hat sich eine Notgemeinschaft zusammengefunden, die dem Schrecken trotzt: die vegetarische Mutter mit einem Hang zur Esoterik, die Großmutter und ihr eifersüchtig gehüteter Koffer, der Halbbruder und seine schwangere Frau, die ihre Hypochondrie pflegt, der Vater als Direktor des Museums, zwei Partisanen und der Hund Sniffy. Den Zumutungen ihrer Lage begegnet Maja mit entwaffnendem Humor und Scharfsinn. Und sie nimmt sich auch kein Blatt vor den Mund, wann immer ihr die Erwachsenen mit Worthülsen, Phrasen und Vorurteilen die Welt erklären wollen.

Nenad Veličkovićs gefeierter Roman, vor dreißig Jahren erstmals erschienen, nimmt dem Krieg jede Heroik und setzt seiner Heimatstadt Sarajevo zugleich ein Denkmal.

»Das ist das beste Buch über Krieg, das ich gelesen habe.«

Saša Stanišić

Robert Neumann
Die Kinder von Wien
Roman

mit einem Nachwort von Franz Schuh

Wien nach Ende des Weltkriegs: Während die Stadt in Schutt und Asche liegt, findet sich eine Gruppe von Kindern, die allein mit den Folgen und Schrecken der Gewaltherrschaft fertig werden müssen, im Keller eines ausgebombten Hauses zusammen. Die Wege, die sie in den Untergrund geführt haben, könnten unterschiedlicher nicht sein: Jid hat das KZ überlebt, Goy ist aus einem Kinderverschickungslager zurückgekehrt, während Ate vor nicht langer Zeit noch BDM-Führerin war. Die Not lässt sie Seite an Seite hoffen, lässt sie hungern und leiden, aber auch Pläne schmieden.

Robert Neumann hat seiner Heimat, aus der er mehr als ein Jahrzehnt zuvor nach England geflohen war, ein erschütterndes Denkmal gesetzt. Als der Roman 1948 erstmals auf Deutsch erschien, reagierte die Kritik mit Ratlosigkeit. Mit dieser Neuausgabe ist eine eigensinnige, widerborstige, eine wichtige Stimme der österreichischen Literatur nach 1945 neu zu entdecken!

»Auch ich war einmal ein ›Kind von Wien‹, war in derselben beschissenen, lausigen Zeit in dieser Stadt zehn Jahre alt. Ich liebe Robert Neumanns ›Kinder von Wien‹.«
Christine Nöstlinger

Robert Neumann
An den Wassern von Babylon
Roman

mit einem Nachwort von Herbert Wiesner

Ein Autobus quält sich über eine staubige Straße nach Palästina, man schreibt das Jahr 1938. Hinter denen, die der Zufall in diesem Gefährt zusammengewürfelt hat, liegen bewegte Vergangenheiten, vor ihnen eine ungewisse Zukunft. Ein Grenzposten prüft die Liste der Passagiere: »Juden. Von überall.« Aus Konstantinopel, München und New York, aus Polen und Russland haben sie sich auf den Weg gemacht. Alle sind sie auf der Flucht, viele von ihnen schon seit Jahren.

Robert Neumanns Exil-Roman *An den Wassern von Babylon*, der 1939 zunächst nur in englischer Übersetzung erscheinen konnte, ist ein schillerndes Kaleidoskop der jüdischen Diaspora. In zehn Lebensgeschichten entrollt Neumann ein Panorama der jüdischen Diaspora, indem er jedem Schicksal, jeder Figur eine eigene Sprache gibt. Mit Wehmut und bitterem Witz, mit Humor und analytischer Schärfe erzählt er von verleugneter Identität und trotzigem Aufbegehren, von Widerstand und Duldsamkeit, von Zuversicht und Resignation.

»Ein jüdisches Epos von überwältigender Eindringlichkeit.«

Rudolf Walter Leonhardt, *Die Zeit*

Karl Kraus

Die letzten Tage der Menschheit

Tragödie in 5 Akten mit Vorspiel und Epilog

Herausgegeben und mit einem Nachwort
von Franz Schuh

Einem »Marstheater« hat Karl Kraus seine Weltkriegstragödie zugedacht – weil sie mit ihren über 200 Szenen nicht nur im Umfang über jede menschliche Vorstellung hinausgeht. Die Tragödie findet hier nicht nur auf dem Theater statt, sie ist eine Katastrophe von apokalyptischen Dimensionen, der Untergang der Welt in einer »Extraausgabee«. Und so endet der Krieg, gegen den Karl Kraus mit satirischem Furor und moralischer Beschämung Krieg geführt hat, hier nicht mit einem Frieden: »Dieser nicht.« Denn: »Er hat sich nicht an der Oberfläche des Lebens abgespielt, sondern im Leben selbst gewütet. Die Front ist ins Hinterland hineingewachsen. Sie wird dort bleiben.«

»Wer ihn gehört habe, der wolle nie mehr ins Theater gehen, das Theater sei langweilig verglichen mit ihm, er allein sei ein ganzes Theater, aber besser, und dieses Weltwunder, dieses Ungeheuer, dieses Genie trug den höchst gewöhnlichen Namen Karl Kraus.«

Elias Canetti

John Hersey

Hiroshima

Das Entsetzen der Weltöffentlichkeit war groß, als am 31. August 1946 in der Zeitschrift »The New Yorker« eine Reportage erschien, deren Titel »Hiroshima« an das lang ersehnte Ende des Krieges erinnerte, aber zugleich die Schrecken einer neuen Zeit heraufbeschwor. Ihr Autor, John Hersey, war kein Unbekannter: Er hatte 1945 für seinen ersten Roman den Pulitzer-Preis gewonnen, nachdem er seine schriftstellerische Laufbahn als Sekretär und Chauffeur von Sinclair Lewis und als Kriegsreporter begonnen hatte. Im Mai 1946 reiste er nach Japan, um über die Folgen des Atombombenabwurfs zu recherchieren. Bei seinen Nachforschungen stieß er auf erheblichen Widerstand von Seiten der amerikanischen Behörden. Trotzdem gelang es ihm, sechs Überlebende des 6. August 1945 zu befragen.

»Die schrecklichen Details physischer Versehrtheit bleiben zwar nicht ausgespart, addieren sich aber auch nicht zu einer spekulativen Schock- und Schauerästhetik. Stattdessen schildert Hersey mit einem wachen Sinn für Details und in ruhigem Erzählduktus, wie seine Protagonisten ihren Alltag meistern.«

Klaus Nüchtern, *Falter*